Papa-Probetraining

Der Autor

Ben Weber wurde 1958 in Essen geboren. Er blieb ein echtes Ruhrpottkind, das auch heute noch mit seiner Familie im Ruhrgebiet lebt. Nach Jahren des (erfolglosen) Studiums und einer (erfolgreich) abgeschlossenen Ausbildung entdeckte er spät sein Talent zur Schriftstellerei. Als er im Jahr 2007 seinen Pflegesohn kennenlernte, beschloss er, die ungewöhnlichen Ereignisse dieser Zeit in Form von Kurzgeschichten aufzuschreiben. Im Laufe der Jahre entwickelte sich bei ihm dann eine Idee: Aus all diesen Notizen und kleinen Erzählungen ein „richtiges" Buch zu gestalten... Zurzeit verfasst er wöchentlich einen Beitrag in seinem Blog „Ben Weber - mein Leben als Autor" für die Westdeutsche Allgemeine Zeitung. Sein erstes Kinderbuch -mit dem geplanten Titel „Harti Hoppels Abenteuer" - wird im Laufe dieses Jahres erscheinen.

Ben Weber

Papa-Probetraining

Bibliografische Information der Deutschen Nationalbibliothek
Die Deutsche Nationalbibliothek verzeichnet diese Publikation in der
Deutschen Nationalbibliografie; detaillierte bibliografische Daten
sind im Internet über http://dnb.dnb.de abrufbar.

© 2015 Ben Weber
Satz, Umschlaggestaltung, Herstellung und Verlag:
BoD – Books on Demand
ISBN 978-3-7386-9769-8

Inhalt

Klar mag ich Kinder !

Gedankenverloren betrachtete ich das hölzerne Schild, dessen Farben allmählich verblassten. „Hier wohnen Susanne und Benno Weber", stand dort in eingravierten Buchstaben. Es war das in die Jahre gekommene Hochzeitsgeschenk von Tante Frieda. Wie lange war das jetzt her?

„Das hält für die Ewigkeit!", hatte sie damals gesagt und wir rätselten, ob sie unsere Ehe meinte oder ihr Präsent.

Ich drehte den Schlüssel um, öffnete die Wohnungstür und stutzte. Das war aber nicht der erwartete Duft von frisch aufgebrühtem Kaffee, der mir hier entgegenkam, eher so ein süßlich-herber Geruch, Kakao vielleicht? Für einen Augenblick fühlte ich mich zurückversetzt in die Tage meiner Kindheit. Eine heiße Schokolade an kalten Tagen... ach, war das gemütlich! Man kam nach Hause, fühlte sich geborgen und sicher. Man wurde erwartet!

„Huhu, ich bin´s!"

Ich zog mir hastig die Schuhe aus und eilte, ohne eine Antwort abzuwarten, dem guten Duft entgegen. In der Küchentür blieb ich wie angewurzelt stehen! Verdorri! Da saß doch – an unserem Tisch – auf meinem Stuhl, ein fremdes Kind! Dunkle Kapuzenjacke, verwaschene Jeans und wippende, wackelnde Füße, die es nicht schafften, den Boden zu berühren. Den Kopf zwischen den Armen abgelegt, verborgen unter zitternden, kleinen Händen mit schmutzigen Fingernägeln. Der kleine Junge machte schniefende Geräusche. Was hatte das Bürschchen hier verloren? In meiner Wohnung?

Zögernd betrat ich die Küche: „Susanne?"

Mein Gott Benno, was für eine dämliche Frage! Ein Tausch der Persönlichkeiten? So einen Blödsinn gibt´s doch nur im Kino: ein magischer Brunnen, eine Kreation aus grünblau-gedämpftem Licht und funkelnden, rauschenden Wasserfällen. An dem einen Rand steht eine geheimnisvolle Frau, ihr gegenüber ein kleiner verträumter Junge. Fast gleichzeitig werfen sie ihre Geldstücke in das kristallklare Wasser, doch bevor die Münzen untergehen, prallen sie aufeinander! Dann, wie aus heiterem Himmel: Blitzeinschlag und Donnergrollen! Und siehe da, die Frau ist plötzlich zu einem Jungen in Schmuddeljeans geworden! Ich blickte in unseren Hof hinunter. Dort sah es ganz anders aus: kein Wunschbrunnen, sondern nur ein alter, von Pflanzen überwucherter Sandkasten mit rostiger Kinderrutsche. Und oben, am blauen Himmel, huschten ganz schüchtern ein paar zarte Wölkchen vorbei, viel zu brav für ein donnerndes Gewitter.

Oha, das Kind auf dem Stuhl bewegte sich, es hob seinen Kopf! Gaaanz... langsam. Ein verheultes Gesicht mit tieftraurigen Augen blickte mich kurz an und wurde sorgfältig wieder vergraben. Susanne...war das jedenfalls nicht! Sehr merkwürdig das Ganze. Wo war sie denn eigentlich, meine Frau? Die sollte doch wissen, was hier los war! Entschlossen machte ich kehrt und...prallte mit ihr zusammen!

„Ups!", sagte sie.

„Sorry ...", erwiderte ich und fuhr flüsternd fort, „... da ist ein fremdes Kind, in unserer Küche!"

„Ach ja, ich weiß. Nur - das ist gar nicht fremd, das Kind, das ist Leo."

Als wäre damit alles erklärt, schwieg Susanne wieder.

Aha, soso, nicht fremd, sondern der Leo, na klar, dann brauchte ich mir ja keine Sorgen mehr zu machen. Unsere Mietwohnung im vierten Obergeschoss hat ja genug Platz für alle, die sich grämen und Kummer haben! Ja, lasst uns Gutes tun! Mögen die Kindlein zu mir kommen! Unsere Haustür steht für alle offen! Auch für den kleinen, heulenden Hosenscheißer, der momentan unsere Küche besetzt hielt! Als könnte sie meine Gedanken lesen, traf mich Susannes strafender Blick.

„Mach doch nicht so ein Gesicht, Benno, das hier ist ein Notfall! Der Leo ist nämlich ein Schüler aus meiner Klasse ...und der traute sich heute nicht nach Hause."

Jetzt wurde ihre Stimme weicher, Susanne lächelte.

„Im Grunde ist das ein ganz aufgeweckter, pfiffiger Junge! Der kommt morgens fast immer singend und gut gelaunt in die Schule. Lässt sich nur manchmal zu sehr ablenken, von eher unbedeutenden Dingen, wie zum Beispiel einer Fliege am Fenster. Die ist dann eben spannender als die Subtraktion. Aber wie gesagt, eigentlich ist das ein ganz Netter."

„Gut, das mag ja sein, aber ..."

„Kein aber, Benno! Im Moment hat Leo reichlich Ärger mit seinen Pflegeeltern, weil er oft zu spät nach Hause kommt und seine Hausaufgaben nicht erledigen will. Da gibt es dann regelmäßig Zoff! Heute ist er nach Schulschluss einfach auf seinem Platz sitzen geblieben und hat losgeheult. Was sollte ich denn machen? Er hat mir so leidgetan!"

Natürlich hatte ich Verständnis für Susannes Mitleid. Auch für die Abneigung des Jungen gegen Hausaufgaben.

Hatte ich doch früher auch! Habe ich deshalb geheult? Nein...also, naja, nur ganz selten. Trotzdem wollte ich jetzt kein fremdes Kind in meiner heimischen Küche beherbergen, das musste ich meiner Frau unmissverständlich klar machen!

„Susanne, hör mal zu, wenn du alle Kids mitbringen würdest, die auf dem Heimweg trödeln, ihre Hausaufgaben hassen oder Ärger mit ihren Eltern haben, dann könnten wir `ne eigene Schule aufmachen und eure schließen! Was ist denn mit seinen Pflegeeltern? Die machen sich doch auch Sorgen! Die werden es gar nicht witzig finden, dass du ihr Kind ‚entführt' hast!"

Susannes dunkelblaue Augen guckten ernst, ansonsten blieb sie leider völlig unbeeindruckt.

„Also: Erstens habe ich seine Eltern schon informiert und beruhigt! Und zweitens bringe ich Leo nachher persönlich zurück. Der trinkt jetzt hier in Ruhe seinen heißen Kakao und isst ein paar Kekse dazu. Danach darf er sich noch unsere Wellensittiche ansehen, das habe ich ihm nämlich versprochen!"

Tja, was soll man zu solchen Entscheidungen sagen?

Kakao, Kekse, Wellensittiche gucken! Wie ein Gast im Viersternehotel! Aber Frauen reagieren eben so. Aus dem Bauch heraus. Einfach nach Gefühl. Zugegeben, das macht sie ja auch sympathisch! Diese mütterlich mitfühlende Art.

Wobei auch ich durchaus verständnisvoll sein kann. Gerade jetzt zum Beispiel. In diesem Moment, da strich ich dem Jungen nämlich über sein Haar. Klar, um Trost zu spenden, aber auch, damit das Geschniefe endlich mal aufhörte! Irgendwas tropfte da auf unseren neuen Küchentisch, lackierte Rotbuche, ein hochwertiges Material, sehr empfindlich. Tränen waren zwar auch dabei, aber, igitt, der

Rest war wohl eher Rotz! Tropfender Kindernasenschleim! Der Knirps schien zu spüren, dass ich mir mehr Sorgen um unseren Küchentisch machte, als um ihn. Mit einem gezielten Schlag wischte er meine Hand weg! Unverschämter Bengel! Da gewährt man einem in Not geratenen Bürschchen Asyl und das war der Dank!

So ein Rotzlümmel! Ab sofort ignorierte ich die beiden und setzte mich mit der Tageszeitung ins Wohnzimmer. Sollte Susanne sich doch kümmern, die hatte ihn schließlich auch angeschleppt! Etwas später brachte sie den Jungen heim und fast wäre wieder Ruhe eingekehrt in unsere gewohnte Zweisamkeit. In der wir ein eingespieltes Team waren, das sich mit der ungewollten Kinderlosigkeit arrangiert hatte und die Vorzüge eines gut strukturierten und chaosfreien Alltags zu schätzen wusste. Und das nun schon seit über zwanzig Jahren.

Als wir uns Mitte der Achtziger kennenlernten, war Susanne gerade dabei, ihr Lehramtsstudium erfolgreich abzuschließen. Ich dagegen genoss zu dieser Zeit noch mein ungeordnet-fröhliches Studentenleben. Der ewige Student. Ja, ja, es gibt ihn wirklich! Mit Gelegenheitsjobs hielt ich mich mühselig über Wasser, weil meine BAföG - Förderungshöchstdauer bei Weitem überschritten war. Gedanken an Nachwuchs verschwendete ich noch nicht, obwohl ich so ganz allmählich begann, über solche Dinge wie Verantwortung und Pflichten nachzugrübeln. Aber nur, weil es mir mit dieser neuen Beziehung wirklich ernst war.

Der richtige Zeitpunkt also, um mein unproduktives Lehramtsstudium abzubrechen und mit einer soliden Ausbildung zu beginnen. Zum Fitnesstrainer und Gesundheitsberater. Dabei konnte ich sogar ein paar meiner erfolgreichen Sportprüfungen und im Studium erworbenen

Trainerlizenzen nutzen. Später, als Susanne eine Festanstellung als Lehrerin an einer Bochumer Schule bekam, bot man mir fast zeitgleich ein Engagement in einem seriösen Fitnessklub an. Das konnte ich natürlich nicht ablehnen. Eine beruflich erfolgreiche Phase für uns beide, aber keine günstige für eigenen Nachwuchs. Fünf lange Jahre dauerte es noch, bis ich Susanne einen Heiratsantrag machte und sie zustimmte. Ab diesem Zeitpunkt beschlossen wir dann, auf Verhütungsmittel zu verzichten. Nun, um es kurz zu machen: Es passierte nichts, überhaupt nichts. Schließlich begannen wir sogar damit, ein temperaturgesteuertes Sexualleben zu führen. Das führte zwar zu ungewollt komischen Momenten, aber nicht zu der heiß ersehnten Schwangerschaft. Und das über Monate, Jahre hinweg. Bis wir uns dann nach gründlicher Überlegung darauf einigten, eine Ehe ohne Nachwuchs zu führen. Schließlich würde Susanne doch trotzdem jeden Tag von kleinen Kindern umgeben sein und das noch über einen Zeitraum von mehr als dreißig Jahren. Und Benno Weber? Der war überzeugt davon, dass ein Dasein ohne Kind genauso lebenswert sein konnte. Mit allen Vorteilen, die sich daraus ergeben würden. Tja, fast wäre also alles beim Alten geblieben und wieder Frieden eingekehrt in unserem trauten Heim, wenn…? Ja, wenn Susanne nicht noch hätte darüber reden wollen! Über diesen kleinen, traurigen Jungen und sein Schicksal. Darüber musste man natürlich noch reden! Ich versuchte, mich hinter dem Sportteil der Tageszeitung zu verstecken. Es half nichts. Noch ein strenger, ungeduldiger Blick. Wollte ich den häuslichen Frieden wahren, dann musste ich jetzt schleunigst das Blättern einstellen und ein bisschen Anteilnahme heucheln. An dem Lebenslauf eines mir völlig fremden Kindes.

So erfuhr ich Dinge, die ich eigentlich gar nicht wissen wollte! Zum Beispiel, dass der Vater des Jungen sich frühzeitig aus dem Staub gemacht hatte. Oder dass die noch sehr junge Mutter so sehr mit ihren eigenen Problemen beschäftigt war, dass sie ihr kleines Kind vernachlässigte. Schließlich wurde der Junge im Alter von vier Jahren wegen mangelnder Fürsorge in ein Kinderheim gebracht. Schon bald darauf kam er zu den Pflegeeltern, die sich nun, nach fast fünf Jahren als Familie, endgültig überfordert fühlten. Vor allem wegen seiner Unzuverlässigkeit, seiner Lügereien und der ausgeprägten Wutanfälle. Wie Susanne aus den Erzählungen der Pflegemutter wusste, flogen da auch schon mal Schulbücher oder andere Dinge durch die Gegend. Meine Frau erlebte Leo in der Schule überhaupt nicht aggressiv, nur öfter mal unkonzentriert. Was aber wohl sehr davon abhing, ob und in welcher Dosierung er das Medikament gegen sein „Zappelphilipp-Syndrom" einnahm.

Wie auch immer, seine Pflegeeltern fühlten sich nun am Ende ihrer Kräfte und sahen nur noch einen letzten Ausweg: sich für längere Zeit, vielleicht sogar für immer, von ihrem Pflegesohn zu trennen. Das Ganze sollte schnell und ohne Verabschiedung von seinen Freunden und der vertrauten Umgebung geschehen, um einen heftigeren Widerstand des Kindes zu vermeiden. Strategisch gut überlegt, fand ich, wenn auch nicht sehr rücksichtsvoll. Susanne nannte das wütend „eine Verbannung des eigenen Sohnes ins Exil"!

Sie nahm diese Angelegenheit viel zu persönlich. Das hier war doch keine Fußball-WM! Ich wagte es mir kaum, vorzustellen: Deutschland gegen Italien, im Halbfinale. Kurz vor Spielende versucht Paulo Ramazotti eine „Schwalbe" im deutschen Strafraum. Der Schiri, der Blindfisch, fällt darauf rein und pfeift…Elfmeter! Deutschland verliert mit 0:1! Das wäre dann wirklich ein Grund sich aufzuregen! Den Problemen des Alltags dagegen sollte man mit größtmöglicher Gelassenheit begegnen, meine ich. Sachlich bleiben, die Dinge von verschiedenen Seiten betrachten und dann erst ein eigenes Urteil fällen. Ja, sicher, dieser kleine Junge musste sich im Moment ziemlich mies fühlen, ohne Frage. Wie man sich als Kind eben fühlt, wenn man meint, die Welt ginge unter. Aber davon mal abgesehen – es kann doch nicht immer nur glücklich zugehen in so einer Kindheit.

Ich denke da zum Beispiel an meine eigene: Ich war noch kein Schulkind, da wurde ich von meiner Mutter zur Erholung in irgend so ein trostloses Mittelgebirge verschickt. Erholt hat sich aber nur meine Mutter! Ich dagegen durfte tagtäglich endlos lange Wanderungen genießen und mein Geschäft im Wald hinter Büschen und Bäumen erledigen. Junge, war das peinlich! Morgens im Heim gab es Frühstücksbrei und Hagebuttentee, abends Möhreneintopf. Und wer was verbockt hatte, bekam als Nachschlag den Schlappen auf seinem Hintern zu spüren! Aber das passierte erst am späten Abend, wenn bereits alle im Mief eines sauerstofffreien 18-Bettzimmers mit vergitterten Fenstern ahnungslos vor sich hindösten. Gutenachtgeschichten kannte hier natürlich auch niemand, seufz! Ich fühlte mich verraten und verkauft. Das Ganze war wirklich kein Vergnügungsurlaub! Meiner Mutter habe ich das nie so richtig verziehen. Na ja, Kindheitserinnerungen eben, Schnee von gestern.

Drei Tage später wurde Susanne informiert, dass Leos Pflegeeltern ihn tatsächlich ins Kinderheim der Nachbarstadt gebracht hatten. Natürlich war sie traurig darüber, wofür ich auch Verständnis hatte. Aber eigentlich ging uns diese Angelegenheit doch nichts an! Dachte ich zumindest! Meine liebe Ehefrau dachte anders, telefonierte mit Leos Pflegemutter und erfuhr, dass Besuche und Kontakte nicht erwünscht wären. Das könnte sich nachteilig auf die Psyche des Kindes auswirken. Na also! Unsere Anteilnahme war nicht erwünscht! Da konnte man nichts machen. Wahrscheinlich besser so. Für alle Beteiligten. Wochen vergingen, bis ich eines Tages meine Frau bei einem Telefongespräch mit dem zuständigen Jugendamt überraschte. Sie hatte sich nur mal erkundigen wollen, wie es dem Jungen so ging und ob man ihn nicht mal besuchen dürfe. Durfte man! Die im Kinderheim waren regelrecht begeistert, sofort wurde ein Termin vereinbart! Nach dem ersten folgten ein zweiter und bald darauf ein dritter Besuch. Dann wurde er zur Regel, einmal in der Woche. Jetzt machte ich mir ernsthaft Sorgen, wo sollte das noch hinführen? Doch trotz meiner Bedenken hielt ich es dann beim Nachmittagskaffee für angebracht, meine Frau einmal für ihren Einsatz zu loben: „Ich finde das toll, wie du dich um diesen Jungen kümmerst, wirklich toll!"

So ein kleines Lob kostet doch nichts, bringt aber fast immer Pluspunkte ein, und ein bisschen bewunderte ich sie wirklich. Mit Kindern konnte sie eben umgehen, ich tat mich da deutlich schwerer. Doch dieser gut gemeinte Schuss ging leider nach hinten los!

Denn meine bessere Hälfte strahlte mich plötzlich an und fragte überaus freundlich: „Willst du nicht mal mitkommen? Leo hätte sicher nichts dagegen. Bei so vielen Frauen würde ein Mann in seiner Umgebung auch mal guttun! Und außerdem: Du magst Kinder doch auch!"

Tja, das war ein Argument! Natürlich mag ich Kinder! Sie sind unsere Zukunft, wie man weiß. Also...wahrscheinlich nicht alle. Aber zumindest ein paar von ihnen. Pfiffig und gut erzogen sollten sie schon sein und möglichst stubenrein. Eher sportlich als dick. Gerne so im Alter von acht bis zehn Jahren. Passte also! Das mit Leo. Meinte meine Frau.

„Und Zeit hast du ja auch!"

Das hatte sie sicher nicht böse gemeint, traf aber meinen wunden Punkt! Denn vor einigen Monaten hatte mich der Besitzer des Studios, in dem ich als Fitnesstrainer beschäftigt bin, unauffällig zur Seite genommen.

Flüsternd, kaum hörbar, nuschelte er mir zu: „Äh, Benno, wir müssen mal reden..."

Sein Blick schwankte zwischen ängstlich und besorgt.

„Du bist ja für dein Alter noch echt gut drauf, Benno, mit deiner sportlichen Figur und auch geistig und so. Bewundernswert, wirklich! Es ist, äh, nur so, vielleicht (er meinte auf jeden Fall) solltest du in nächster Zeit mal etwas kürzertreten. Du merkst es ja sicher auch...deine Lessons sind irgendwie nicht mehr ganz so hip und nachgefragt. Also die Kids und Studis, die gehen doch lieber zur Anna-Carina oder zum Julio. Die sind immer total gut drauf, die beiden! Du dagegen bist einfach seriöser (er meinte natürlich langweilig) – das ist ja auch okay so. Nee, wirklich, man braucht ja auch verschiedene Trainertypen. Also, die Walking-Gruppe und den ‚Fit-over-Fifty-Workshop' darfst du auf jeden Fall weiterhin betreuen, gar keine Frage! Ist doch irgendwo auch in deinem Sinne, denke ich - und die Rentner, ähm... also die älteren Teilnehmer, die gehen ja immer noch gerne in deine Kurse!"

Natürlich hatte unser Manager nicht völlig unrecht. Ich vermisste sie ja auch, die jungen sportlichen Studentinnen, die früher so zahlreich in meinen Fitnesskursen erschienen waren! Aber so viel Ehrlichkeit und Rücksichtnahme, das wäre doch nicht nötig gewesen! Nun, so war er eben, mein Chef, fürsorglich und einfühlsam (der Arsch).

Seitdem durfte ich schon am frühen Morgen meine Sportlichkeit unter Beweis stellen: mit rüstigen Rentnern im Supermarkt um die Wette rennen, mit dem Ziel, den letzten Einkaufswagen oder die absolute Poleposition an der Wursttheke zu ergattern! Tagtäglich lernte ich nun zu Hause die Qualitäten von „Captain Coolwash" kennen, bei 30 bis 60 Grad, ohne Vorwaschgang, versteht sich. Regelmäßig kam es jetzt auch zu heftigen Auseinandersetzungen mit dem holländischen Staubsaugermonster, das mir entweder ganz zufällig in die Hacken fuhr oder versuchte, mit seinem sich spontan lösenden Ansaugrohr meinen Fuß zu zertrümmern! Wahrscheinlich die Revanche für das verlorene Fußball-WM-Endspiel von 1974! In der Küche plauderte ich von Zeit zu Zeit mit unserem defekten Geschirrspüler, der scheinbar unter Depressionen litt und sich über alles große Sorgen machte. Ein deutsches Fabrikat. Freuen durfte ich mich dann auch über meine Beförderung zum Dreisternekoch! Salate und Fisch waren nun angesagt. Frisches Obst und Vollkornzeugs. Beliebt war auch Gemüseeintopf, allerdings nur als Biopampe und ohne Mettwurst! Meine Steaks dagegen musste ich mir schon heimlich am Vormittag braten, um einem Vortrag über die mögliche Gesundheitsgefährdung zu entgehen! Meine Frau ist fleischlos glücklich. Sie kocht nicht gerne.

Und ja, ich gebe es zu, trotz allem hatte ich sicher etwas mehr Freizeit als Susanne, die jeden Tag kleine Monster dressieren musste und nebenbei noch die Aufgaben einer Sozialarbeiterin, Managerin und Therapeutin übernahm. Es gab also keinen vernünftigen Grund ihren Vorschlag abzulehnen: einen gemeinsamen Ausflug mit Leo!

Läuse auf der Achterbahn

Ein Kinderheim hatte ich mir eigentlich anders vorgestellt! Mit hohen Mauern drum herum, Wassergraben und Wachhund. Zumindest so etwas in der Art. Stattdessen war hier alles sehr offen gestaltet. Gebäude aus rotem Backstein, großzügig angelegt für Kinder und Jugendliche, die sich darin wohlfühlen sollten. Ein geräumiger Innenhof, ein kleiner Spielplatz, ein Gemüsebeet. Eine zerzauste Katze, die in der Sonne lag und döste. Und die wilden Blumen, die hier geduldet wurden und überall bunte Farbtupfer setzten, schienen mir sogar fröhlich zuzuwinken! Nur meine Frau, die fehlte in dieser beschaulichen Idylle. Ich war allein ins Kinderheim aufgebrochen, weil Susanne nach Unterrichtsschluss noch eines dieser merkwürdigen Elterngespräche führen musste, in denen man uneinsichtigen erwachsenen Menschen zu erklären versuchte, warum der Verzicht auf Spucken und übelste Schimpfwörter keineswegs die kreative Entwicklung eines Kindes beeinträchtigte.

Bestimmt würde der Vater dagegen halten: „Ach, datt is doch halb so schlimm, sowatt! Da kommt der Mirko ganz nach mir. Jezz ma ehrlich, datt hab ich doch früher auch gemacht!"

Vielleicht käme aber auch eine Mutter, die sich empörte, dass ihr Sohn die Toiletten putzen musste, nur weil er seinen Namen an die Wand gepinkelt hatte! Eine völlig unangemessene Strafe für ihren sensiblen Justus und ganz sicher ein Fall für den Rechtsanwalt!

Die Kinder hier im Heim dagegen wirkten auf den ersten Blick weder aggressiv noch besonders traurig. Nicht mal kontaktscheu waren sie! Kaum hatte ich den Hof betreten, kam ein kleiner schwarzhaariger Junge auf mich zu. Ohne Vorwarnung umklammerte er meine Beine! Aus dunkelbraunen Augen strahlte er mich freundlich an.

„Hallo, Papa!"

„Nee, ich bin nicht dein Papa ...", rief ich erschrocken zurück, „... bin nur zu Besuch hier!"

„Papa, zu Besuch!", erwiderte das Bürschchen mit fröhlicher Ignoranz.

Hatte der was mit den Ohren, der Kleine?

„Hör mal, Männeken, ich bin wirklich nicht dein Papa!"

Mühsam, aber entschlossen, befreite ich mich aus seinem Klammergriff. Doch nun stupste mich jemand von hinten an! Ach, herrje ... noch ein Kind! Ein blond gelocktes Mädchen – ich schätzte es auf etwa sieben – betrachtete mich abwägend.

„Hallo! Der da – das ist Enis! Bist du sein neuer Papa?"

„Nee, bin ich nicht, ich besuche nur jemanden, den Leo."

„Bist du Leos Papa? Ist ja voll doof!"

„Äh, ja, wieso doof, wer jetzt, ich oder was!?"

Meine Stimme klang ein wenig gereizt.

„Der Leo liest immer den Dagobär, das ist doof!"

Ich bemühte mich um einen freundlicheren Ton.

„Ach, du meinst bestimmt Dagobert Duck, den hab ich früher auch..."

„Doof is´ der!"

„Wie, der Dagobär, äh, Dagobert? Ja, der ist ziemlich reich, aber auch furchtbar geizig. Und wie der immer den armen Donald behandelt hat, fand ich ...“

„Nee, der Leo ist doof, der liest immer den Dagobär!“

Mein Gott, was für ein nerviges Kind!

„Weißt du, wer viel liest, ist meistens nicht blöd. Wie ist es denn mit dir? Du kannst wohl noch nicht lesen, oder?“

„Brauch ich nich‘ – ich werde später Model oder Superschta!“, rief sie fröhlich.

Angespannt durch die fremde Umgebung und nervös in Anbetracht der bevorstehenden Begegnung mit einem mir fast unbekannten Heimkind, verlor ich etwas die Contenance.

„Hör mal zu, meine Kleine! Schönheit ohne Grips bringt dir nix! Wenn du als Model deine Verträge nicht lesen kannst, wirst du ausgenommen wie ́ne Weihnachtsgans!“

Zack, das hatte aber gesessen! Den Inhalt hatte sie wahrscheinlich nicht verstanden, aber mein Blick und der Tonfall hatten ihr die verletzende Absicht verraten. Es tat mir fast schon wieder leid, was ich soeben gesagt hatte, als ich das Häufchen Elend vor mir sah! Doch bevor ich ins Grübeln kam, zupfte jemand an meiner Jacke.

„Verdammt noch mal, ich bin nicht euer Papi!“

Es langte mir allmählich!

„Ja, ein Teil der Kinder ist immer auf Suche nach liebevollen Eltern.“, sagte eine freundliche Stimme neben mir.

Da stand sie: Frau Rosalinde Frisch, die Herrscherin des Heimes! Ich kannte sie nur aus den Erzählungen meiner Frau. Inoffiziell wurde sie hier auch „Donna Rosa“ genannt. Eine Frau von Format in jeder Hinsicht! Groß und kraftvoll wie ein Schlachtschiff, aber mit positiver Ausstrahlung. Als Leiterin des Kinderheimes vermutlich die ideale

Besetzung. Kurz darauf machte ich es mir in dem bunten Durcheinander, das Donna Rosa Büro nannte, auf einem knallroten, abgewetzten Sofa bequem und wartete auf den frischen Kaffee, den sie für uns zubereiten wollte. Ein dünnes Mädchen kam zur offenen Tür herein.

„Ich bin die Mara, und wer bist du?"

„Äh, angenehm, ich bin der Benno!"

Meine zur Begrüßung gereichte Hand griff ins Leere. Stattdessen begann sie, ihr langes, dunkelbraunes Haar zu bürsten.

„Ich hab schöne Haare, die bürste ich jeden Tag."

„Ja, die sind wirklich sehr schön, deine Haare!"

Eindringlich betrachtete sie mich für einen Moment mit ihren großen Kinderaugen, so als würde sie mich gerade zum ersten Mal wahrnehmen, dann reichte sie mir ihre schwarze Haarbürste. Ich zögerte...war das hier ein übliches Begrüßungsritual? Wir bürsten uns miteinander die Haare? Das große „Freundschaftsbürsten" sozusagen? Behutsam nahm ich ihr Präsent in die Hand und führte es langsam zu meinem Kopf. Lächelnd wies das Mädchen auf die Bürste und sprach dabei ganz gelassen ein Wort aus, nur ein einziges Wort, das aber den Lauf der Dinge entscheidend verändern sollte: „Läuse..."

Und sie sagte es so, als wäre es das Normalste von der Welt, eine Lappalie, der Erwähnung kaum wert. So, als würde man sich gelangweilt über das Wetter unterhalten, um ein bisschen höfliche Konversation zu machen.

„Ach, du Scheiße! Hilfe!"

Ohne zu überlegen, schleuderte ich das Geschenk der kleinen Hexe fort, und dann...

Ja, dann würde man im Kino die Bürste in Super-Slow-Motion fliegen sehen: noch sechs, noch fünf Sekunden bis zum Aufprall! Der gespannte Kinogänger ahnt bereits jetzt, dass sie nicht gegen irgendeine, mit bunten Kinderzeichnungen beklebte Wand prallt, sondern sich – und hier vermutet er schon ein wenig die dramatische Entwicklung – in Richtung Tür bewegt. Genau die Tür, in der soeben die Heimleiterin Rosalinde Frisch erscheint, ein Tablett in ihren Händen, beladen mit Tassen, einer Kanne mit heißem, dampfendem Kaffee und einer Schüssel voller appetitlich aussehender Schokokekse. Dann fragt sich der Zuschauer, ob die Flugbahn des Objekts noch rechtzeitig durch die Erdanziehung so weit gekrümmt werden könne, dass es vielleicht, und irgendwie auch gerechterweise, die kleine Mara träfe. Noch vier, noch drei Sekunden bis zum Aufprall! Zu sehen ist jetzt, wie sich das Mädchen im letzten Moment zur Seite duckt, wobei sie ihre langen Haaren in die Luft wirft, so wie eine dieser jungen bildhübschen Frauen aus den traumhaften Werbespots für Haarshampoos. Die rotierende Bürste aber gewinnt immer noch an Fahrt und Flughöhe! Donna Rosa füllt inzwischen mit ihrem mächtigen Korpus den Türrahmen fast komplett aus. Die Spannung steigt! Wird das fliegende Objekt die letzte Chance auf eine kleine Lücke nutzen und alles noch zu einem glücklichen Ende führen? Definitiv nein, das wird es nicht! Noch drei, noch zwei Sekunden bis zum Aufprall!

In Erwartung des bevorstehenden Unglücks beginnen die Ersten im Kino, glucksend zu lachen. Die drei Akteure dagegen werden sich in dieser Szene des Films – ein zusätzlicher Kunstgriff des Regisseurs – noch Gedanken unterschiedlichster Art machen: Donna Rosa etwa stellt fest, dass sie den Zucker vergessen hat, der Besuch noch etwas verkrampft wirkt und ihr anscheinend eine schwarze Haarbürste entgegenkommt! Die kleine Mara dagegen überlegt, wie es wohl dem fliegenden Läusevolk ergeht. Wie viele der älteren und gebrechlichen Tiere in diesem Augenblick zu Tode stürzen! Oder ob es unter den Jüngeren vielleicht sogar einige gibt, die in Verkennung der furchtbaren Gefahr eines solchen Fluges tatsächlich wie auf einer Achterbahn jauchzend die Arme hochreißen? Zu guter Letzt bleibt noch Benno Weber übrig. Doch der ist in dieser scheinbar aussichtslosen Lage völlig sprach- und gedankenlos in sich zusammengesunken. Nur noch der Bruchteil einer Sekunde bis zum Einschlag! Würde die Heimleiterin der Bürste ausweichen, das Tablett opfern und eventuell riskieren, dass heißer Kaffee und Splitter das Mädchen gefährden könnten? Oder würde sie, um das zu verhindern, sich selber der Gefahr aussetzen? Die Bürste traf Frau Frisch knapp über der rechten Augenbraue! Sie wankte ein wenig, doch das Tablett fiel nicht! Die Tassen rutschten, etwas Kaffee schwappte über, ein paar Kekse nutzten die Chance zur Flucht. Meine persönliche Heldin des Monats: Donna Rosa, die Leiterin des Kinderheims Herne-Süd! Zwei Minuten und ein Pflaster später hatte sich die Lage wieder beruhigt.

„Das hätte ins Auge gehen können ...", lachte die Unverwüstliche schon wieder.

Obwohl die schluchzende Mara nicht ganz unschuldig war an dieser Misere, wurde sie erst getröstet, dann ernst, aber nicht unfreundlich ermahnt. Puh, und ich war erleichtert, dass sich niemand ernsthaft verletzt hatte! Was mich aber noch viel fröhlicher stimmte: Es gab hier gar keine Läuse! Das Mädchen hatte nur geflunkert, weil sie wusste, wie panisch Erwachsene auf die kleinen Blutsauger reagierten. Das Ganze war also nur ein kleiner Test gewesen! Ein durchaus gelungener Versuch mit mir als leicht überreagierende Labormaus.

Als Mara das Büro verlassen hatte, kam ein Junge zur Tür herein. Da stand er wieder vor mir: Leo, der Besetzer unserer Küche! Von kleiner, drahtiger Statur, mit lebhaften Augen und offenem Blick. Überrascht war ich von der positiven Energie, die dieser Knirps ausstrahlte. Wie war das nur möglich, nach allem, was der Junge mitgemacht hatte? Hätte er nicht völlig deprimiert wirken müssen? Wie kam er bloß damit klar, verlassen worden zu sein, von den vertrauten Menschen, mit denen er jahrelang als Familie gelebt hatte? Ich versuchte, mein Erstaunen zu verbergen, und bemühte mich um ein entspanntes: „Hallo, Leo!"

Verdammt, meine Hände schwitzten! Sehr ärgerlich so was, wenn man möglichst cool rüberkommen will! Vielleicht wäre das jetzt ein günstiger Moment, ihm mein altes Autoquartett... mein altes Autoquartett? Ach, nee, ich hatte es vergessen! Dabei wollte ich ihm doch erklären, dass bei den Karten früher die italienische Flagge Trumpf war, vor der deutschen und dann erst die amerikanische. Hätte ihn das überhaupt interessiert? Spielten Kinder noch Quartett? Als ob das meine Frage beantworten könnte, sah ich mir den Jungen noch genauer an. Desinteressiert oder abweisend guckte er jedenfalls nicht. Eher neugierig. Meine Betrachtung wurde aber von Donna Rosa unterbrochen, die mir den weiteren Ablauf erklärte. Es sollten folgen: ein gemeinsamer Rundgang durch das Heim, dann eine längere Spielpause und zum Abschluss die gemeinsame Bewältigung der Hausaufgaben. Während ich noch über den Begriff „Spielpause" nachdachte, führte Leo mich durch das Haus. Unsere Wortwechsel beschränkten sich nur auf das Nötigste. Männer können wichtige Dinge eben auf den Punkt bringen.

„Ist das dein Zimmer?"

Leo nickte.

„Ihr wohnt zu zweit hier?"

„Ja, ich und Steven."

„Ist der okay, der Stefan?"

„Der Steven? Geht so."

„Sieht aber ganz gemütlich aus – dein Zimmer."

„Hm..."

„Ich setz mich mal hierhin."

„Ja, gut."

„Na, Leo, über was sollen wir denn mal reden?"

„Hm, weiß nicht..."

Dann war endlich Spielpause, juhu! Im großen Tobesaal! Frau Frisch und ich lachten herzhaft, weil ich „Todes-Saal" verstanden hatte, eine Bezeichnung, die ich bei näherer Betrachtung durchaus für angemessen hielt. Die Türen des Raumes waren aus schwerem, massivem Holz und sahen unverwüstlich aus. Im Inneren befanden sich Folterwerkzeuge unterschiedlichster Art. Da gab es dicke und dünne Seile, ausgefranste staubige Decken, Berge von Bällen und anderen Wurfgeschossen. Außerdem noch Kletterstangen, eine alte Hängematte und riesige farbige Schaumstoffwürfel. Vor den kleinen Fenstern des im Souterrain liegenden Raumes waren Gitter angebracht. Das gefühlte Raumklima bewegte sich hier unten irgendwo zwischen türkischem Dampfbad und tropischem Regenwald. Zwei kleine Jungen unterbrachen ihre „Wer am meisten auf die Rübe kriegt, hat verloren"-Schlacht und sahen mich mit großen Augen an. Ich war froh, dass sie mich weder Papa noch Onkel nannten und respektvoll etwas Abstand hielten. Allerdings hatte ich bei „gemeinsamem Spiel" eher an Mau-Mau, Memory oder Kniffel gedacht. „Chaos-Toben" oder „Einsamer Riese - gegen den Rest der Welt" standen eigentlich nicht auf meinem Plan! Deshalb schlug ich nun Fußball spielen vor: ein Ball, zwei Spieler und ein geordnetes Regelwerk! Um die Zwerge nicht ständig umzurennen, wurden sie von mir zum Publikum ernannt. Denn was ist ein Wettkampf ohne Zuschauer? Ich bereute es bitter! Die beiden Kleinen schlugen sich sofort und bedingungslos auf Leos Seite, kreischten und schrien bei jeder seiner Aktionen in höchsten Tönen! Die Lautstärke bewegte sich in etwa auf dem Niveau der äußerst unbeliebten Gartenbaukolonne, die von Zeit zu Zeit mit ihren Laubbläsern und Motorsägen wie ein Bienenschwarm in die friedlichen Grünflächen unseres Wohnblocks einfiel. Der Lärm der Kinder war aber nur für einen Teil der Qualen verantwortlich, die ich erleiden musste. Als Fußballspieler war ich für meine Kondition bekannt gewesen, nicht für meine technische Raffinesse. Trotzdem traf ich meistens den Ball. Leo leider nicht! Nach dem Motto „Hauptsache Treffer" verpasste er mir einen blauen Fleck nach dem anderen! Seine Fans tobten vor Begeisterung bei jedem Körpertreffer, und auch Leo juchzte vor Freude und Spaß! Freistöße, Gelbe Karten und Ermahnungen waren hier in „Underworld" scheinbar ohne jede Bedeutung! Auch mein Handzeichen für eine Spielunterbrechung wurde völlig ignoriert, deshalb brüllte ich: „Auszeit, Auszeit!"

Die Kinder guckten überrascht, ihr Lärm verstummte.

Dann hörte man nur noch Leos und meinen keuchenden Atem. Ich setzte mich in die Ecke auf eines der riesigen bunten Schaumstoffkissen.

Einen Moment ausruhen – nichts tun, nichts denken. Einfach nur den Schweißperlen hinterhersehen, wie sie von meinem Kinn zum Boden tropfen ...

Mein Blick fiel auf die Wand zu meiner Rechten. Vollgekritzelt mit kleinen Bildern, Sprüchen und undefinierbaren Graffitis. Eine therapeutische Kritzelwand vielleicht? Eine Armlänge von mir entfernt hing ein knallgelber Punchingball. Es muss wohl am fehlenden Sauerstoff oder der feuchtschwülen Luft gelegen haben. Normalerweise mache ich so etwas nicht, doch in diesem Moment spürte ich sie – die kindliche Sichtweise des Lebens: Anarchie, Anarchie! Ich griff mir einen dicken schwarzen Edding, malte der Boxbirne ein grimmiges Gesicht und schrieb darunter: „Bennos Trainer".

Dann tuschelte ich mit dem Eierkopf: „Hey, Trainer, wie besiege ich den kleinen Wilden da drüben?"

Die Jungs kamen näher, bestaunten mich und mein Werk mit offenem Mund.

„Das darfst du ja gar nicht, oder …?", meinte der Kleinste von ihnen.

Ich ging nicht darauf ein. Stattdessen: Anpfiff zur zweiten Spielhälfte! Ein fulminanter Abstoß! Der Ball, über drei Wände gespielt, traf mit einem dumpfen Knall die Tür. Bravo! Wen interessierten hier schon Tore? Unser kindliches Spiel brachte alle zum Lachen und das war – trotz meiner Blessuren – gar kein schlechtes Gefühl! Eine Weile hielt ich noch durch, für die gute Sache eben. Dann gab ich auf, außer Atem und völlig erschöpft! Das Zwergenvolk schrie „Zugabe!" und trampelte mit den Füßen. Leo schien zufrieden. Scheinbar hatte er gewonnen. Entweder hatte er Probleme mit der Addition oder alle begangenen Fouls als Pluspunkte gewertet.

Wie auch immer, als ich mich mühevoll die Treppe nach oben schleppte, erschien mir sein Vorschlag, noch eine Partie am Kicker-Tisch zu spielen, durchaus als gute Idee. Da könnte ich mich etwas erholen. War zwar nicht meine Spezialdisziplin, aber mit diesem Dreikäsehoch würde ich es bestimmt aufnehmen können – trotz seines Fanklubs, der sich stetig vergrößerte. Na, dieses Mal – so viel war sicher – würde ich sie durch mein ausgereiftes und raffiniertes Spiel verstummen lassen. Weit gefehlt! Die kleinen Strolche veranstalteten sofort einen Höllenlärm! Derart angespornt erzielte Leo gnadenlos einen Treffer nach dem anderen! Wie ein Rumpelstilzchen sprang er von den vorderen zu den hinteren Stäben und wirbelte dabei alle Spielreihen wild durcheinander! Gleichzeitig bot er uns ein Potpourri aus Flüchen, Anfeuerungsrufen und Jubelszenen. Für das anwesende Publikum ein wunderbares Spektakel! Für mich weniger. Das hier war wie im Tollhaus, ich sehnte mich nach Ruhe! Für einen Moment sah ich mich einsam am Rande des Ozeans stehen: ein Mann, der ohne Termine mit einer Flasche Bier in die Dünen fällt. Tatsächlich nahte die Rettung – in Person von Frau Frisch. Die brachte mir zwar kein kühles Pils, doch sie erklärte unsere Spielzeit für beendet, damit – wie sie sich ausdrückte – noch etwas an Energie und Schwung für die gemeinsamen Hausaufgaben übrig bliebe. Leo wurde nun beauftragt, zum Durstlöschen für uns etwas Sprudelwasser zu besorgen. Ohne Rücksicht auf die neben mir sitzende Heimleiterin wischte ich mir mit einem Tempotuch den Schweiß von der Stirn. Schlechte Manieren? Mir doch egal! Donna Rosa scheinbar auch. Sie seufzte nur ein wenig und reichte mir dann ein Blatt mit dem Stempel von Leos aktueller Schule.

Dort stand in regelmäßigen Abständen von ein bis zwei Tagen: *Aufgaben nicht gemacht! Arbeitsblatt unvollständig! Heft vergessen!*

Oh lala, da tat sich aber ein unschönes Minenfeld auf, und ich sollte wohl der Spürhund sein! Das Räumkommando. Der Rotkreuzsanitäter.

Die Heimleiterin stand abrupt auf und klopfte mir herzlich auf die Schulter – mit den aufmunternden Worten: „Das schaffen Sie schon. Sie haben ja auch Pädagogik studiert!"

Aha, da hatte meine liebe Ehefrau wieder mal mehr ausgeplaudert, als mir lieb war, denn mit einem abgebrochenen Studium kann man im Allgemeinen nicht punkten. Weil ich aber noch ein wenig kurzatmig war, wurde mein Schweigen als Zustimmung gedeutet und ich allein gelassen.

Kerl, da hast du dir was Schönes eingebrockt! Gemeinsam Hausaufgaben machen mit so einem Schlawiner – der sicher nicht dumm ist, aber ziemlich faul. Ah ... da kommt das Früchtchen ja wieder ... na, wenigstens hat er was zu Trinken besorgt ...

Gierig löschten wir unseren Durst, dann plauderten wir über das Kinderheim und Leos neue Schule. Als uns der Gesprächsstoff auszugehen drohte, begann mir Leo, Abenteuergeschichten von Donald Duck zu erzählen.

Anfangs versuchte ich, Interesse zu heucheln für die Probleme der Bewohner von Entenhausen, doch das Geplapper des Jungen ermüdete mich zusehends. Woher kannte er nur diese vielen Geschichten, und warum fand er kein Ende? Dann wurde es mir plötzlich klar: Der Bursche wollte Zeit gewinnen! Denn als ich kurz darauf die Schulaufgaben erwähnte, verfinsterte sich Leos Gesicht und er schwieg. Sprach kein einziges Wort mehr! Ich war ratlos! So ein Mist! Was sollte ich jetzt bloß machen? Drohen? Erpressen? Eine Belohnung in Aussicht stellen? Scheinbar waren meine pädagogischen Fähigkeiten doch viel begrenzter, als andere vermuteten. Immerhin, nun herrschte die Stille, nach der ich mich gesehnt hatte.

Durchatmen, Benno, nur für einen Moment den Kopf ablegen und ...

„Hallo, Herr Weber ...?"

Verstörtes Blinzeln. Mein Kopf lag auf dem Tisch, Leos große Kinderaugen schauten mich fragend an.

„Warum schläfst du denn jetzt?", fragte er neugierig.

„Ach, das ist so eine Art Meditation, weißt du, da schalte ich mal für einen Moment völlig ab. Danach bin ich aber wieder fit wie ein Eichhörnchen."

Ich gähnte. Ja, wo waren wir stehen geblieben? Offensichtlich fiel mir das Denken momentan etwas schwer.

„Ich hasse Hausaufgaben ...!"

Zwei dunkelblaue Augen blitzten mich an. Das war eine klare Absage an unsere weitere Zusammenarbeit! Mein lieber Junge, ich habe sie doch auch gehasst und dann, irgendwann so sehr vernachlässigt, dass ich sitzen geblieben bin! Aber das konnte ich ihm natürlich so nicht sagen! Nicht in diesem Moment. Stattdessen hätte ich jetzt wohl einen Vortrag darüber halten müssen, dass solche Hausaufgaben wichtig und wertvoll sind – für die eigene Entwicklung, das weitere Leben, den späteren Beruf, das übliche Blabla eben. Leider fühlte ich mich nur unendlich müde. Hm, ich könnte ihm natürlich auch alles vorsagen und der Käse wäre gegessen ... oder sollte ich ihm besser eine Entschuldigung schreiben?

„Leo war vom Spielen erschöpft und hatte zu den Hausaufgaben ein absolutes Nein-Gefühl, Ausrufezeichen. Hochachtungsvoll, Benno Weber, Tagesvater, Punkt."

Was sollte ich bloß machen? Wo blieb denn nur Susanne, so lange kann doch ein Elterngespräch gar nicht dauern, oder? Ich hatte ja nun wirklich nicht vorgehabt, mich alleine mit dem Jungen zu treffen, beim besten Willen nicht!

Doch Susanne hatte ganz plötzlich und unerwartet Verständnis für meine Situation gezeigt: „Ach, ich kann das wirklich gut verstehen, Schatz, wenn du dich bei dem Gedanken unwohl fühlst, so allein unter diesen fremden Leuten und Kindern. Das würde mich auch viel Mut und Überwindung kosten, selbst, wenn es für einen guten Zweck ist. Schade ist nur ... der Leo hat sich total darauf gefreut, dich auch mal kennenzulernen. Na ja, da kann man wohl nichts machen ...“

Klarer Fall, dass ich nun den Termin nicht mehr absagen konnte. Tja, und das hatte ich jetzt davon, von meinem Mut und Mitgefühl! Saß hilflos da und wartete auf ein Wunder. Da würde ich wohl noch lange warten ...

„Hallo, Frau Weber!“, rief in diesem Moment Leo und wandte sich zur Tür, in der soeben meine Frau erschienen war.

„Hallo, ihr beiden!“, rief sie uns fröhlich zu und verbreitete spontan gute Laune.

„Susanne, übernehmen Sie!“, seufzte ich erleichtert.

Holzbänke haben doch was Gemütliches, sie fühlen sich gut an und riechen auch angenehm. Ich saß im Innenhof des Heimes und schaute den anderen Kindern beim Spielen zu. Hier im Halbschatten zwischen den wilden Blumen, mit einem kühlen Glas Cola in der Hand, da ließ es sich aushalten! Die zerzauste Katze war auch noch da. Beobachtete gerade ein paar Schmetterlinge, die durch die Blüten tanzten. Dann trabte sie zur Bank, sprang mühelos auf den freien Platz neben mir und begann sich dort in aller Ruhe und Ausführlichkeit zu putzen. Ich dagegen drückte zwei Kühlpacks auf meine zerbeulten Schienbeine! Na ja, es hätte schlimmer kommen können, immerhin war der

Junge nicht unfreundlich gewesen. An diesem Punkt protestierten meine geschundenen Beine heftig! Aber gaben mir die blauen Flecken nicht auch etwas Heldenhaftes? Zumindest fühlte ich mich so! Zufrieden mit mir selbst kraulte ich die dösende Katze ein wenig hinter den Ohren. Der Klang ihres wohligen Schnurrens wirkte ausgesprochen beruhigend auf mich. Ja, wir zwei wussten den Moment zu genießen! Trägheit überkam mich, und trotz meiner Blessuren fühlte ich mich auf einmal ganz entspannt.

Dein Brummen ist doch viel wirkungsvoller als autogenes Training oder so was ..., dachte ich noch, dann fielen mir die Augen zu.

Die Schlammschlacht

Eng sitzende Jeans, ein verschwitztes Unterhemd und Schweißperlen auf leicht gebräunter Haut. Was für ein Mann! War das nicht der Typ aus der Cola-Werbung? Dieser coole Kerl, dem alle Frauen schmachtend hinterherglotzen? Nur, was suchte der hier im Stadtpark von Wanne - Eickel? Und seit wann hatte er graue Haare? Falten im Gesicht und eine Brille auf der Nase? Na, bei allem Wohlwollen, so könnte er höchstens für einen Kräutertee Werbung machen!

Wieso stand ich hier, auf dieser matschigen Wiese, ohne meinen blauen Pulli, nur in einem schmutzigen, verschwitzten Unterhemd? In aller Öffentlichkeit und am helllichten Tag? Ich war doch so froh gewesen, dass es vorbei war! Diese anstrengende Begegnung mit einem Jungen aus dem Kinderheim Herne-Süd. Sehr beunruhigend, wenn nichts so läuft wie geplant, sondern alles anders kommt! Kinder sind launisch und unberechenbar, soviel steht fest! Gerade noch lustig, lebhaft, hilfsbereit – schon sind sie traurig, trotzig und schadenfroh! Ein emotionales Kinderkarussell, doch ich hatte die Fahrt gut überstanden. Diese Fahrt in eine andere Welt. Die zwar anstrengend war, aber irgendwie auch spannend. Und viel spontaner als der gewöhnliche Alltag. Oder die üblichen Freizeitaktivitäten. Weder eine Kunstausstellung noch ein Kinofilm, keine Fahrradtour, kein Spieleabend, ja nicht einmal die Ü-30-Partys, die wir ab und zu besuchten, hatten so etwas zu bieten. So ein Stück eigene Kindheit, das man zurückbekam, wenn man mit diesem Jungen zusammen war. Gerade als ich über diese positive Seite meiner Begegnung mit Leo nachdachte, nutzte Susanne den günstigen Augenblick und erzählte mir, dass sich alle über meinem Einsatz im Kinderheim gefreut hätten: Frau Frisch, Leo und auch die anderen Kinder. Sogar die hofeigene Katze soll sich positiv geäußert haben … Gut, so was hörte man doch gerne! Und genau in diesem Moment wurde ich von meiner Frau zu einem weiteren Treffen überredet!

Schon am nächsten Samstagmorgen standen wir in aller Herrgottsfrühe auf, um Leo abzuholen, für einen Ausflug ins Grüne. Ausgerüstet mit Rucksack, Proviant, Frisbee-Scheibe und einem alten Lederball unter dem Arm, wie eine richtige Familie auf dem Weg zum Picknick. Leo hüpfte fröhlich vorneweg, Susanne verbreitete gute Laune, und ich schlurfte müde und missmutig hinterher. Schließlich hatte ich mit John Wayne um Mitternacht den Rio Bravo überquert und wäre deshalb gerne noch etwas länger im Bett geblieben – anstatt im Morgengrauen durch den Stadtpark von Wanne-Eickel zu wandern.

Endlich hielten wir an. An der Wiese neben dem Kinderspielplatz.

„Sieht der Morgentau nicht toll? Wie ein Meer aus Diamanten!"

Susanne machte es sich ohne Umschweife auf einer Bank im Schatten gemütlich, weil sie – wie sie behauptete – ihre Sonnenmilch vergessen hatte. Die mit dem Schutzfaktor 20, für helle und empfindliche Haut. Mit der freundlichen

Aufforderung: „Ihr könnt aber ruhig was spielen!", kramte sie ein Buch aus ihrem Rucksack. Aha, sehr schön! Madame las in aller Ruhe einen Bestseller und erlaubte uns, etwas zu spielen! Nur hatte ich wegen der frühen Anfahrt zum Kinderheim weder ausgiebig gefrühstückt noch in Ruhe meine Tageszeitung gelesen. Also packte ich die Thermoskanne mit dem Kaffee und die Westdeutsche Allgemeine aus, ignorierte dabei den tadelnden Blick meiner Frau und forderte den Jungen auf: „Geh doch mal rüber zum Spielplatz, schaukeln oder 'ne Sandburg bauen ...“

„Nö, hab keine Lust ...", brummelte Leo und wühlte stattdessen in seinem Proviantbeutel herum, bis er das fand, was er gesucht hatte: eine Jumbotüte Chips der Sorte „Mexican Hot Chili".

„Na, na, so was Ungesundes wird jetzt nicht gegessen, Leo! Das ist auch viel zu scharf für dich – mit diesem Chilizeugs! Guck mal, wir haben hier Äpfel, Bananen, Brötchen, such dir mal was Leckeres aus!"

Mit diesen Worten beschlagnahmte ich die Chipstüte und packte sie zum Zweck der Sicherheitsverwahrung in meinen Rucksack. Leos Kommentar – es klang wie „Scheiß auf dein Obst!" – war allerdings nicht zu überhören.

„Freundchen, hör mal, das ist der völlig falsche Ton! Wenn ich dein Vater wäre ...“

„Bist du aber nicht!"

Wütend stapfte er los ins benachbarte Unterholz, um die herumliegenden Äste in Augenschein zu nehmen. Nachdem der Junge so eine Weile im Gestrüpp herumgewühlt hatte, entdeckte er das, wonach er scheinbar gesucht hatte: einen großen, kräftigen Ast. Damit begann Leo nun – und sah dabei aus wie ein verzweifelter, wütender Golfspieler – Löcher in den Rasen zu schlagen! Das funktionierte auch prächtig, weil die Wiese vom Regen der letzten Tage stark aufgeweicht war. So flogen uns zusehends größere Brocken von Gras und Lehm um die Ohren. Susanne warf mir einen Blick zu, der eindeutig sagen sollte: „Kümmer dich mal darum!" Ein wildes, Löcher schlagendes Kind und eine kritisch blickende Ehefrau! Keine gute Voraussetzung, um entspannt und ungestört die Tageszeitung zu lesen. Oder mit Genuss einen frischen Kaffee zu trinken.

Demonstrativ widerwillig räumte ich alles zurück, dann forderte ich den Jungen energisch auf: „Leo, hör sofort auf damit, leg diesen blöden Stock weg! Wir spielen jetzt was zusammen, wir versuchen es mal mit Frisbee!"

Die Betonung lag auf dem Wort „versuchen"! Denn es reichte dem Jungen leider völlig aus, wenn die Scheibe flog, egal wohin! Eine Weile rannte ich so vergeblich einem neongrünen Plastikteller hinterher, der ziellos über der morastigen Wiese kreiste. Dann, ein fast gelungener Versuch ... etwas müsste ich mich noch strecken und dann ... dann verlor ich die Balance und fiel mit einem schmatzenden Geräusch auf den durchgeweichten Rasen!

Leo lachte schallend, der hatte so richtig Spaß!

Ich nicht! Deshalb schlug ich nun alternativ Elfmeterschießen vor. Da zielt man am Gegner vorbei, versucht aber immerhin, das Tor zu treffen. Unsere abgelegten Sweatshirts waren die Torpfosten und ein Loch im Rasen markierte den Elfmeterpunkt. Kaum hatten wir mit dem Spiel begonnen, stellte sich ein fremder Junge neben das Tor. Sagte nichts und glotzte nur. Der machte mich nervös!

„Willst du mitspielen?", fragte ich ihn, obwohl ich die Antwort bereits erahnen konnte.

Na klar, wollte der! Das war unser erster Mitspieler: Marvin mit dem Irokesenschnitt. Kurz darauf fragte uns ein anderer Bengel, diesmal mit sehr kurzen Haaren, ob er auch mitmachen dürfe. Wie sich herausstellte, war „er" ein Mädchen und hieß Anna-Lena. Weitere fußballbegeisterte Kinder folgten: ein pummeliger Paul, ein zierliches Mädchen, das seinen Namen nicht nennen wollte, und zu guter Letzt noch ein kleiner Blondschopf: der Lasse-Sören.

Jetzt spielten wir richtig Fußball! Drei gegen drei auf ein Tor. Soeben Foulspiel! Am Torhüter. Das war ich. Irgendjemand hatte mich gerempelt und dabei den Ball über die Linie bugsiert.

Der dicke Paul schrie: „Tor, Supertor! Weltklasse!", und tanzte, von sich selbst begeistert, um den Pfosten herum.

„Moment mal, Leute, Foulspiel!", versuchte ich verzweifelt, der Gerechtigkeit Gehör zu verschaffen.

Doch meine Mitspieler waren mit Wichtigerem beschäftigt! Es wurde nämlich heftig diskutiert, weil die Zierliche soeben erklärt hatte, dass sie ab sofort in der besseren, also der anderen Mannschaft spielen wollte. Zwischenzeitlich legte sich Marvin den Ball für einen Elfmeter zurecht. Lasse-Sören erhob Einspruch und forderte eine Gelbe Karte. Anna-Lisa schlug eine Kompromisslösung vor: Eckball oder Hochwurf, wahlweise.

Du lieber Himmel, wo war ich hier gelandet? Wie sollte ich da Ordnung schaffen? Doch bevor ich eine Antwort darauf fand, wurde ich von Leo angestupst, der mich zu allem Überfluss nach dem Spielstand fragte.

Ich versuchte, mich zu erinnern: „Moment, warte mal, ich glaube 4:3 ... äh, oder 4:2 für ...?"

Ja, für wen denn eigentlich? Passte denn hier niemand auf? Inzwischen hatte ein leichter Wind die Wolken vertrieben und der Sonne endgültig zum Durchbruch verholfen. Mann, hatte ich einen Durst!

Lippen trocken, heiße Socken. Spröder Mund, staubiger Schlund. Muskeln lahm, Hitzewahn. Ohne Mumm, Delirium.
Ein dichtender Torwart, kurz vor dem Kollaps, wie es schien! Doch da, an der imaginären Seitenlinie unseres Spielfeldes, da sah ich sie ... im Gegenlicht der Sonne, mit wehendem Haar ... langsam auf mich zuschweben. In ihrer Hand hielt sie eine Flasche, an der man schon von Weitem die glitzernden, eiskalten Wasserperlen hinablaufen sah, die das Sonnenlicht reflektierten. Was für ein herrlicher Anblick! Wie in einem Kinofilm: Die gute Fee rettet den verdurstenden Helden! Doch kurz bevor ich die Schöne und das kühle Elixier in die Arme schließen konnte, lief sie an mir vorbei auf das Spielfeld und rief mit energischer Stimme: „Leo! Du musst mal was trinken!"

Ach ... besorgt, wie eine Mutter, dachte ich gerührt, fühlte aber auch den Schmerz des vernachlässigten Ehemannes. Verzweifelt überlegte ich, ob es mir gelingen könnte, wenigstens einen kleinen Schluck zu erbetteln, als ein harter, schlammiger Lederball mein Grübeln jäh beendete. Zielgenau schlug er in meinem Gesicht ein! Meine Brille fiel zu Boden, der Ball ebenfalls. Ohne Mitleid kullerte er über die Torlinie.

„Tor von Klose!", rief Lasse-Sören, ballte die Faust zum Himmel und wandte sich seinen Mitspielern zu, um sich entsprechend feiern zu lassen.

Leicht benommen tupfte ich etwas Blut von meiner Lippe. Leo reichte mir meine verbogene Brille zurück.

„Hast du gesehen, wie ich den geflankt habe? Das war meine Vorlage! Ach, Herr Weber, du blutest da am Mund!"

„Halb so flimm Junge, nur 'ne kleine Framme!" Mir wurde leicht flau. Ich ignorierte es. Jetzt hieß es: Souveränität bewahren!

„Wer hat das Flitzohr denn ungedeckt gelaffen?", schimpfte ich und spuckte etwas Blut. Ich versuchte Anna-Lisa ihren taktischen Stellungsfehler zu erklären, doch konnte sie meinen Ausführungen leider nicht folgen, weil sie gerade damit beschäftigt war, ihre vormals weißen Leinenschühchen mit einem dunkelblauen Lappen vom Dreck zu befreien. Der Stofffetzen kam mir irgendwie bekannt vor. Ich versuchte, mich zu erinnern, doch es fiel mir nicht ein. Die Kinder hatten jedenfalls ihren Spaß! Zum Beispiel, wenn der Torwart wieder einmal – wie der sprichwörtliche Sack Zement – in den Schlamm fiel, um sich vergeblich nach dem Ball zu strecken. Leo lachte am lautesten über diese unbeholfenen Paraden eines fast 50-jährigen, rückenschmerzgeplagten Mannes, der als kleiner Junge nie gern im Tor gestanden hatte. Der es meistens auch vermeiden konnte, weil er oft mit seinem älteren Bruder und dessen Kumpels spielte. Die stellten natürlich nicht den Kleinsten ins Tor. Früher war ja sowieso alles anders. Die Kinder hier kannten weder „Pisspott", „Drei Ecken ein Elfer" noch einen „Fliegenden Torwart" oder „Erster alles"! Und Fouls wurden entweder übersehen oder sogar vorgetäuscht. Wie es einem gerade so passte. Wer dann verwarnt wurde, war meistens beleidigt und weigerte sich, weiterzuspielen. Diese Blagen stellten grundsätzlich alles infrage. Nicht ganz so einfach für einen Gesetzestreuen wie mich! Wahrscheinlich war dieses Durcheinander mit Schuld daran, dass ich jetzt Kopfschmerzen bekam. Diese stechenden, fiesen, knapp über den Augenbrauen. War ich dehydriert, hatte ich etwa einen Sonnenstich? In meinem Rücken spürte ich jetzt ein unangenehmes Prickeln, wie tausend kleine Nadelstiche!

Eine allergische Reaktion auf Gräserpollen, oder war das meine lädierte Bandscheibe? Nichts dergleichen! Es waren die Blicke! Misstrauische Blicke von Müttern, die es gewohnt waren, entspannt auf ihren Holzbänken am Rande des Spielplatzes zu sitzen und dabei über dieses und jenes zu tratschen. Oder Bücher lesend ihre Kinderwagen zu wippen – den älteren Nachwuchs auf dem Spielplatz geparkt und jederzeit im Blick.

Die Idylle nur selten gestört durch ein scharfes „Marvin, komma her!", oder ein energisches „Paul, gipp der Anna-Lena ma die Schüppe zurück!"

Und jetzt? Jetzt war da ein merkwürdiger Mann im verschwitzten Unterhemd, der scheinbar Lust und Zeit hatte, mit einer Horde kleiner Monster auf einer morastigen Wiese herumzutoben. Schlammverschmiert, mit schiefer Brille auf der Nase. Ein Mann in dem Alter! Sollte sich was schämen! Hatte bestimmt seine Midlife-Krise! War vielleicht so ein Intellektueller oder Künstler ohne geregelten Tagesablauf. Na, zum Glück war der mit seinem Sohn und seiner Ehefrau erschienen! Sonst hätte man sich noch ganz andere Gedanken machen müssen ...

Auf dem Spielfeld gab es jetzt die ersten Auflösungserscheinungen: Paul bewarf die Zierliche mit Lehm, woraufhin diese empört ihren Spielbetrieb einstellte. Lasse-Sören hatte zwischenzeitlich seine Begeisterung für naive Kunst entdeckt und zeichnete mit einem Ast Schlammbilder auf die Wiese. Anna-Lisa weigerte sich, weiterzuspielen, weil Marvin sie „Matschbirne" genannt hatte! Allmählich hatte ich die Nase voll von diesen Gören, so ein Chaos musste ich mir doch nicht bieten lassen! Ich pfiff das Spiel ab. Doch das beeindruckte niemanden, deshalb brüllte ich so laut es ging: „Abpfiff, Feierabend!" über das Spielfeld und schreckte damit noch einmal die schwatzenden Mütter auf.

Ja, ja ... hatten sie es doch geahnt: dieser grölende Kerl im Unterhemd, der freiwillig mit den kleinen Strolchen spielte – so einer konnte ja nur betrunken sein – und das schon am frühen Mittag! Die Kinder schien das abrupte Spielende nicht zu stören, alle wirkten auf ihre Art zufrieden. Es war ein ziemlicher Sauhaufen, der da auseinanderging. Pummel-Paul und Irokesen-Marvin klatschten zum Abschied meine Hand ab. Anna-Lisa erklärte mir, dass sie keine doofe Lisa wäre, sondern eine nette Lena und wischte sich dann mit dem blauen Stofflappen noch einmal ihre Schühchen trocken. Auch ich brachte wieder etwas mehr Ordnung in mein Leben und klopfte den getrockneten Schlamm von meiner Hose. Dann suchte ich meinen blauen Pulli und fand ihn schließlich, aber in Form und Farbe völlig verändert! Leo lachte Tränen, Susanne grinste und ich schmollte, aber nur für kurze Zeit. Die Mütter sah man jetzt palavernd von dannen ziehen. Bestimmt diskutierten sie noch, ob dieser Matsch jemals aus den Klamotten rausgehen würde. Bei 40 oder bei 60 Grad? Mit Vorwäsche oder besser ohne? Auch Leo betrachtete nachdenklich seine mit Schlamm- und Grasflecken verschmierte Hose.

„Kriegst du das sauber ...?", fragte er mit besorgter Miene.

„Ist doch nur ein harmloser Fall für die Waschmaschine!", versuchte Susanne ihn zu beruhigen.

Und ich fügte hinzu: „Ist doch alles halb so schlimm, Leo! Nicht wie früher, als wir noch auf den Straßen gespielt haben. Junge, wie oft hatten wir blutige Knie, die Klamotten waren zerrissen oder total verdreckt! Und moderne Waschmaschinen, die gab es noch nicht, deshalb bekamen wir oft Ärger zu Hause, manchmal sogar den Hintern versohlt! Heutzutage ist das kein Problem, alles wird wieder sauber, und verprügelt wird man auch nicht mehr!"

Leo war sichtlich erleichtert, damit schien das Thema für ihn erledigt zu sein.Wir setzten uns in den Schatten zu Susanne und packten unseren Proviant aus.

„Morgen kommt ihr doch wieder, oder?", fragte Leo mit erwartungsvollem Blick und spuckte dabei einige Krümel aus.

Ich war ziemlich erstaunt über diese maßlose Forderung. Warum war der Bengel nicht dankbar und mit diesem Ausflug fürs Erste zufrieden?

„Nee, morgen kommen wir bestimmt nicht!"

Der entspannte Gesichtsausdruck des Jungen gefror in Sekundenschnelle. Der würde doch jetzt nicht losheulen, oder?

„Na, aber spätestens am nächsten Wochenende besuchen wir dich wieder!", meinte Susanne aufmunternd und schenkte Leo ein tröstendes Lächeln.

Dann hörte man nur noch das Blätterrauschen der Bäume im Wind. Leo dachte vielleicht schon über unseren nächsten Besuch nach, Susanne wahrscheinlich über einen arbeitsreichen Sonntag. Ist für Lehrer typisch, dass sie ständig grübeln und sich gedanklich schon mit den Vorbereitungen für den nächsten Arbeitstag beschäftigen müssen. Ziemlich nervig so was. Wäre echt kein Job für mich! Ich dagegen durfte jetzt ganz entspannt an meinen wohlverdienten Feierabend denken. Zuerst würde ich ein gemütliches Vollbad nehmen, dann in aller Ruhe die Tageszeitung lesen und als Highlight des Abends noch einen spannenden Actionfilm gucken! Aus meiner DVD-Sammlung. „Hell Boy" vielleicht oder „Mission Impossible". Jepp, die passten ja auch thematisch, irgendwie! Dabei würde ich dann noch ein oder zwei kühle Bierchen trinken und reichlich Chips futtern. Mexican-Hot-Chili! Ja, die hatte ich mir auf jeden Fall verdient!

Batman fährt Bus

Grundschullehrerin ist ein toller Beruf, bekanntermaßen verdient man jede Menge Kohle, hat ständig Freizeit und Ferien. Ja, nehmen wir als Beispiel mal Susanne. Die besucht einmal in der Woche schon am frühen Nachmittag einen Tai-Chi-Kurs und an einem anderen Tag, man glaubt es kaum, trifft sie sich mit ihrer Frauenlaufgruppe bereits um 16.00 Uhr zum Joggen. Hm ... aber ansonsten scheint sie alles falsch zu machen. Denn fast jeden Abend sitzt sie noch an ihrem Schreibtisch und ist mit irgendwelchen Unterrichtsvorbereitungen beschäftigt. Oder sie begutachtet die Hausaufgaben ihrer Schulkinder. Oder protokolliert im Klassenbuch den Unterrichtsstoff der letzten Wochen. Oder plant Elterngespräche. Oder Fördermaßnahmen für die weniger begabten Kids. Es kommt auch vor, dass sie spätabends noch mit einer Kollegin telefoniert, um irgendetwas Wichtiges zu besprechen. Manchmal lacht sie dabei. Kann man das noch als Arbeitszeit gelten lassen? Wer lacht denn schon bei der Arbeit? Na ja, trotz allem habe ich Verständnis für Susannes Überstunden. Ich finde es ganz okay, dass sie ihren Job nicht halbherzig machen will, sondern versucht, ihn so gut vorbereitet und gerecht wie möglich zu erledigen.

Das versuche ich doch auch, als Trainer bei uns im Fitness-Klub. In den Kursen genauso wie bei der Betreuung an den Geräten. Meine Erfahrung ist auch weiterhin gefragt, selbst wenn es nur für ein paar Stunden in der Woche ist. Es kommt dann schon mal vor, dass ich zu Hause noch an einem Trainingsplan tüftle, meistens habe ich aber Feierabend – mal abgesehen von den üblichen Tätigkeiten im Haushalt, die man so zu erledigen hat. Später lege ich die Füße hoch, lese die Zeitung oder blättere in einem spannenden Buch. Wenn aber mal ein guter Spätfilm auf dem Programm steht, dann sage ich auch nicht Nein. Bevorzugt sehe ich mir Actionstreifen, Thriller oder Western an. Susanne guckt lieber Geschichten à la „Pretty Woman" oder „Vom Winde verweht". Gerne auch Komödien. Das, was mir gefällt, diese coolen Typen und ihre verrückten Abenteuer, das nennt sie großen Quatsch! Wäre aber statt dieser harten Burschen ein süßer kleiner Wuschelhund der Held des Filmes, würde sie das vollkommen in Ordnung finden! Doch da sie viel früher ins Bett geht als ich, kommen wir uns zum Glück eigentlich nie in die Quere.

Nun, an diesem Abend hatte ich mich gerade für einen alten „Batman"-Film entschieden, und zwar für die Folge, in der Michelle Pfeiffer diesen beeindruckenden und grandiosen Auftritt als smarte „Catwoman" hinlegt. Was soll ich sagen ... fast genau so eindrucksvoll war der überraschende Auftritt meiner lieben Ehefrau zu später Stunde!

Die tauchte nämlich plötzlich und unerwartet im Wohnzimmer auf, stellte sich direkt neben den Fernseher und mir mit ernster Miene folgende Frage: „Ist das da wichtig? Kann ich mal mit dir reden?"

Bingo! Na super! Natürlich konnte man „mal mit mir reden", nur bitte doch nicht jetzt! Und natürlich war „das da" wichtig, dieser spannende Actionfilm war genau das Richtige für einen gemütlichen Fernsehabend! Doch Susanne wirkte so entschlossen, da hatte mein schlichtes Unterhaltungsprogramm wohl keine Chance mehr! Fledermaus ade, jetzt war Talkshow angesagt!

„Ich habe noch ein weiteres Treffen ausgemacht ...", begann Susanne, nun etwas freundlicher. Sie schaute mich erwartungsvoll an.

„Ach, ein weiteres Treffen? So, so, aha ...?"

Da ich mich gedanklich aber bereits mit den Problemen der Bürger von Gotham City beschäftigte, fiel es mir schwer, ihr zu folgen. Ein Treffen hatte sie ausgemacht, aber mit wem? Besuchten wir meine Schwiegereltern? Oder war es ein Spieleabend bei Freunden? Wahrscheinlich lag es an meinem trägen Fernsehblick, dass Susanne mich doch noch aufklärte.

„Nächsten Mittwoch hat Leo schulfrei ...", begann sie und schien auf eine Reaktion von mir zu warten.

„Ach ...?", erwiderte ich Unheil ahnend.

„Du hast doch deinen freien Tag, da könntet ihr gemeinsam in den Zoo gehen."

„Wie, was, gemeinsam?"

„Nur du und Leo. Ist doch ´ne gute Gelegenheit für euch, um sich besser kennenzulernen."

„So?", sagte ich verblüfft.

Meine liebe Ehefrau hatte also einen Zoobesuch mit mir und dem Jungen organisiert, ohne mich vorher nach meiner Meinung zu fragen. Gut, es stimmte ja, mittwochs hatte ich einen freien Tag, wenn man meine Tätigkeit als Hausmann einmal unberücksichtigt ließ.

Und ja, ich hatte es bedauert, dass ich sie am Wochenende nicht ins Kinderheim begleiten konnte: *„Nee, tut mir echt leid, Susanne, aber die Fahrradtour mit den Jungs vom Fitnessklub, die ist schon seit Langem geplant, die kann ich* *leider nicht mehr absagen. So gern ich auch mit dir und Leo was unternommen hätte, wirklich …"*

Tja, und nun glaubte meine bessere Hälfte tatsächlich, mir mit dieser Überraschung einen Gefallen zu tun.

Gern hätte ich jetzt etwas geantwortet, wie: „Suse, meine Liebe, heute Abend ist es leider ein bisschen ungünstig für so ein Gespräch, sorry, und ansonsten brauche ich einfach etwas mehr Zeit, um mich seelisch auf ein Kind einzustellen, mich bedingungslos einzulassen auf diese neue, wunderschöne Erfahrung. Etwas mehr Zeit nur, vielleicht ein paar Monate oder ein Jahr …"

Doch mir war klar, Susanne würde sich nicht so einfach abwimmeln lassen und diese Angelegenheit mit mir ausdiskutieren wollen. Letztendlich zöge ich den Kürzeren, und mein Fernsehabend wäre auch im Arsch, einfach so! Dabei wünschte ich mir nichts sehnlicher, als dass Batman heute Abend noch losfliegen könnte, um die Welt zu retten!

Also sagte ich zu ihr mit freundlicher, eines guten Schauspielers würdiger Stimme: „Ja, Suse, du hast ja vollkommen recht, das ist ´ne Superidee von dir, ich freu mich richtig drauf!"

Ich schenkte ihr noch ein strahlendes Lächeln, dann griff ich zur Fernbedienung.

Als ich am Mittwoch zum vereinbarten Zeitpunkt im Kinderheim eintraf, war Leo noch mit seinem Rucksack beschäftigt.

Ich hatte es mir gerade auf dem roten Sofa bequem gemacht, da rückte die Heimleiterin näher und flüsterte mir verschwörerisch zu: „Die Tabletten hat er heute nicht genommen, weil er doch schulfrei hat. Da versuchen wir es mal ohne!"

... die Tabletten nicht genommen!, hallte es in meinen Ohren. Die bekam er doch täglich! Hatte mir Susanne erzählt. Au weia! Keine Tabletten! Aber sicher hatten die das schon ausprobiert, oder? Vielleicht tat es dem Jungen mal gut, so ganz ohne Chemie. Andererseits, wenn diese Tabletten wirklich wichtig waren ...?

Ich jedenfalls hatte heute Morgen meine Pillen geschluckt, da war ich sicher. Meine Multivitamintablette für den Mann ab fünfzig. Das Antiallergikum auch, gegen den Heuschnupfen. Ansonsten nehme ich nichts, also fast nichts – die Verdauungs-Enzyme nur bei Bedarf und ein Schmerzmittel höchstens mal abends, wenn mein Rücken zwickt. Mein Gott, der Junge hatte eine Tablette nicht genommen, das war doch kein Drama! Was hatte der noch gleich für ein Problem? So ein Mist, ich hatte nicht aufgepasst! Susanne hatte es mir doch ausführlich erklärt. Sie sagt es ja immer: „Männer hören nicht richtig zu!"

Aber „gemeinsamer Zoobesuch mit Leo, am Mittwochmorgen", das hatte ich mir jedenfalls gemerkt.

Früher war das ja oft ein zwiespältiges Vergnügen, so ein Gang durch den Tierpark. Lauter neurotisch wirkende Tiere in viel zu kleinen Käfigen. Das sollte ein echter Löwe sein, dieser Nägel kauende filzig-gelbe Wischmob? Und der Tiger hinter Gittern, der von rechts nach links ging, von links nach rechts, von rechts nach links, von links nach rechts ... eindeutig batteriebetrieben, wenn auch gut gemacht, diese Attrappe! Und dann, dort drüben in der Voliere, dieses traurig blickende, gerupfte Hühnchen – da stand doch tatsächlich „Seeadler" auf dem Hinweisschild! Ja, und dann gingen die Zoobesucher mehr oder weniger zufrieden, aber mit schlechtem Gewissen, nach Hause.

Jetzt, im Zoo der Neuzeit, dürfen alle ein gutes Gewissen haben. Denn nun bekommen die Tiere, damit sie sich wohlfühlen, so viel Auslauf, dass die Besucher „Hurra!" schreien, wenn es ihnen gelingt, für einen kurzen Moment in der Ferne eine Federfussel oder gar ein Stück Fell hinter einem Baum zu erspähen. Böse Zungen behaupten sogar, es gäbe gar keine Tiere mehr, sondern nur noch Zoowärter mit Kunststoffohren oder angeklebter Löwenmähne, die sich hinter Büschen verstecken und ab und zu Tierlaute nachahmen.

Nun, heute würde es sowieso ein Zoobesuch der besonderen Art werden, denn im Schlepptau hatte ich einen Jungen, den ich so gut wie gar nicht kannte, mit dem ich aber einen schönen Tag verbringen sollte. Leo und ich winkten noch einmal Donna Rosa zu, dann zogen wir los, ein ungleiches Paar auf dem Weg ins Abenteuer. Wir hatten das Heim noch nicht ganz hinter uns gelassen, da gab es bereits das erste Missverständnis. Leo, der bis dahin kaum gesprochen hatte, sah sich suchend um.

„Alles klar soweit?", fragte ich beunruhigt.

„Der Parkplatz ...", murmelte er leise.

„Ja, und ...?"

„Der ist doch dahinten ..."

Der Junge deutete in die andere Richtung.

„Ja, das weiß ich doch! Aber mach dir keine Sorgen, ich habe alles gut organisiert und einen Plan für uns gemacht. Guck mal, hier zum Beispiel: Für den Notfall habe ich die Telefonnummer vom Kinderheim auf diesen kleinen Zettel geschrieben. Den stecke ich jetzt in diese kleine Hosentasche hier vorne, da kommen alle Merkzettel hin, die wichtig sind. Da ist zum Beispiel noch eine zerknitterte Einkaufliste drin, die ich aber unbesorgt wegwerfen könnte, weil ich das schon erledigt habe. So, Leo, jetzt komm aber, es geht weiter! Wir müssen noch ein Stück die Straße runter, dann nehmen wir den 342er und ruckzuck sind wir am Ziel."

„Der Donald Duck hat einen 313."

„Einen 313, was?"

„Sein rotes Auto, ein 313."

„Ach ja … gut. Donald hat den 313, prima, aber wir nehmen den 342er!"

„Sind das die PS oder die Marke?"

„Wie, was, welche Marke ...?"

„Sind bestimmt die PS! Wo steht der denn?"

„Wer steht wo?"

„Na, dein Auto ..."

„Mein Auto?"

Wir sahen uns entgeistert an.

„Also Leo, *dreihundertzweiundvierzig* ist eine Linienbezeichnung, da fährt man eine ganz bestimmte Route. In unserem Fall direkt zum Zoo."

Leo sah ziemlich verwirrt aus.

„Ist Linie so was wie Coupé oder Limousine?"

Puh, dieser Ausflug hatte noch nicht einmal richtig begonnen, schon wurde es anstrengend!

„Okay, mein Freund, um es kurz zu machen: Ich besitze weder ein Auto noch einen Führerschein, und deshalb nehmen wir beide jetzt den Bus!"

Leo war sprachlos, doch seine ungläubig staunenden Kinderaugen sagten mir: „Beinahe wäre ich auf dich reingefallen. Du siehst zwar aus wie ein Mensch, bist aber in Wirklichkeit vom Mars oder vom Pluto ..."

Nach diesem Geständnis hatte ich wahrscheinlich an Wertschätzung verloren, doch ließ ich mich nicht davon beeindrucken, gab weiterhin die Marschrichtung vor und ergriff an der roten Fußgängerampel mutig die Initiative und die Hand des kleinen Jungen. Ob wir uns nun sympathisch fanden oder nicht, ich hatte hier die Verantwortung! Leo schien zu überrascht, um Widerstand zu leisten. Ja, in diesem Moment war ich wie Batman, ein Held in schwieriger Mission! Mein Auftrag war es, diesen kleinen Kerl an sein Ziel zu bringen und dafür zu sorgen, dass er den Tag unversehrt überstehen würde. Egal wie viel Energie, Nerven oder Geld das kosten würde, ich war bereit! Wir erreichten pünktlich, wie von mir geplant, die Haltestelle in Richtung Zoo. Noch fünf Minuten Wartezeit. Mit einem quirligen Neunjährigen, der seine Pillen nicht genommen hatte, aber erstaunlich gelassen blieb. Ich dagegen war nervös und fühlte mich ziemlich angespannt – die Bürde der Verantwortung wahrscheinlich. Noch drei Minuten bis zur Abfahrt.

„Leo, gib mir mal das Ticket, was man dir mitgegeben hat."

Der Junge suchte und suchte und suchte. Die Fahrkarte tauchte nicht auf. Stattdessen: zwei Gummiringe, ein zerknülltes Tempotuch, Bonbonpapier in verschiedenen Farben, ein Stück Kreide, eine verrostete 5-Cent-Münze und eine angebrochene Packung Kaugummi. Wie sich viel später herausstellen sollte, hatte Frau Frisch im Kinderheim vergessen, dem Jungen die Fahrkarte mitzugeben. Doch, wie es Erwachsene des Öfteren tun, neigte auch ich in diesem Augenblick dazu, ein Missgeschick des Kindes zu vermuten.

„Mensch, Leo, du hast das Ticket verschlampt! Na gut, das ist jetzt nicht so tragisch, wir kaufen dir gleich ein neues. Aber du musst unbedingt lernen auf Sachen, die wichtig sind, besser aufzupassen!"

Der Gesichtsausdruck des Jungen verdüsterte sich.

Wie hatte Susanne mir das erklärt? Ich sollte nicht zu persönlich werden, sachlich argumentieren und einen möglichst allgemein formulierten Tipp geben, wie man Dinge besser erledigen kann. Okay, das kriege ich hin!

„Also, sieh mal Leo, wie ich das bei mir organisiere: Da, in die Innentasche meiner Jacke kommt das Wichtigste: das Portemonnaie mit dem Geld und dem Ausweis. Mein Schlüsseletui stecke ich immer in die linke Hosentasche und diese kleine Tasche hier vorne, die bleibt für wichtige Notizzettel reserviert. Siehst du, da sind noch der alte Einkaufszettel und ein Papierschnipsel mit irgendeiner Nummer. Die Dinge sind bereits erledigt, also überflüssig. Deshalb schaffe ich sofort Ordnung und werfe sie hier in diesen Mülleimer, so wie es sich gehört."

„Herr Weber ...?"

„Ja, mein Junge, was ist denn? Ach, da kommt ja der 342er, klappt doch alles wie am Schnürchen!"

„Herr Weber, der Zettel ...?"

„Ist schon gut, Leo, ich kaufe dir ein neues Ticket!"

Ich zog den etwas widerspenstigen Knaben in den halbgefüllten Linienbus. Wir ergatterten zwei Sitzplätze in Fahrtrichtung und machten es uns bequem. Die anderen Fahrgäste hielten uns bestimmt für Vater und Sohn. Ich war für einen Moment überrascht, weil ich feststellte, dass mir diese Vorstellung gefiel.

„Herr Weber, dieser Zettel mit der Nummer ...?"

„Ja, Leo, was ist denn damit?"

„Warum hast du den weggeworfen?"

Begriffsstutzig blickte ich den Jungen an.

„Ich dachte nur, so ein Notfall, ist das nicht was Wichtiges ...?", kam es zögernd über seine Lippen.

Ach du Scheiße! Notfall. Nummer. Der Zettel mit der Notfallnummer des Kinderheimes! Der lag jetzt im Mülleimer der öffentlichen Verkehrsbetriebe!

„Ja, der Zettel ...“

Ich versuchte, Zeit zu gewinnen.

Natürlich könnte man einfach zurückfahren und dann ... Doch ehrlich gesagt, hatte dieser Behälter mit seinen Abfällen nicht sehr einladend ausgesehen. Und es gab noch einen bedeutenden Punkt, der dagegen sprach: mein Zeitplan. Der würde doch völlig durcheinandergeraten! Eine andere Lösung musste her und eine halbwegs plausible Erklärung für mein merkwürdiges Verhalten!

„Äh, ja, also, die Nummer, ich glaube, die brauchen wir doch gar nicht mehr, oder?

Die können wir doch fast auswendig, was meinst du, Leo?“ *Mein Gott, wie gerissen von mir!*

„223 oder 224 ... meine ich und ne 5. Ich glaube eine 8 war auch dabei ... oder war das ́ne 9?“

Leo sah mich mit großen Augen fragend an.

„Weißt du, Leo, wir haben früher auch viele Abenteuer erlebt und hatten keine Handys dabei. Auch keine Notfallnummern. Überlebt haben wir es trotzdem. Also, Hand drauf, wir versprechen uns, dass keiner Unsinn macht und beschließen einfach: Wir brauchen diese Nummer gar nicht, weil es keinen Notfall geben wird!“

Mit diesen beschwörenden Worten reichte ich ihm die Hand. Der Junge zögerte für einen Moment und musterte mich mit erstauntem Blick. Wahrscheinlich grübelte er gerade, warum dieser merkwürdige Mann neben ihm seine Tabletten nicht eingenommen hatte!

Auf der weiteren Fahrt schwiegen wir, in Gedanken versunken. Ein kleiner Fauxpas am Start, na und? Alles nur eine Frage der guten Planung, da würden uns doch solche Kleinigkeiten nicht aus der Bahn werfen! Ich war optimistisch, mehr würde nicht schiefgehen, das war doch klar wie Kloßbrühe!

Aufruhr in Alaska

Eine riesige Menschenmenge tummelte sich im Eingangsbereich des Tierparks! Allerdings wartete sie nicht auf uns, sondern auf die Öffnung der Kassenhäuschen. Scheinbar hatten sich für diesen Tag sämtliche Grundschüler, Ruhrpott-Rentner und junge Mütter mit Kind im Zoo verabredet.

Ich versuchte, Leo bei Laune zu halten: „Heute ist Tag der offenen Tür, auch für die Tiere. Schon im Eingang des Zoos sieht man eine riesige Schlange."

Der Junge lachte über mein kleines Wortspiel, dem schien die Wartezeit nichts auszumachen. Mich selbst macht langes Anstehen nervös, egal wann und wo, da werde ich schnell ungeduldig und zappelig. Ungeduldig? Zappelig? Das war´s doch! Die kleine Störung. Das Problem des Jungen! Der war hyperaktiv! Oh je, oh je, heute also mal „ohne Tabletten"! Eine super Idee, aber wirklich!

In Gedanken hörte ich Leo zu mir sagen: „Ey Alter, bleib cool, Mann! Wir chillen mit ´ner Runde von meinen Pillen!" Danke, mein Freund! Doch es waren keine Tabletten, die mich beruhigten, sondern zwei weitere Kassenhäuschen, die zusätzlich geöffnet wurden. Wir bekamen unsere Eintrittskarten und genau einen Lageplan des Tierparks.

„Den nehm ich!", rief Leo und zerrte an dem Papier. Aber weil ich nicht losließ, gab es ein kurzes Ritsch und nur noch zwei halbe Pläne.

„Mensch Leo, was soll denn das!?"

Kein guter Start für uns zwei.

„Ist doch nicht schlimm, so was kann doch mal passieren ...", hörte man eine dunkle Stimme aus dem Off. Ich blickte zum Himmel. Doch der unbekannte Trostspender stand direkt hinter uns, trug ein grünes Trikot mit dem Aufdruck „Zoo-Adviser" und lächelte freundlich.

„Gleich hier rechts, in unserem Maskottchen- und Souvenirshop, da erhalten Sie einen neuen Plan. Oder auch zwei, einen für den Vater und einen für den Sohn!"

Dabei kniff der freundliche Tierparkberater gönnerhaft ein Auge zu. Ich ließ den Mann im Irrtum und Leo in den Shop, um besagten Zooplan zu besorgen. Währenddessen nutzte ich die Gelegenheit, mir das bunte Treiben der Zoobesucher anzusehen. Vielleicht sollte man einfach auf die Besichtigung der Tierwelt verzichten und den Tag hier verbringen? Mit der Beobachtung von Zweibeinern. Doch allmählich verrann die Zeit und meine Geduld mit ihr. Verdammt, wo blieb der Knirps!?

Es half nichts, ich musste wohl nachsehen. Der Souvenirladen war nicht sehr groß, aber bis zum Rand gefüllt mit Tieren aller Art. Große zum Kuscheln, kleine als Anhänger. Tierkalender, Postkarten, Bilder. Es gab auch noch andere Dinge zu bewundern: Tassen, Tücher und bunte, glänzende Steine. Glänzende Steine? Hallo, was sollte das denn!? Im Zoo Steine zu verkaufen! Ein Schmuckladen hat doch auch keine Goldfische oder Papageien im Sortiment. Die einzige logische Erklärung, die ich mir vorstellen konnte, war: Diese Steine waren zum „Tiere-bewerfen" gedacht! Nehmen wir zum Beispiel mal das Faultier da vorne: Das hängt doch den ganzen Tag nur rum, voll langweilig, so was! Zack, Stein an den Kopp! Oder der Koalabär dort hinten: Macht wie immer gar nichts – wie öde, war der überhaupt echt? Wird sofort überprüft … und zack, ein Stein an die Birne! Da käme endlich mal Bewegung in die Bude! Ja, so würden die Steine halbwegs einen Sinn ergeben. Bestimmt waren sie deshalb auch glattpoliert, damit das Nashorn nicht plötzlich zwei Hörner hatte. Mein Tageskind war gerade darin vertieft, einzelne Stücke sorgfältig mit der Hand abzutasten und ausgiebig zu begutachten.

„Mensch, Leo, ich warte schon ewig auf dich, du solltest doch ´nen Plan besorgen!"

„Ja, hab ich doch gemacht … aber jetzt guck mal, Herr Weber, wie schön die Steine sind! Der Rot-grüne hier und der hier, der Blaue, der so glitzert. Mann, sind die toll! Darf ich mir ein paar aussuchen?"

Ich zögerte, der Junge hatte ja recht, diese Steine übten eine magische Anziehungskraft aus. Als Kind bin ich auch ein begeisterter Sammler gewesen, doch das war lange her, in meiner persönlichen Steinzeit, sozusagen. Heute aber hieß unser Auftrag „Zoobesichtigung" und nicht „Wir bummeln über den Basar"!

„Leo, sieh mal her … was die kosten sollen! Die sind doch viel zu teuer!"

Ein überzeugendes Argument, wie ich fand. Leo aber nicht. Seine Augen blitzten zornig und, dass er schlagfertig genug war, sich zu revanchieren, sollte ich schon bald merken. Vorerst galt meine besondere Aufmerksamkeit der attraktiven Dame am Infostand.

„Guten Morgen, schöne Frau – ich hätte gerne einen Lageplan von ihrem Zoo!"

Die junge Zooangestellte musterte mich mit kritischem Blick, zögerte einen Moment, reichte dann aber einen

Plan herüber. Genaugenommen hielt sie ihn vor Leos Nase: „Da mein Junge! Du bist bestimmt der bessere Spurenleser von euch beiden. Oder willst du noch einen zweiten Plan für deinen Opa mitnehmen, falls der sich mal verirren sollte?"

Die beiden lachten herzlich. Ja, zugegeben, meine Haare sind mit den Jahren schon etwas grau geworden, aber deshalb gleich „Opa"? Oder sollte das ein Jux gewesen sein? Ha, ha, sehr komisch! Ausgesprochen witzig! Na, so etwas nehme ich doch mit Humor!

Der verging mir allerdings, als mein kleiner Begleiter sich dem grünen Spaßvogel zuwandte und lautstark verkündete: „Der da ist gar nicht mein Opa!"

Musste der Bengel schon wieder seinen Senf dazugeben?

Das grüne Trikot stutzte. Sah mich noch prüfender an.

„Ach so, Sie sind also ... der Vater des Jungen?"

Tja, Benno, kalt erwischt, mit einer ganz simplen Frage.

„Äh ... wie jetzt ... der Vater? Also, nein, eigentlich nicht, ich bin eher so was wie ein Onkel für den Jungen ... oder quasi der Tagesvater. Ja, vielleicht könnte man das so nennen, was, Leo?"

Mein Lächeln wurde zur Grimasse. Das schien nun der richtige Zeitpunkt für die Rache eines frustrierten, neunjährigen Jungen zu sein.

„Ist nicht mein Onkel, is´ nur der Herr Weber!"

Erstaunlich, wie viel Geringschätzung so ein Winzling in seine Worte legen konnte. Nachdenkliches Schweigen.

Die Lady in Grün fand als Erste ihre Worte wieder:

„Aha, aber den Herrn Weber, den kennst du schon länger, oder...?"

Mann, hatte die zu viele Krimis gelesen, oder was war los mit der Tussi!?

Doch bevor ich mich einmischen konnte, rief Leo mit gespielter Empörung: „Nee, den kenn ich fast gar nicht!" Er sah dabei ausgesprochen zufrieden aus.

„Fast gar nicht", war eine durchaus zutreffende Darstellung unserer momentanen Beziehung – leider nur zu einem äußerst ungünstigen Zeitpunkt.

Miss Marple aus Gelsenkirchen-Buer schöpfte jetzt endgültig Verdacht: „So, der Junge kennt Sie kaum und verwandt sind Sie auch nicht – können Sie mir das irgendwie erklären?"

„Ja, äh ... das ist eigentlich so, ich und ... der Ole, äh, also der Junge ..."

„Ich heiße Leo!", schrie mein wütender Schützling.

„Sie kennen nicht mal seinen richtigen Vornamen? Ist ja unglaublich!"

In meinem Rücken spürte ich den entsetzten Blick abertausender Kuscheltieraugen. Einer spontanen Verhaftung hätten die sofort zugestimmt!

„Ja, äh, doch, natürlich kenne ich seinen Namen, im Prinzip schon. Nur ... jetzt, in der Aufregung, da habe ich mich versprochen. Meine Güte, das kann doch mal passieren! War nur ´ne Verwechslung. Ole ... Leo, Leo ... Ole, das müssen Sie zugeben, das klingt doch ziemlich ähnlich, oder?"

Im Drehständer der Sonnenbrillenkollektion spiegelte sich mein gequältes Lächeln.

„Er hat auch meine Notfallnummer weggeworfen!", rief ein immer übermütiger werdendes Kind, dem hier eindeutig zu viel Aufmerksamkeit geschenkt wurde.

„Verdammt noch mal, Leo, das war doch ein Versehen – dieser zerknüllte Zettel im Mülleimer ... aber ich habe die Telefonnummer fast im Kopf ... 223 ... 5 und dann ´ne 7 oder 8 ... so ähnlich jedenfalls."

Das klang nicht sehr überzeugend.

„Sie bleiben jetzt mit dem Kind hier stehen und rühren sich nicht vom Fleck!", kommandierte die Mitarbeiterin des Zoos mit energischer Stimme.

Die ich nun gar nicht mehr so attraktiv fand. Mann, war ich geladen! Wütend auf den kleinen Giftzwerg und diese Wichtigtuerin! Nur, konnte ich mir in diesem Moment einen Wutausbruch leisten? Eine weitere Eskalation? Sollte ich nicht besser einen Versuch wagen, Leo ins gemeinsame Boot zu holen, um aus diesem Schlamassel herauskommen?

Ruhe bewahren, tief durchatmen, Benno! Wozu hast du alle deine Entspannungstechniken gelernt?

Ich packte den Jungen am Arm: „Hör mal zu, Leo!"

Ein ängstlicher Blick hoch zu mir. Da stand er vor ihm, der große gefährliche Höhlenbär! Na, so funktionierte das jedenfalls nicht! Ich atmete noch einmal tief durch, ging in die Knie und begab mich auf Augenhöhe. Schon besser.

„Leo, wir haben ein Problem! Wenn diese Dame hier nicht akzeptiert, dass wir zusammengehören, kommen wir heute nicht in diesen Zoo. Die bringt es fertig und ruft die Polizei! Also, das jetzt wieder in Ordnung zu bringen, wird 'ne schwierige Mission für uns, da müssen wir uns auf jeden Fall vorher wieder vertragen!"

„Was ist das eine Missi...on?"

„Mission – na, das bedeutet so viel wie ein Auftrag oder eine schwierige Aufgabe, die wir jetzt lösen müssen!"

„Oh, klasse, so wie Phantomias im Donald-Duck-Sonderheft!" Leos Augen strahlten.

„Genau ...", sagte ich und konnte der Versuchung nicht widerstehen.

„Du wirfst gleich auf mein Kommando sämtliche Regale hier um und betätigst den Feuermelder da drüben!

Ich fessle in der Zwischenzeit das grüne Hemd da vorne, schneide die Telefonleitung durch und sprenge uns den Fluchtweg nach Alaska frei!"

„Au, super!", rief Leo begeistert.

Ich musste erkennen: Ironie im Gespräch mit einem neunjährigen Kind war nicht angebracht.

„Mensch, Leo, das war doch nur ein Spaß! Ich bin weder deine alberne Phantom-Ente noch Bruce Willis oder Rambo! Natürlich gehen wir nicht so vor! Wir machen Folgendes, hör mal zu: Ich bitte die junge Frau um Entschuldigung, und du erklärst ihr noch einmal in Ruhe die Situation, wer ich bin, wer du bist und so weiter. Ist das okay, bekommst du das hin?"

Leo nickte entschlossen.

Ja … und es klappte tatsächlich, weil der Junge klug genug war, den Ernst der Lage zu begreifen. Als wir uns verabschiedeten, bekam er noch einen schönen Stein und ich einen bösen Blick geschenkt.

Unseren Zoo-Rundgang wollte ich dann in den Dschungelwelten Asiens beginnen. Leo stimmte für Afrika.

„Weil es da die wilden Löwen gibt … und lustige Affen!"

Puh … das Ganze wurde viel mühevoller, als gedacht! Wir einigten uns schließlich auf die „Alaska-Tour" als Kompromiss. Leo ernannte sich umgehend zum Zooführer, weil er – im Gegensatz zu mir – im Besitz mehrerer Lagepläne war! Wie hatte der Bengel das nun wieder angestellt? Egal, vorläufig ließ ich ihn mal gewähren. Natürlich würde ich unbemerkt die Fäden in der Hand behalten, klarer Fall! Dann, im ersten Gehege, direkt vor uns – ein sibirischer Luchs! Geschmeidig und kraftvoll, ein schöner Anblick! Ich versuchte, Leo auch für die Informationstafeln zu begeistern. Warum soll ein Kind nicht auch etwas lernen bei so einem Zoobesuch?

„Guck mal hier, Leo, wen der so alles frisst! Rehe, Hasen, Füchse, Marder … was … wie bitte? Wie der die frisst? Äh … ja, so genau müssen wir das eigentlich nicht wissen, Leo."

Kurz darauf bekamen wir selbst Hunger und futterten gemütlich auf einem Baumstamm sitzend unsere Stullen. Merkwürdig, obwohl wir nicht miteinander redeten, hatte ich das Gefühl, dass wir uns ein kleines Stück näherkamen.

Ich bin ja niemand, der Kinder grundsätzlich süß findet. Oder alles toleriert, was diese kleinen Strolche an Dummheiten anstellen. Aber hier so ganz entspannt neben diesem Jungen zu sitzen, das gefiel mir. Der alte Mann und das Kind. Ein Kind mit ungewöhnlicher Ausstrahlung, genau so, wie es mir Susanne beschrieben hatte. Ich glaube, es lag vor allem an seiner Art, der Welt immer noch freundlich und mit Neugier zu begegnen. Trotz der gemachten Erfahrungen hatten seine Augen nicht diesen traurigen Glanz einer verletzten Kinderseele angenommen. Dieser Junge ließ sich einfach nicht unterkriegen. Streit sollte man mit so einem Energiebündel wohl besser vermeiden. Wenn das überhaupt möglich war, Konflikten mit Kindern aus dem Weg zu gehen. Wahrscheinlich ziemlich naiv von mir, diese Wunschvorstellung. Nun, zum Glück herrschte eine friedliche Stimmung und so zogen wir frisch gestärkt weiter. Das nächste Tier tauchte sofort unter, als es uns kommen sah, doch ich erkannte, dass es ein Biber war, dafür brauchte ich nicht einmal die Infotafel. Ich erzählte dem Jungen, was diese Burschen für tolle Staudämme bauen, doch leider gab es hier keinen einzigen.

„Dann eben nicht, du Spielverderber!"

Der Biber schien ebenfalls beleidigt, jedenfalls tauchte er nicht mehr auf. Leo rührte sich nicht vom Fleck. Meine

Aufforderung zum Weitergehen überhörte er einfach, deshalb versuchte ich es wie der alte Leitwolf: Energisch voranschreiten, damit das kleine Wölfchen aus Angst vor dem Alleinsein hinterhergedackelt kommt. Dabei überholte ich auf dem Weg zur nächsten Attraktion zügig eine lärmende Schulklasse, schließlich will ich so ein Tier nicht nur aus der dritten Reihe beobachten!

Zu sehen gab es jetzt den „Baumstachler", ein kugeliges Etwas mit vielen Stacheln. Ich eroberte einen strategisch günstigen Platz mit guter Sicht, direkt neben der Infotafel. Umgeben von zappeligen und schwätzenden Schulkindern las ich den Infotext für Leo besonders laut und deutlich vor: „Der Baumstachler hat ca. 30.000 dicke, acht Zentimeter lange Stacheln ..."

Es wurde merklich ruhiger.

Ich fuhr fort: „... bohren sich die Stacheln, die mit kleinen Widerhaken versehen sind, in den Angreifer und dringen mit jeder seiner Bewegungen immer tiefer ein!"

Andächtige Zuhörer, die kaum noch zu atmen wagten.

„Oft dringt der Stachel mit der Zeit noch tiefer ein und kann den Körper des Feindes sogar völlig durchwandern."

Jetzt herrschte atemlose Stille!

Ich beendete meinen Vortrag und fügte hinzu: „Ganz schön gruselig, was?"

Von allen Seiten gab es nun Zustimmung, einige der Kinder applaudierten sogar! Allerdings war ich mir nicht sicher, ob ihr Beifall meinem Vortrag oder dem unheimlichen Baumstachler galt. Ein älterer Herr, wahrscheinlich der Lehrer dieser Rasselbande, klopfte mir anerkennend auf die Schulter: „Sehr guter Vortrag, junger Mann, sehr informativ! Sagen Sie mal, wann und womit füttern Sie denn diese merkwürdigen Stacheltiere?"

Tja, ich hätte mir an diesem Tag kein grünes T-Shirt anziehen dürfen! Doch blieb ich die Antwort nicht schuldig: „Ja, im Moment sind die Viecher völlig satt, das kann dann Tage, sogar Wochen dauern, bis sie wieder mal einen Zoobesucher aufspießen und genüsslich verspeisen!"

Der Mann blickte mich irritiert an, ich blickte mich suchend um. Wo war Leo? Er war nirgends zu sehen. So ein Mist, ich hatte ihn verloren! Wo war die kleine Kröte nur hin? Hm, was macht denn so ein Junge in dem Alter? Will er als Erster am nächsten Gehege sein oder bleibt er einfach irgendwo stehen? Da kenne sich einer aus mit der kindlichen Psyche! Ich beschloss, zurückzugehen zum Bibergehege. Wieso stand dort auf diesem Schild „Kanadischer Fischotter"? Sehr merkwürdig. Während ich noch darüber nachgrübelte, tauchte er wieder auf! Also der Biber, der jetzt plötzlich ein Otter sein sollte. Aber auch Leo. Er hing mit konzentriertem Blick am Wasserbecken und hatte mich überhaupt nicht vermisst. Erklärte mir dann ganz ernsthaft, dass dieses Tier in regelmäßigen Abständen erscheinen würde, man müsste nur geduldig warten. Geduldig warten? Das hatte mir noch gefehlt! Ich nahm den Burschen an die Hand und zerrte ihn weiter.

„Ja, Leo – ein anderes Mal! Aber bislang haben wir erst eine Handvoll Tiere gesehen und dafür eine kleine Ewigkeit gebraucht, wir müssen jetzt unbedingt mal vorwärtskommen!"

In so einem großen Tierpark kann man sich ohne weiteres verzetteln, wenn man kein gut durchdachtes Konzept hat. Mein Plan war es, zügig dem ausgeschilderten Rundgang zu folgen, denn der wird schließlich von studierten Fachleuten entworfen. Die sollten es doch wissen, wie man zeitsparend vorwärtskommt. Es folgte dann: ein kurzer Aufenthalt bei den Elchen, ein Blick auf die Eisbären, flott zu den Wölfen, zügig die Seehunde, fix die Polarfüchse, Braunbären, Rentiere, Schneehühner! Erschöpft legten wir an der Imbiss-Bude, die sich hier „Alaska Fritten Ranch" nannte, einen Zwischenstopp ein. Ich bestellte mir „Pommes, Currywurst, Majo". Leo sollte sich selbst was aussuchen – ein Kind in dem Alter muss lernen, eigenständig zu handeln. Mein kleiner Begleiter grübelte eine ganze Weile, bevor er mir dann stolz und in feierlichem Ton seine Entscheidung mitteilte: „Pommes mit Ketchup, Majo und Senf!"

Halleluja! Was sollte das denn werden? Unter „aussuchen" hatte ich mir etwas anderes vorgestellt! Weil ich mit der Bestellung noch zögerte, wurde es in unserer Warteschlange allmählich unruhig. Aus den hinteren Reihen hörte man erste Anfeuerungsrufe wie: „Mach mal hinne!" oder „Mann, datt kann doch nicht so schwer sein!"

Der Zuruf „Werden die Pommes heute einzeln abgezählt?", wurde sogar mit Beifall bedacht!

In Windeseile erklärte ich Leo, dass seine getroffene Auswahl nicht nur mir Bauchschmerzen bereiten würde. Wie auch immer, der Junge war zum Glück einsichtig und bestellte: *eine doppelte Pommes mit Senf!*

Leos Wunsch wurde von den hinter mir Stehenden lautstark unterstützt, und um meine Gesundheit nicht zu gefährden, fügte ich mich ihrem Mehrheitsvotum.

„Gleich werden die nachtaktiven Tiere munter!", war noch das Netteste, was uns hinterhergerufen wurde.

Mannomann, wie peinlich! Nur wegen einer kindlichen Geschmacksverirrung! Wir setzten uns, so unauffällig wie möglich, in die hinterste Ecke der Holzbaracke. Ich schwieg und Leo schwatzte. Der Kleine konnte fröhlich plappern und dabei in aller Ruhe seine Pommes essen! Ein sprechender Pürierstab! Der Senf – die Portion zu 60 Cent – blieb allerdings liegen. Aber warum? Der Junge war doch ein pfiffiges Kerlchen! Sicher, Erwachsene machen auch Dummheiten, kaufen manchmal zu viel oder das Falsche. Haben die einen vernünftigen Grund dafür? Nee, meistens nicht! Warum sollte sich also ein Kind schlauer verhalten? Wieso hat man überhaupt diese Erwartungen an ein Kind?

Da musste ich unbedingt mal Susanne fragen, die sollte das doch eigentlich wissen. Sie hatte mir erst neulich „Die Entwicklungspsychologie des Kindes" geliehen. Das Buch lag zurzeit auf meinem Nachttisch und verstaubte. Falls ich jemals wieder unversehrt nach Hause zurückkehren sollte, würde ich es lesen, versprochen!

Wenn die Schneeeule tanzt

Die eigentliche Attraktion in der „Alaska-Erlebniswelt" war kein Tier, sondern ein kleines 3D-Kino in den Ruinen einer Goldgräberstadt. Schief an einen alten Balken genagelt hing über unseren Köpfen ein verstaubtes Schild: „Alaska Ice Adventure". Auf der Infotafel wurde „Eine abenteuerliche Reise durch Alaska in der Moving Ground Ice Area" angekündigt. Was auch immer das zu bedeuten hatte – da wollte ich nicht hin! Leo unbedingt. Prompt standen wir wieder in einer Warteschlange, weil der Einlass nur in kleinen Gruppen gewährt wurde. Mein Tageskind begann damit, kleine Steine durch die Gegend zu schießen.

„Leo, lass das bitte mal sein!"

Direkt vor uns wurde geraucht. Vater, Mutter und Kind. Also das Kind, ein kleines, blasses Mädchen natürlich nicht. Hinter uns wurde heftig gedrängelt. Ich war etwas gereizt, Warten ist bekanntermaßen nicht mein Ding. Leo kickte weiterhin Steine umher.

„Leo, hörst du schlecht, du sollst damit aufhören!"

Ich warf ihm und allen anderen, die mich hier nervten, böse Blicke zu. Warum hatte ich mich bloß darauf eingelassen? In einem Tierpark will ich schließlich Tiere sehen und keine Abenteuerfilme! In der Wartezone entstand nun Unruhe, weil sich soeben ein Mann in Gelsenkirchener-Zoogrün energisch den Weg nach vorne bahnte. Mit strengem Blick auf die wartende Masse entfernte er das Absperrseil.

„Achtung, Leo, aufgepasst! Es geht los, aufrücken, schnell!"

Ich zerrte den Jungen vorwärts, und fast hätten wir es geschafft! Hinein ins Kino. Doch direkt vor uns stoppte das Drehkreuz und verpasste mir einen blauen Flecken am Oberschenkel. Ich fluchte etwas Unanständiges und begann frustriert Steine durch die Gegend zu schießen.

Ob sich unser Warten auf das „Alaska Ice Adventure" gelohnt hat? Leo und ich waren da unterschiedlicher Meinung. Eine ungewöhnliche Kombination war es ja schon, diese Mischung aus 3D-Kino und einem Erdbeben der Stärke 6,5. Mein Magen war jedenfalls beeindruckt und rumorte heftig! Am Ausgang trafen wir die Raucher wieder, das kleine Mädchen hockte röchelnd da und kotzte ein buntes Mosaikmuster auf die glitzernden künstlichen Eisberge. Wer hatte sich das bloß ausgedacht – eine Frittenbude direkt vor diesem Rüttelkino? Das Planungskomitee des Zoos bewies jedenfalls Sinn für Humor. Unsere Alaska-Tour endete schließlich bei den Schneeeulen. Leo fand diese flauschig weißen Federknubbel ganz toll, ich eher langweilig.

„Lass uns weitergehen, Leo! Vielleicht haben wir am Ende noch etwas Zeit, dann gucken wir uns die noch mal an, versprochen!"

Wir brachen auf nach Afrika.

„Hm, wir sollten eine Auswahl treffen ...", sagte ich grübelnd zu Leo, doch der wollte sie alle sehen: Blaumaulmeerkatzen, Gänsegeier, Tüpfel-Hyänen, Erdmännchen, Gorillas und Giraffen. Natürlich auch die roten Varis aus Madagaskar, eine Affenart, die sich in einem bestimmten Areal des Zoos frei bewegen durfte. Diese Lemuren sind sehr gesellige und zutrauliche Zeitgenossen, die sich sogar streicheln lassen. Das finden natürlich alle ganz toll. Abgesehen von mir. Mein Ding ist das nicht, so ein pelziges Viech anzufassen. Deshalb stellte ich mich abseits des größten Rummels in den Schatten eines Baumes. Hier in sicherem Abstand konnte ich ganz entspannt der fröhlich lärmenden Kinderschar zusehen, wie sie mit wachsender Begeisterung den plüschigen Tieren ihre Felle kraulten.

Autsch, verflixt – da war mir doch irgendetwas auf den Kopf gefallen! Ich sah verärgert nach oben. Über mir im Baum saß eines dieser kleinen Kerlchen und blickte neugierig zu mir hinunter. Um ein größeres Interesse seinerseits zu vermeiden, tat ich gelangweilt, behielt den Burschen aber unauffällig im Auge. Der Affe hangelte sich näher heran, ich wich einen Schritt zurück. Meinem geordneten Rückzug kam der Vari nun leider zuvor, indem er blitzschnell von einem Ast auf meine Schulter sprang. Ein ziemlich distanzloses Verhalten!

„Hilfe!", murmelte ich, aber ganz leise, weil ich niemanden erschrecken wollte.

Jetzt bloß keine falsche Bewegung! Wenn der erst einmal nervös oder wütend wird, zieht der womöglich an meinen Haaren! Oder knabbert mein Ohr an ...!

„Der soll mal zu mir kommen!", rief Leo lachend schon von Weitem und rannte auf uns zu.

Ja genau, dachte ich, *Äffchen – geh doch zum Leo oder sonst wohin, Hauptsache weg*! Es war wohl Gedankenübertragung oder die Hektik des herbeieilenden Jungen, jedenfalls huschte der Affe von meiner Schulter zum Boden hinunter und verschwand flink im Unterholz. Die Flucht zu ergreifen, das fand ich eine gute Idee, ich wollte ebenfalls hier weg! Sofort!

„Leo, komm wir müssen weiter, wir wollen doch noch die Löwen sehen, die gehen bestimmt bald schlafen!"

Erstaunlicherweise schien ich recht zu behalten und das, obwohl ich überhaupt keine Ahnung von den Schlafgewohnheiten dieser Raubtiere hatte. Jedenfalls war der

König Afrikas nicht zu entdecken. Wir suchten wirklich gründlich. Fanden alles mögliche, aber keinen Löwen. Schließlich ging ich nach links, Leo nach rechts. Fünfzig Cent Belohnung für denjenigen, der das Raubtier zuerst entdeckte. Ziemlich geschäftstüchtig, mein kleiner Freund! Irgendwann hätten wir uns wieder begegnen müssen, aber Leo tauchte nicht wieder auf. Hatte der Junge den Löwen entdeckt? Hier, in diesem Bereich war ein wild begrünter Wassergraben angelegt worden, auf der anderen Seite hatte man zusätzlich einen hüfthohen Elektrozaun angebracht. Eine Raubkatze hätte nun – mit der Mentalität eines Zehnkämpfers – im schräg abfallenden Tiergehege eine Wand hochspringen, den elektrischen Schlag ignorieren und durch den Graben schwimmen müssen, um auf die andere Seite zu gelangen. Ich wurde das dumme Gefühl nicht los, dass nicht die Zuschauer, sondern der Löwe geschützt werden sollte. Aber wo blieb denn nur mein kleiner Begleiter? Hm, da vorne auf dem Wasser trieb ein Plan vom Zoo herum, na unserer war das sicher nicht ... oder?! Das wäre ja der Letzte seiner Art, die übrigen hatte Leo zerrissen, verloren, vergessen. Weil er die Karten fortwährend auf dem Boden ausbreiten und studieren musste. Und wenn er das hier auch gemacht hatte, um das Versteck des Löwen zu entdecken? Mist, ich musste wohl oder übel das Ufer absuchen!

Kurz blickte ich mich noch um, rief ein paar Mal laut „Leo!" und betrat dann, nachdem ich keine Antwort erhielt, vorsichtig den Rand des Wassergrabens. Die ersten Passanten blieben stehen und staunten. Dachten wahrscheinlich: Wie witzig, der ruft nach dem Löwen.

Ja, glotzt ihr nur, ihr Ahnungslosen, hier geht es womöglich um Leben oder Tod!

Hm, wie tief ist denn so ein Gewässer? Konnte man es riskieren noch näher ... Den Gedanken hatte ich noch nicht ganz zu Ende geführt, als er plötzlich vor mir stand! Nicht etwa Leo, sondern derjenige, den wir gesucht hatten, der König der Tiere! Ein eindrucksvoller Bursche, der da in aller Seelenruhe hinter einer Hecke hervorgetänzelt kam, geschätzte Entfernung: circa dreißig Meter. *Reichte gerade so für einen kurzen Anlauf vor dem finalen Sprung auf die Beute,* dachte ich. Der Löwe blickte sich kurz um, schüttelte seine Mähne und gähnte herzhaft. Ein imposantes Gebiss, das gehörte sicher keiner Schmusekatze. Hatte wohl gerade sein Mittagsschläfchen beendet, der Gute. Oder wurde schon wieder müde, weil er zu viel gefressen hatte. *Gefressen hatte* ... oh Gott, der Junge! Ich musste unbedingt näher heran, um das Ufer abzusuchen. Vorsichtig machte ich einen Schritt auf den Graben zu. Und noch einen, ganz langsam. Beim dritten traf mich der Schlag! Ziemlich heftig sogar! Offensichtlich bekam der Zoo seinen Strom im günstigen Vorteilspack geliefert. Denn auf der Besucherseite war ebenfalls ein Elektrodraht gespannt worden, auf Kniehöhe etwa, aber gut getarnt im Ufergras. Ich verlor die Balance, rutschte den Uferrand hinab und stand plötzlich mit einem Bein im Wassergraben. Was sollte das denn? Wollte man unvorsichtige Besucher per Stromschlag zu Fall bringen und lähmen? Ein wehrloses Appetithäppchen, das langsam hinübertreibt bis zum anderen Ufer? Als „Löwenüberraschung" frisch auf den Tisch, die Alternative zur üblichen Hausmannskost? Der Löwe fand mich jedenfalls interessant genug, um ein paar Schritte näherzukommen. Ich dagegen hielt eine engere Bekanntschaft, bei der mich jemand zum Fressen gern haben würde, nicht für sonderlich erstrebenswert und beschloss, den Graben zügig zu verlassen. Was ich nebenbei aus dem Wasser fischte, war kein Zooplan, sondern nur ein Baumarktprospekt.

Andere Zoobesucher reichten mir nun ihre Hände und halfen mir aufs Trockene. Kinder einer Schulklasse applaudierten und schossen Erinnerungsfotos.

Ein älterer Herr, der mir irgendwie bekannt vorkam, klopfte mir anerkennend auf die Schulter: „Großartig, junger Mann, wie Sie hier für Ordnung sorgen! Ein kleiner Papierfetzen auf dem Wasser, schon springen Sie rein und fischen ihn raus. Ganz toll, sehr vorbildlich dieser Einsatz!"

Ich war baff! Erst recht, als ich in der Menschenmenge Leo erkannte.

„Mensch Leo, wo warst du denn!"

„Hab, mi...mich da vorne versteckt, wollte di...dich erschrecken", stammelte der Junge aufgeregt.

Jetzt hätte ich etwas Strenges sagen müssen, eine Ermahnung vielleicht, doch es klappte nicht. Ich war zu froh, dass Leo nichts passiert war! Kann sein, dass ich ihn sogar kurz an mich gedrückt habe. Aber nur ganz kurz.

Im Souvenirshop schüttelte die kleine Zoodetektivin vom Infoschalter resignierend den Kopf, als sie mich wiedererkannte und meine verschlammte, nasse Hose sah. Wir kauften trotzdem bei ihr zwei grüne Handtücher mit Tiermotiven darauf – zu 19 Euro 90 das Stück. Mit einem lachenden Löwen wischte ich mir den Schlamm von meiner Hose. Geschah ihm recht, dem Löwen! Leo reichte mir ganz überraschend noch seine Eulen in Frottee. Bestimmt plagte ihn ein schlechtes Gewissen. Wir setzten uns dann vor dem Zooladen auf eine Bank in die Sonne, um meine Jeans noch etwas trocknen zu lassen. Ich sah auf die Uhr.

Meine Güte, war die Zeit schnell vergangen! Puh! Jetzt

musste ich Leo leider erklären, dass wir keine Chance mehr hatten, noch weiteren Zoobewohnern „Hallo" zu sagen.

Er reagierte wütend mit zornig funkelnden Augen: „Du bist schuld, dass die Zeit weg ist! Die Schneeeulen, da wollten wir noch mal hin! Du hast es versprochen! Du bist schuld, du Lügner! Und den Stein, den schenk ich dir auch nicht!"

Mit diesen Worten schleuderte er das glitzernde Andenken aus dem Souvenirshop bis in den Dschungel Asiens, der sich zurzeit noch im Aufbau befand. Hoffentlich waren die Orang-Utans noch nicht auf ihren Bäumen! Weil die Ereignisse des Tages aber auch an meinem Nervenkostüm gezerrt hatten, war ich etwas dünnhäutig geworden. Ich packte ich den Jungen am Arm und schüttelte ihn heftig.

„Du undankbarer, kleiner ...!"

Den Zwerg konnte ich mir gerade noch verkneifen. Ich sah in wütende, aber ebenso traurige Kinderaugen. Für Leo war dieser Tag wahrscheinlich auch sehr anstrengend und verwirrend gewesen. Ein Tag mit Benno Weber, dem Mann seiner netten Klassenlehrerin. Ein merkwürdiger Kauz, der nicht mal ein Auto besaß und wichtige Notizzettel einfach in den Müll warf. Der bei längerem Warten ungeduldig und reizbar wurde. Zu geizig war für einen „Edelstein" und sich stattdessen mit der netten Dame im Souvenirshop anlegte. Der Vorträge über einen Biber hielt, der eigentlich ein Fischotter war. Den man, obwohl er ständig über Ordnung und Regeln schwadronierte, aus dem schlammigen Löwengraben ziehen musste. Ja, so sah er mich wahrscheinlich, der Junge. Mein Eindruck von seinen Eigenschaften war allerdings auch zwiespältig: Zum einen wirkte dieses Kind neugierig, sensibel und schlau – zum anderen aber auch maßlos, unordentlich und jähzornig! Keine große Erfolgsgeschichte das Ganze. Trotzdem ... bislang waren wir doch ganz gut miteinander ausgekommen, fand ich. Dafür, dass wir uns noch nicht sehr lange kannten. Und uns vierzig Jahre voneinander trennten. Die mich allerdings auch zum Verantwortlichen unseres Teams machten.

Also entschloss ich mich, die Friedensfahne zu schwenken und wagte einen Versuch, den enttäuschten Jungen aufzumuntern: „Hört der Leo auf zu heulen, geh'n wir schnell noch zu den Eulen!"

Leo erwiderte nichts, sondern marschierte einfach los. Das bedeutete wahrscheinlich so viel wie: „Ja, okay, dieses eine Mal drück ich noch ein Auge zu!"

Wie ein kleiner T-Rex stapfte er nun energisch voran, ohne sich nach mir umzusehen. Wie hatte sich der Junge bloß den Weg zur Voliere gemerkt? Unterwegs schniefte der kleine Saurier noch ein wenig, weil er vor Wut ein paar Tränen vergossen hatte, doch er marschierte unaufhaltsam weiter. Ja, und dann waren wir tatsächlich ohne Umwege ans Ziel gelangt: Leos Schneeeulen!

„Sind die nicht schön?"

Seine Augen leuchteten.

„Ja, die sind wirklich ganz hübsch, vor allem das weiße Gefieder mit den silbergrauen Tupfern gefällt mir gut – fast wie meine eigenen Haare."

Der Junge sah mich erstaunt an.

„Aber die sehen viel flauschiger aus als du und klüger!"

Flauschiger, das konnte ich akzeptieren, den Rest wagte ich, zu bezweifeln.

„Guck mal, jetzt tanzen sie wieder!"

Ich staunte, die tanzten? Ja, wie denn? Leo erklärte es mir. Dass sie ihren Kopf in einem gewissen Rhythmus drehen, nach rechts und nach links und dann wieder geradeaus.

„Äh, die tanzen also nur mit ihrem Kopf …?"

„Und mit den Füßen. Aber das sieht man ja nicht."

Am Ausgang spendierte ich uns noch ein Eis, zwei Kugeln für jeden.

„Kann ich auch drei nehmen, Herr Weber? Der hat nämlich genau die drei Sorten, die ich am liebsten mag!"

„Na, Leo, wenn das mal so stimmt ... aber egal, wir haben uns die drei Kugeln verdient, denke ich. Nur musst du mir dafür noch einen Gefallen tun. Wir kennen uns doch jetzt schon ganz gut, nenn mich doch einfach Benno, dieses ‚Herr Weber' klingt irgendwie doof."

„Ja gut, mach ich, Herr Weber."

Später, auf der Heimfahrt im Bus, dachte ich noch einmal über die Eulen nach. Vielleicht sah der Junge einfach mehr als ich, weil ihm auch die kleinen Details wichtig waren. Wenn ich mir die Eulen jetzt in Gedanken so vorstellte – und die Idee gefiel mir plötzlich – tanzten sie vielleicht doch, nur auf eine ganz andere Art. Den Schneeeulen-Blues oder einen Käuzchen-Hip Hop.

Wie auch immer, Leo und ich tanzten nicht, wir hüpften auf und ab, denn wir saßen auf der letzten Sitzbank im 342er – heimwärts. Irgendwann lehnte sich der Junge bei mir an, er sah ziemlich erschöpft aus.

„War das ein verrückter Tag, was, Leo?"

„Ja, das war's!" Leo seufzte ein wenig.

Und auch ich durfte mich jetzt entspannt zurücklehnen und mit mir zufrieden sein, denn mein Schützling kehrte trotz all der Abenteuer wohl behalten in sein Heim zurück. Ja, die schwarze Fledermaus hatte wieder mal einen schwierigen Auftrag zu einem guten Ende geführt!

Ein Hoch auf Benno, the Batman!

Arschbombenmüde

Am Samstagmorgen hat unser Wecker frei! Wenn das erste Morgenlicht zaghaft durch die Jalousien blinzelt, ignorieren wir es einfach, drehen uns auf die andere Seite und schlummern weiter. Man könnte aufstehen, tut es aber nicht! Wir bleiben im kuscheligen Bett. Herrlich gemütlich, so eine Faulenzerei! Schamlos döst man vor sich hin, bis sieben Uhr, bis acht Uhr, bis... um fünf nach acht das Telefon klingelt!

Susanne knufft mich dann und flüstert mir zu: „Es könnte doch was Wichtiges sein, Benno ...", dreht sich auf die Seite und schläft wieder ein.

Und ich ahne schon, wer am anderen Ende der Leitung ist: meine liebe Schwiegermama! Frei nach dem Motto: Der frühe Vogel fängt den Wurm. Dieser Spruch, man glaubt es kaum, hängt in Eichenholz gefasst über ihrem Bett, und so steht sie jeden Morgen um sieben Uhr auf, auch an den Wochenenden. Wenn sie dann eine Stunde später bei uns anruft, findet sie das noch sehr rücksichtsvoll. Ich nicht.

Entsprechend mürrisch quälte ich mich an jenem Morgen aus dem Bett und schlurfte missmutig zum Telefon. „Weber ...", knurrte ich in den Hörer.

„Guten Morgen, Benno, störe ich euch etwa beim Frühstück? Nein ...? Ach ... ihr habt noch geschlafen, tatsächlich? Also, wir haben ja schon vor einer Stunde gefrühstückt! Gerade sagte ich zu Karl-Heinz, bestimmt sind die Kinder eben erst aufgestanden, doch er meinte, um diese Zeit sitzt man doch eigentlich am Frühstückstisch und liest die Tageszeitung. Wenn es jetzt aber ungünstig für euch ist, können wir auch später noch mal telefonieren ... Oder ihr ruft uns an, dann nur bitte erst nach neun, weil wir gleich zum Supermarkt fahren! Heute sind nämlich die Erdbeeren im Angebot, das Pfund für nur 1,99 Euro!"

„Morgen Magda ...", murmelte ich gähnend, „... ich hoffe mal, du hast außer preiswerten Früchten noch einen triftigeren Grund, uns mitten in der Nacht zu wecken?"

„Benno, das klingt jetzt irgendwie vorwurfsvoll. Vielleicht sollten wir doch lieber später ...?"

„Magda, bitte, ich möchte nicht umsonst aufgestanden sein!"

„Na gut, wenn du mich so darum bittest, dann ..."

„Ja, Magda, bitte!", flehte ich in das Telefon.

„Also gut, es ist nämlich so: Ich koche gerade einen großen Topf mit leckerer Erbsensuppe, du weißt schon, die Suppe, die Susanne so gerne isst, mit der frischen Fleischwurst vom Metzger Müller, und da habe ich mir gedacht, vielleicht wollt ihr für Sonntag eine ordentliche Portion abhaben. Der Karl-Heinz, der würde dann gleich hier losfahren und euch die Suppe vorbeibringen."

„Ja, das klingt echt verlockend, aber der Karl soll sich mal keinen Stress machen, der kann ruhig etwas später kommen." Noch hoffte ich auf eine baldige Rückkehr in mein wohlig warmes Bett.

„Na gut, Benno, ich rede mal mit ihm. Wir haben zwar noch einige Termine heute, aber mal sehen, zur Not kann er euch den Eintopf ja auch morgen bringen."

„Ja, genau, überlegt einfach, wie es euch am besten passt, und dann rufst du nachher noch mal an."

Damit war nun alles gesagt und das Gespräch eigentlich beendet.

„Ach, mein Junge, hm, da wäre noch eine Sache ...“

„Schwiegermama, bitte – ich möchte zurück in mein Bett!“

„Zurück ins Bett? Warum das denn – geht es dir nicht gut? Fühlst du dich etwa krank? Jetzt ist ja wieder dieser Magen-Darm-Virus unterwegs, du weißt schon, mit Erbrechen und Durchfall und so! Tante Anne, die hat es auch erwischt, seit vorgestern! Kopfschmerzen, Übelkeit und der Durchfall, also nein, furchtbar ... und das bei ihren Hämorriden!“

„Magda, es ist jetzt 8:13 Uhr, um diese Zeit schlafe ich eigentlich noch! Und vor dem Frühstück möchte ich mit dir auch sicher noch nicht über Tante Annes Darmprobleme plaudern, also sei doch bitte so lieb und komm zur Sache!“

„Das klingt jetzt aber sehr unfreundlich, ich weiß nicht, ob wir so miteinander, dabei ... wir hatten ja nur gedacht, der Karl-Heinz und ich ...“

„Liebe Schwiegermutter, sag mir doch einfach, was euch auf dem Herzen liegt, ja?“

„Na gut, wenn du mich jetzt so direkt fragst, dann ... Also, wie erkläre ich das jetzt am besten? Es geht eigentlich um dieses Kind, du weißt schon, das, mit dem ihr ständig diese Ausflüge unternehmt. Da machen wir uns etwas Sorgen, der Karl-Heinz und ich! Wir unterhalten uns ziemlich oft darüber, über diese Sache, also ihr und dieser Junge eben.“

„Der Junge heißt übrigens Leo, Magda – aber was genau ist denn euer Problem?“

„Wie gesagt, wir wollen euch ja keine Ratschläge erteilen, nur ihr trefft euch so oft mit diesem Kind, da fragen wir uns, ob das wirklich gut ist? Das ist natürlich lobenswert, wie ihr euch kümmert und so, nur bei dem Jungen, also bei diesem Leo ... da werden doch mit der Zeit auch Erwartungen geweckt, und wenn ihr dann mal keine Lust auf einen Besuch habt, wird der Junge bestimmt enttäuscht oder wütend sein. Vielleicht solltet ihr – das meint übrigens auch Karl-Heinz – nicht so regelmäßig zum Kinderheim fahren. Macht doch mal was ganz anderes! Dieses Wochenende zum Beispiel, da könntet ihr uns besuchen! Ich backe gerade den leckeren Kirschkuchen, Benno, den du so gerne isst! Also, wir fänden das jedenfalls sehr nett, wenn ihr vorbeikommen würdet.“

Puh, was für anstrengendes Gespräch – am Samstagmorgen um Viertel nach acht!

„Magda, ist echt lieb, dass ihr euch Sorgen um uns macht! Aber das ist jetzt wirklich schade, gerade für diesen Sonntag sind wir mit Leo zum Schwimmen verabredet. Ansonsten besuchen wir euch natürlich auch gerne mal wieder, aber lass uns doch einfach später noch einmal telefonieren!“

„Wir meinen es ja auch nur gut mit euch Benno und ...“

Leicht genervt unterbrach ich ihren Redeschwall.

„Ja, da ist wirklich was dran, wir denken drüber nach! Aber grübelt nicht so viel, wir kriegen das alles schon geregelt, und der Karl soll dann bitte noch mal durchrufen, bevor er die Suppe bringt, aber nicht vor 11 Uhr! Und das andere – wie gesagt – wir reden noch mal darüber, mach´s gut, Magda, tschüss!“

Ich hatte zügig aufgelegt. Das war eindeutig der falsche Zeitpunkt, um mit mir über solche Themen zu reden!

In mein Bett zurückgekehrt, begann ich mich unruhig hin- und herzuwälzen und grübelte, anstatt zu schlafen! Sonst komme ich im Allgemeinen mit meinen Schwiegereltern gut aus. Zwei bis dreimal im Monat treffen wir uns sogar zum Kaffeeklatsch oder Spieleabend. Magda verwöhnt uns dann mit ihrem leckeren Eintopf oder selbst gebackenem Kuchen. Und Karl-Heinz, mein Schwiegervater, der ist wirklich immer zur Stelle, wenn man ihn braucht. Zum Beispiel während unseres Urlaubs, wenn er die Sittiche und Blumen bei Laune und am Leben hält.

Jetzt aber war ich ziemlich verärgert, nicht nur, weil man mich so früh geweckt hatte, sondern vor allem wegen dieser „gut gemeinten" Ratschläge! Als ob ich mir nicht schon selbst ähnliche Gedanken gemacht hätte! Neulich erst hatte ich zu Susanne gesagt, dass es für Leo wahrscheinlich am besten wäre, wenn er möglichst bald neue Eltern finden würde.

Doch meine eigensinnige Ehefrau gab mir wieder einmal Kontra: „Ach, das sehe ich ganz anders! Ich habe mich vorgestern mit der Psychologin des Kinderheimes unterhalten, und die hat mir erklärt, dass unsere Besuche dem Jungen gut tun und wichtig für ihn sind! Seine Ex- Pflegeeltern kommen zwar auch hin und wieder vorbei, aber Leo spricht nicht mehr mit ihnen. Er schweigt beharrlich. Anfangs hatte er wohl noch geglaubt, seine Abschiebung sei eine Art Strafe und gehofft, irgendwann würde man ihm verzeihen. Bis Leo eines Tages klar wurde, dass ihn niemand zurückholen würde. Da war er natürlich sehr niedergeschlagen und unglücklich."

„Ja, das ist schon eine ziemlich traurige Geschichte. Aber man muss auch anerkennen, dass die Leute im Kinderheim sich wirklich alle Mühe geben und ihr Bestes tun, um den Jungen wieder aufzubauen!"

„Das mag ja sein, Benno, trotzdem werde ich das Gefühl nicht los, dass wir vielleicht diejenigen sind, die seiner verletzten Seele irgendwie helfen könnten. Fast kommt es mir so vor, als hätte unsere Begegnung etwas Schicksalhaftes!"

Au weia! Herzschmerz, Schicksal, verletzte Seelen ... typisch Susanne! Was sind denn das für Argumente? Ich habe so ein Gefühl! Es kommt mir so vor ...! Wie soll man denn auf so einer Ebene vernünftig diskutieren?

Entnervt gab ich auf und fügte mich Susannes weiterer Planung: sie und ich, Treffen mit Leo, im Stadtbad, am Sonntag. Hurra.

Was schwimmt im Wasser, ist ungefähr einen Meter achtzig lang, circa siebzig Kilo schwer und friert? Ist es ein Königspinguin, Kater Karlo oder ein Kühlschrank? Weder noch! Tatsächlich ist es ein gestresster Mann in den besten Jahren, der hier im Stadtbad vor sich hin bibbert!

Vor zehn Minuten war ich aus dem Schwimmbecken geflohen und stand seitdem unter der Warmwasserbrause der Männerdusche. Schon meine Oma sagte immer zu mir: „Junge, watt sieße schmal aus, du muss ma mehr essen, sons krisse kein Speck auffe Rippen! Watt soll denn aus dir werden, wenn erssma Winter is?"

Nun, ob Winter oder nicht, ohne diesen Speck friere ich jedenfalls schon in der Umkleide und den Gängen eines Bades, ganz zu schweigen vom Aufenthalt im Schwimmbecken! Grundsätzlich ist Wasser doch eine ganz tolle Erfindung, nur – warum muss es so verdammt kalt sein? Das Einzige, womit ich mich hier im Hallenbad anfreunden kann, ist dieser leichte Chlorgeruch. Vielleicht, weil das Zeug mein stärkster Verbündeter ist im Kampf gegen die fiesen Badebazillen.

Der eigentliche Stress beginnt ja schon im Eingangsbereich des Bades: Ist der Münzautomat gut gelaunt, rückt er – nach passender Münzeingabe – einen Chip heraus, mit

dem man, nach Einwurf in eine elektronische Kontrollbox, die Berechtigung erhält, das Eingangsdrehkreuz zu
passieren. Den ausgespuckten Chip nicht vergessen, sonst
kommt man nicht mehr raus! Für den viel zu kleinen Spind
dann unbedingt einen Euro bereithalten, der es nach Ein-
schub in ein funktionstüchtiges Schloss ermöglichen sollte,
den Schrank abzuschließen und den Schlüssel abzuziehen.
Aber Vorsicht! Das Armband des Schlüssels unbedingt vorher kontrollieren! Ist es neuwertig, funktionstüchtig, von
sympathischer Farbe? Sonst muss man den Schrank womöglich später komplett umräumen und das mit einem
speziellen „One for all"-Kleiderbügel, auf dem man mühevoll alle seine Klamotten arrangiert hat. Zu guter Letzt
stellt man dann noch fest: Ich bin im Schwimmbad, meine
Badelatschen aber nicht! Deshalb muss ich nun ganz vorsichtig auf Zehenspitzen von der Umkleide zur Dusche
tänzeln, schließlich möchte man weder ausrutschen noch
in die Brackwasserpfützen des Vorgängers treten. Tja, mit
einem Kind als Begleiter wird das Ganze auch nicht lustiger.
Einlassberechtigungs-Chip: in der Kontrollbox vergessen!
Euromünze: Fehlanzeige! Dann: Auswahl eines Schrankes
mit defektem Schlüsselarmband, beim Umräumen landet
alles auf dem Boden! Zum Glück nicht die frische Unter-
wäsche, denn die hat man erst gar nicht mitgenommen.
Auch kein Shampoo oder Duschgel. Diese Pannen hielten
unseren Leo allerdings nicht davon ab, über meine alte,
eng anliegende Dreiecksbadehose herzlich zu lachen. Völlig
out, das gute Stück! Die knallig bunte XL-Badeshorts, in
die er dann selbst hineinschlüpfte, war zwar viel zu groß
für ihn, aber total angesagt, wie er mir erklärte! Leo hüpfte
in seiner rutschenden Schlabberhose fröhlich durch den
nasskalten Gang zur Männerdusche.

Da freute sich tatsächlich jemand aufs Schwimmen!

Donna Rosa hatte es mir ja prophezeit: „Der Junge ist wie ein Fisch im Wasser, der fühlt sich da sauwohl, und hinterher kriegt man ihn kaum wieder raus!"

Allerdings fand Leo duschen auch prima! Er bastelte Schaumfiguren, wobei er einen Großteil meines exklusiven „For Young and Active Man"-Duschgels verbrauchte. Dann versuchte Leo herauszufinden, welche Brause wie lange Wasser spuckte und ob man es schaffen konnte, alle Duschen in Gang zu setzen, um einmal komplett unter ihnen durchzulaufen. Mit Hinweis auf die wichtigsten Bade- und Duschregeln setzte ich seinem zügellosen Treiben ein humorloses Ende und zerrte ihn mit in die Schwimmhalle.

„So, Leo, jetzt geht´s ab ins Wasser! Wir machen zum Aufwärmen noch ein paar Dehnübungen, und danach ziehen wir in aller Ruhe unsere Bahnen."

So war mein Plan. Nicht sehr unterhaltsam mit nur einem einzigen Programmpunkt, aber bin ich ein gelernter Kinder-Animateur? Und überhaupt, wieso hatte ich diesen Knirps schon wieder im Schlepptau?

Etwa nur, weil Susanne mir im passenden Moment geschmeichelt hatte: „So als sportlicher Kerl bist du doch ein viel besseres Vorbild für Leo als ich!"

Mit dieser Begründung verschwand sie dann – ohne meine Gegenargumente abzuwarten – in der Schwimmbad-Sauna. Da stand ich nun, ganz allein mit meinem spartanischen Programm und einem hyperaktiven Jungen, der mich erwartungsfroh ansah. Dieser kleine Kerl hatte, wie sich schon bald herausstellen sollte, eine ganz andere Vorstellung von einem Schwimmbadbesuch als ich.

Sein erster, noch etwas zaghaft vorgetragener Wunsch lautete: ein Wettschwimmen, er gegen mich! Wie bitte, um die Wette schwimmen, mit mir, einem sportlichen Typ im besten Mannesalter? Dieser übermütige Zwerg forderte mich heraus? Ha! Spontan warf ich meinen eigenen Plan über den Haufen! So einen frühkindlichen Ehrgeiz musste man unbedingt fördern! Dem Bürschchen würde ich dann aber mal zeigen, wo der Hammer hängt! Leo bekam von mir einen großzügigen Vorsprung zugebilligt, etwa fünf große Schritte! Kaum hatte ich mit dem Kommando „Auf die Plätze ..." begonnen, schwamm er los! Na, geschenkt, bei einer Größendifferenz von knapp einem halben Meter. Das müsste ein erwachsener, mittelguter Schwimmer auf einer 25-Meterbahn locker schaffen! Doch es wurde viel schwerer als gedacht, nur mühevoll holte ich auf, der Kleine kämpfte wie ein Löwe! Sein Schwimmstil war nicht besonders elegant, aber gut genug, um einen kleinen Vorsprung ins Ziel zu retten. Unglaublich! Er schlug vor mir am Beckenrand an! Mit unbändiger Willenskraft hatte dieser Knirps den Wettkampf gewonnen! Obwohl er knallrot im Gesicht war und besorgniserregend keuchte, grinste Leo mich zufrieden an.

Dann gab er mir eine Revanche. Wir lieferten uns ein „totes Rennen", doch Leo behauptete, ich hätte gewonnen, jetzt müsste ein dritter Zweikampf her! Dieser kleine Junge nahm tatsächlich in Kauf, als Verlierer dazustehen, nur, weil er scheinbar riesigen Spaß an unserem Wettschwimmen hatte. Merkwürdiges Kind. Ich fragte mich, ob jemals einer seiner Väter mit ihm um die Wette geschwommen war. Wahrscheinlich ebenso wenig wie meiner mit mir – damals, Ende der Sechziger, als ich so alt war wie Leo und mein Vater achtundvierzig. In etwa der gleiche Altersunterschied wie bei mir und dem Jungen. Aber genau genommen konnte ich mich nicht einmal daran erinnern, dass ich überhaupt jemals gemeinsam mit meinem Vater ein Schwimmbad besucht hatte.

„Auf die Plätze ..."

Die Stimme des Jungen riss mich aus meinen Gedanken.

Bei „fertig" sauste Leo schon wieder los! Dieses Mal schwamm ich um mein Leben und wurde mit knappem Vorsprung Erster.

Leider war es kein Applaus, der mich am Beckenrand empfing, sondern nur der Bademeister, ein grimmig blickender, durchtrainierter Typ meines Alters, der mich wütend zusammenstauchte: „Du meine Güte! Sind Sie verrückt? Ihr Sohn ist doch schon fast blau im Gesicht und kriegt kaum noch Luft! Wir sind doch hier nicht bei Olympia, lassen Sie den Scheiß mal sein!"

Der hatte gut reden! Mir ging es doch auch nicht besser! Wasser spuckend nickte ich zur Bestätigung, denn Luft zum Reden hatte ich kaum. Zum Glück schien das dem Herrscher des Bades als Antwort zu genügen, er zog brummelnd von dannen. Leo und ich setzten uns erst einmal auf den Beckenrand, um zu verschnaufen.

„Geht's denn wieder?", fragte ich ihn, obwohl ich selbst noch ziemlich erschöpft war.

Leo überraschte mich mit einer Gegenfrage: „Sollen wir mal um die Wette tauchen?"

Mann, was war mit diesem Bengel los, war der unter Wasser geboren worden, oder was?

„Vielleicht später ... wenn uns der Bademeister ... nicht mehr auf dem Kieker hat!", wies ich keuchend seine Idee zurück.

Mir gelang es, weitere Vorschläge wie „Fangen spielen" und „Wasser-Judo" abzuwehren, im Gegenzug musste ich allerdings „Ball werfen" und „Kunstspringen" akzeptieren.

Tja, dieses Schwimmbadprogramm hatte nun mit meinem „In-aller-Ruhe-Bahnen-ziehen" leider nicht mehr viel gemeinsam! Ein kleiner Bereich des Schwimmbeckens war für Kinder zum Spielen abgetrennt worden, den nutzten wir nun, um uns Bälle zuzuwerfen. Und es machte sogar Spaß! Denn für Ballsportarten hatte ich schon immer ein Faible gehabt, und Leo, ja, der Junge war wieder mal in seinem Element. Aus unserem lockeren Spiel wurde bald schon eine heftige Wasserballschlacht! Wir schlugen uns die Bälle um die Ohren und in die Ecken. Dann, ein schwungvoller Ballwechsel, Leo donnerte den Ball übers Wasser und ... traf eine ältere Dame an der Schulter! Geduckt stand er da, ein kleiner schuldbewusster Junge mit ängstlicher und ernster Miene. Das Opfer, eine ältere, zerbrechlich wirkende Frau mit blumenverzierter Badehaube auf dem Kopf, ging auf Leo zu und ... lächelte. Dann plauderte sie noch ganz freundlich mit ihm, wuschelte kurz seinen Kopf und schwamm in aller Ruhe weiter. Merkwürdiges Verhalten ... tja, Kinder haben wohl Narrenfreiheit! Trotzdem ermahnte ich Leo und erklärte ihm, wie vorsichtig man mit so einem Ball im Schwimmbecken umgehen musste. Kurz darauf segelte ein missglückter Abwehrball von ihm auf mich zu, ich holte in aller Ruhe aus ... Das würde ein Smash, erste Sahne! Der würde unhaltbar sein! War er dann auch, Leo streckte sich vergeblich! Allerdings traf ich auch ein kleines Mädchen mitten auf die Nase.

Das Kind ging lautlos unter.

„Treffer, versenkt!", rief Leo und klatschte Beifall.

„Ach, du Scheiße!", fluchte ich und tauchte los, um das Kind zu retten.

Als ich das Mädchen zum Beckenrand brachte, blickte ich auf zwei große Füße in Birkenstocklatschen. Der schon wieder, der Herr Bademeister!

Er polterte los: „Verdammt noch mal! Nehmen Sie doch mal Rücksicht auf die anderen Besucher hier, Sie sollten eigentlich ein besseres Vorbild für Ihren Sohn abgeben!"

Mann, ging der mir auf den Geist mit seinem Vater-Sohn-Gequatsche! Aufklären würde ich ihn aber nicht, bei den schlechten Erfahrungen, die ich bereits im Zoo gemacht hatte. Trotz einer offiziellen Entschuldigung warf mir der Mann in Weiß weiterhin böse Blicke zu. Zu allem Überfluss plärrte jetzt das kleine Mädchen los wie eine meckernde Ziege im Repeatmodus. Mein Gott, nur wegen so ein bisschen Nasenbluten! Nun gut, jetzt war offensichtlich mein diplomatisches Geschick gefragt!

„Mensch, Mäuschen, das tut wohl sehr weh, hm?! Du bist aber auch ein tapferes Mädchen! Wie wäre es denn, wenn ich dir zur Wiedergutmachung ein Eis spendiere, sagen wir mal für einen Euro!?"

Das Ziegengemecker wurde ein paar Dezibel leiser.

„Für einen Euro kriegt man doch kein richtiges Eis!", mischte sich der weiße Schwimmbad-Sheriff ein.

So ein Wichtigtuer! Was gibt der schon wieder seinen Senf dazu? Wie kann man eine Machtposition nur so missbrauchen? Ziemlich ungerecht so was! Wo es doch wirklich ein Versehen war. Mit einer „Wiedergutmachungsprämie" von sage und schreibe drei Euro erreichte ich schließlich das Verstummen der kleinen Heulboje und ein entspannteres Bademeistergesicht. Nach ausgiebiger Belehrung über die wichtigsten Bade- und Duschregeln durften Leo und ich weiterziehen.

Auf zum Sprungbrett.

„Ist offen!", rief Leo begeistert.

Ja, leider, dachte ich. Ein „Köpper" vom Rand war

schon immer das Mutigste, das absolute Highlight meiner sprungakrobatischen Fähigkeiten gewesen.

„Was soll ich denn mal machen?", sah mich der Junge freundlich fragend an.

„Überschlag, Hechter oder ein Rad?"

Junge, du hast Probleme! Als Erwachsener mit einer sportlichen Figur konnte ich eben nicht bis an das Brettende schlurfen, um dann dem erwartungsfrohen Publikum einen harmlosen Kinderhüpfer zu zeigen. Eine blöde Situation ... Aber warum war mir, einem Mann im Alter weit jenseits der vierzig, die Meinung der anderen Schwimmbadbesucher überhaupt noch wichtig?

„Leo ... mal ganz ehrlich: Ich bin 'ne ziemliche Gurke im Springen. Wenn dann womöglich noch Leute zugucken ... ist mir einfach peinlich, so was."

Der Junge sah mich erstaunt an. Einen Moment dachte er nach, dann redete er beschwörend auf mich ein: „Du musst aber mitspringen, alleine macht es mir keinen Spaß! Mach doch einfach nur den Hampelmann oder 'ne Arschbombe machen. Dann merkt das keiner, dass du 'ne Lusche bist vom Einer!"

Was für ein drolliges Kerlchen, der zeigte sogar Verständnis für meine Nöte.

„Das ist eigentlich 'ne gute Idee, Leo! Ich mach dann eben die einfachen Sachen und du die besonders tollen Sprünge!"

Gesagt, getan. Leo machte serienweise Salto, Rad und Handstand, ich blieb bei Strecksprung und Arschbombe. Dieser Junge mit seinem unmanierlich lauten Lachen verbreitete hier gute Laune, und die war ansteckend! Wir veranstalteten auf dem Brett einen Fechtkampf wie die Musketiere, spielten zwei Betrunkene oder machten alberne Fantasiesprünge.

Als das Einmeterbrett schließlich gesperrt wurde, zog mich Leo an den Beckenrand und flüsterte mir zu: „Wenn der Bademeister nicht guckt, springen wir einfach von hier ..."

Tja, jetzt musste ich wohl oder übel wieder mal die Spaßbremse spielen: „Nee, Leo, das geht so nicht! Ist zu gefährlich! Guck doch mal – wenn ich mich hier so auf Zehenspitzen an den Rand stelle und dann nicht genau hingucke, ob da direkt vor mir jemand taucht ..."

Es tauchte gerade keiner, aber irgendjemand pfiff. Laut und durchdringend! Mein Freund, der Bademeister! Ich verlor in meiner vorgetäuschten Sprungstellung das Gleichgewicht und stürzte kopfüber ins Becken. Als ich am Rand wieder auftauchte, blickte ich auf zwei mir wohlvertraute Füße in weißen Latschen.

„Sie schon wieder! Sind Sie denn noch zu retten!? Machen Ihrem Kind so einen Scheiß vor! Springen vom Rand! Ich glaub's ja nicht!"

„Entschuldigung, aber ...", ich spuckte noch etwas Wasser.

„Nein, das entschuldige ich nicht, Sie haben bis auf Weiteres hier Badeverbot, Sie dürfen duschen gehen!", mit diesen Worten stapfte der Kerl knurrend davon.

So ein aufgeblasener, eingebildeter Kerl! Hornochse! Bisher hatte ich bei dem Begriff „Halbgötter in Weiß" immer nur an Ärzte gedacht!

„Habe ich auch Badeverbot?", fragte mich Leo ängstlich mit großen Augen.

„Nein, verdammt, keiner kriegt hier was verboten, das wollen wir doch mal sehen!"

Ich spuckte noch einmal kräftig ins Wasser, um mir Mut zu machen.

Auf der Hallenbaduhr war es kurz vor zwölf, High Noon!

Da saß er, der Bademeister, in seiner Kabine: wie ein Sheriff, die Füße auf dem Tisch, mit einem Becher Kaffee in der Hand. Der war sicher schwarz wie die Nacht, über dem Lagerfeuer zubereitet, und das, was er gerade futterte, waren bestimmt keine Mettbrötchen, sondern Bohnen mit Speck. „Lonesome wolf Benno", unser einsamer Held, stieß wuchtig die alte Holztür des Marshall-Office auf und spuckte mit verächtlichem Blick dem korrupten Gesetzeshüter eine Ladung Kautabak direkt vor die Füße ...

Ich klopfte ganz vorsichtig an die Glastür des Bademeisterbüros und wartete, bis ich durch ein lässiges Nicken die Erlaubnis zum Eintreten bekam. Der Boss des Bades hörte sich in aller Ruhe meine Darstellung an, sagte aber nichts, trommelte nur mit den Fingern auf einem schuhkartongroßen Holzboot herum, das auf seinem Schreibtisch stand.

„... und als ich gerade meinen Jungen auf die Gefahren hinwies, da ertönte Ihr Pfiff ...“

Die Finger drehten das kleine Boot in meine Richtung und ich sah, dass es den ungewöhnlichen Namen „Für die Jugendabteilung der DLRG" trug.

„... war das kein geplanter Sprung, sondern nur ein Versehen!“

Die Finger wanderten jetzt über das Mitteldeck des Schiffsmodells und stoppten an dem großen Spalt in der Mitte.

Als ich kurz darauf das Büro verließ, stellte ein lächelnder Bademeister das Dukaten-Schiffchen wieder an seinen alten Platz, nicht ohne es vorher noch ein wenig abzustauben. Draußen erwartete mich Susanne, die ihren ruhigen Saunatag scheinbar beendet hatte.

„Leo sagt, du hast ein Badeverbot bekommen, weil du

vom Rand gesprungen bist? Benno, was machst du denn für Sachen?"

„Ach, Suse, das war doch nur ein Missverständnis! Habe ich jetzt aber aufgeklärt. Das Verbot musste der Bademeister natürlich wieder zurücknehmen!"

... und der Spaß hat mich zehn Euro gekostet, ergänzte ich in Gedanken, ließ mir aber nichts von meinem Frust anmerken. Unter der Dusche spülte ich ihn einfach weg und tröstete mich damit, dass ich durch ausgiebigen Warmwassergebrauch einen Teil meiner Spende zurückbekam. Dabei summte ich ein paar Zeilen aus einem alten Lied. Von den Toten Hosen vielleicht – oder war es von den Ärzten ...?
„Paule heißt er, ist Bademeister! Paule schubst Kinder vom Einer, Paule ist ein ganz Gemeiner!"

Nachdem wir uns umgezogen hatten, suchten wir – damit es so unterhaltsam blieb wie bisher – noch eine ganze Weile nach Leos Ausgangsberechtigungschip! Ich stand kurz vor einem kleinen Nervenzusammenbruch, als wir ihn schließlich doch noch in der hintersten Ecke seines Spindes fanden. Leo war natürlich unschuldig und ich ... ich fühlte mich einfach zu erschöpft, um diese Angelegenheit zu klären. Immerhin hatten wir ein zweistündiges Schwimmbad-Aktiv-Programm hinter uns, und so langsam spürte ich alle meine Gräten. Ich war eben keine zwanzig mehr – oder etwa neuneinhalb!

Später saßen wir in der benachbarten Vitaminbar des Stadtbads und gönnten uns dort einen Fruchtcocktail. Den hatten wir uns redlich verdient.

„Mann, das Schwimmen hat mich echt geschafft, ich bin vielleicht k.o.!"

„Von den Arschbomben?", fragte Leo nach.

„Na klar, Leo, und von den tausend anderen Sachen. Jetzt würde ich mich gerne ins Bett legen, so müde bin ich!"

„Arschbombenmüde!", rief der Junge fröhlich und schien sehr erleichtert zu sein, dass er uns nach dem Stress mit dem verlorenen Chip noch einmal herzhaft zum Lachen bringen konnte.

Ich wischte mir ein paar Tränen aus den Augen und dachte dabei: Genauso wäre es wahrscheinlich mit dem eigenen Sohn. Ein Zusammenleben mit Höhen und Tiefen, ein ständiges Auf und Ab der Gefühle. Der ganz alltägliche Wahnsinn! Na, zum Glück war ich nicht Leos Vater, sondern nur sein Wochenend-Onkel! Aber eigenartig ... obwohl man dem Jungen doch eigentlich wünschen musste, dass er eine neue Pflegefamilie mit einem netten Papa fand, hielt sich bei diesem Gedanken meine Begeisterung in Grenzen. Ich kam ins Grübeln ... Gewöhnte ich mich etwa an diesen kleinen Racker? Würde ich ihn eines Tages vielleicht sogar vermissen?

So eine Gefühlsduselei, das musste an meiner völligen Erschöpfung liegen! Oder an Susanne mit ihrem Gerede von Seelenverwandtschaft und Schicksal. Tja, Frauen! Das Leben könnte so einfach sein. Männer entsprechend einfach.

Ich werde jedenfalls mein ruhiges und geordnetes Leben nicht durcheinanderbringen lassen, schon gar nicht von diesem kleinen Jungen aus dem Kinderheim! Unsere Treffen am Wochenende waren schließlich schon anstrengend und abenteuerlich genug, da hatte ich mir doch für den Rest der Woche eine kinderfreie Zeit verdient, oder?

Dirty Look und extraweit

„Nein, Leo, du bekommst jetzt keine Knarre!"

Beginnt man einen Einkaufsbummel im Spielzeugparadies, um ein Kind bei Laune zu halten? Nein, das macht man nicht! Denn in so einem riesigen Spielwarenladen gibt es Waffen aller Art, haufenweise. Natürlich werde ich keine davon kaufen, nur um mich beliebt zu machen! Man trägt doch auch eine gewisse Verantwortung. Trotzdem hatte ich Verständnis für Leos Verärgerung, denn ich erinnerte mich nur zu gut an die Faszination, die früher Pistolen, Schwerter und Flitzebögen auf uns Kinder ausgeübt hatten.

Langsam schlurften wir die staubige Straße hinunter. Rechts und links die Hütten und Läden der braven Bürger, die wir zu beschützen hatten. Wir, das waren der kleine Konrad, Jürgen mit dem schwarzen Haar und ich, der dünne Benno. Konny, Jogi und Ben. Der Jogi sah aus wie ein echter Cowboy – mit dem Springseil seiner Schwester als Lasso am Gürtel und rasselnden Sporen, die er an seine alten, abgewetzten Sandalen geklebt hatte. Konny und ich: zwei Marshalls mit schwarzen, silberverzierten Plastikwesten und einem blechernen Sheriffstern darauf. Die Hüte lässig ins Gesicht gezogen, gingen wir einsam unserer Wege. Über unsere Straße, durch unser Dorf. Reihenhäuser, hier wie dort, brav und bieder, für kinderreiche Familien, staatlich gefördert. Im Zentrum dieser Siedlung eine Sackgasse, die den Namen „Spielstraße" redlich verdient hatte, weil sie tatsächlich mehr spielende Kinder als Autos kannte.

Wir gingen also diese Straße hinunter, die Hände am Gürtel und Eiseskälte im Blick. Jetzt zur Karnevalszeit, in der wir unsere Stadt verteidigen mussten gegen Banditen, Indianer und Piraten. Mit unseren silbernen Colts, geladen und immer griffbereit. Dazu reichlich Reservemunition in den Taschen. Man wusste ja nie, ob vielleicht hinter dem neuen Supermarkt oder auf einem der Garagendächer irgendein Gesetzesloser lauerte. Manchmal beschossen wir uns auch gegenseitig, dann wurde zuvor ausgelost, wer die Rolle des Schurken spielen durfte. Zum Verdruss der friedlichen und ruhebedürftigen Einwohner von Freisenbruch-City fanden wir Jungs immer einen Grund, unsere Waffen abzufeuern, und sei es nur, um streunende Katzen oder kleine Kinder zu erschrecken. Heutzutage undenkbar, in einem Zeitalter, in dem brave Bürger vor Gericht ziehen, um gegen den verstörenden Lärm eines Kinderspielplatzes zu klagen.

Ich erinnere mich gerne daran zurück, an die 60er-Jahre! War eine wilde Zeit damals, wild wie das Leder der Hosen, die wir als Cowboys trugen! Rückblickend betrachtet ein gewagtes Outfit, denn – diese Buxen aus Leder waren kurz und hatten Träger – wie bayerische Trachtenhosen. Die wären den Jungs von heute selbst an Halloween zu gruselig!

Dass ich jetzt mit Leo in der City von Herne unterwegs war, hatte ich mir selbst eingebrockt! Ich hätte eben neulich nicht an seiner Bekleidung rumnörgeln dürfen.

„Mensch, Leo, ganz ehrlich, deine Klamotten sind doch viel zu groß, die sind ja mindestens Größe M! Und diese Hosen, mein Gott, wo die hängen, das sieht ja vielleicht albern aus!"

Mein Gegenüber hatte unerwartet heftig reagiert und ... mir vors Schienbein getreten!

„Hey, bist du noch zu retten, was soll denn das!?"

„Immer musst du meckern! Nie mach ich was richtig!", hatte Leo mich angeschrien.

„Damit eins mal klar ist, noch so ein Ding und du kriegst was hinter die Löffel, du Rotzlümmel!"

„Du hast mir gar nichts zu sagen, du bist nicht mein Vater! Ich hab nichts anderes zum Anziehen, damit du´s nur weißt!", hatte der kleine Kerl voller Zorn gebrüllt und sich zur Seite gedreht, um seine Tränen zu verbergen.

Keine „vernünftige" Kleidung in der richtigen Größe? War so etwas überhaupt denkbar?

„Ich kann mir das gar nicht vorstellen, dass der Knirps nichts Passendes besitzt, wahrscheinlich ist der nur zu faul, sich das Richtige rauszusuchen!", meinte ich später zu Susanne und strich dabei behutsam über die Beule an meinem Schienbein.

Meine bessere Hälfte war aber der Meinung, dass man für Leos Verhalten Verständnis zeigen müsste, sprach von fehlender Frustrationstoleranz, kindlichem Trauma und defizitärem Selbstbewusstsein. Nun ja, meine Kindheit ist auch kein Zuckerschlecken gewesen. Trat ich deshalb anderen Leuten vors Schienbein? Nein, das tat ich nicht! Obwohl ich immer noch wütend war auf meine Mutter, die mich regelmäßig verprügelte, wenn ich mal etwas ausgefressen hatte. Mein Vater dagegen war ein ganz friedlicher Feierabendtrinker, der sich am liebsten heraushielt aus Erziehungsfragen, was mich leider nicht vor den gewaltsamen Übergriffen meiner Mutter bewahrte. Schwamm drüber, man soll über Verstorbene nicht nur Schlechtes reden. Meine Eltern hatten auch ihre guten Seiten. Außerdem gibt es bestimmt mildernde Umstände für Menschen, die zwischen zwei Weltkriegen aufgewachsen sind und einen miterlebt haben. Trotzdem war meine familiäre Geborgenheit beschädigt worden, ohne Frage. Genauso wie bei Leo. Susanne hatte ja recht, man musste für das Verhalten des Jungen Verständnis aufbringen, auch wenn es nicht leicht fiel.

Außerdem gab meine Frau noch zu bedenken: „Vielleicht hat der Leo ja auch die Wahrheit gesagt, wer weiß das schon so genau, frag doch mal die Heimleiterin!"

Ihrem Rat folgend erfuhr ich dann von Donna Rosa, dass Leo tatsächlich nur Textilien in Übergröße von seinen ehemaligen Pflegeeltern mitbekommen hatte. Wohl wissend, dass ein Kind in diesem Alter ständig der Gefahr unkontrollierten Wachstums ausgesetzt ist, hatten sie in ökonomisch kluger Weitsicht die Kleidung des Jungen in extrem bequemen und luftigen Größen ausgewählt. Tja, da hatte ich voll ins Fettnäpfchen getreten! Aber anstatt es bei einer schlichten Entschuldigung zu belassen, schlug ich zur Wiedergutmachung einen gemeinsamen Einkaufsbummel mit Leo vor.

Susanne war begeistert: „Mensch, Benno, so eine tolle Idee! Dass du dich überhaupt alleine mit dem Jungen traust ... wo du doch mit Kindern gar keine Erfahrung hast in solchen Dingen."

Mir wurde mulmig. Ganz allein mit Leo? Das war eigentlich nicht meine Absicht gewesen! Weil ich doch wirklich keinen blassen Schimmer hatte – von Kinderbekleidung und ähnlichem Kram. Erst recht nicht davon, wie man auf solch einer Shopping-Tour mit einem fast zehnjährigen Jungen umging. Aber das würde ich meiner Frau jetzt nicht auf die Nase binden, nachdem sie mich gerade so gelobt hatte. Und außerdem: Was soll denn bei so einem Einkaufsbummel großartig schiefgehen? Das Kind würde ich schon schaukeln! Bevor wir das Unternehmen starteten, gab mir Donna Rosa ein bisschen Geld und viele gute Wünsche mit. So eine Kinderheimkasse ist nun mal leider kein Geldspeicher. Deshalb plünderte Leo zusätzlich noch sein Sparschwein, und wir beiden, Susanne und ich, beschlossen, die restlichen Beträge zu übernehmen.

Dann ging es los, mit der Straßenbahn in die Richtung Herne-City. Die Herner Bürger nennen ihre Innenstadt tatsächlich „Einkaufsmeile", was eine äußerst wohlwollende Übertreibung ist. Zu Beginn unserer Fahrt studierten wir ausführlich den Fahrkartenautomaten, um ein entsprechendes Ticket zu lösen. Leo probierte begeistert alle Tastenfunktionen durch. Dann das Ganze von vorn und noch einmal. Und noch einmal. Und noch ...

„So, jetzt aber mal aus die Maus!"

Mit sanfter Gewalt zog ich den Bengel auf einen frei gewordenen Sitzplatz. Leo war beleidigt, wir schwiegen uns an. Ich überlegte, wie lange dieser quirlige Junge das durchhalten würde. Hatte der Knabe dieses Mal wenigstens seine Anti-Zappelphilipp-Pillen genommen? Wenn aber nicht – was dann? Was passiert, wenn ein Ackergaul zum Rennpferd wird? Hüpft er dann – tanzend wie ein Rumpelstilzchen – in der Straßenbahn herum?

Das, was der Junge jetzt dringend benötigte, war ein Beschäftigungsprogramm! Zum Glück habe ich auf solchen Einkaufstouren immer meinen Rucksack dabei, mit lauter nützlichem Krimskrams darin: Deo-Stift, Bürste, Pfefferminzbonbons, Tempotücher, Kaugummis, Notizblock, Stifte. Also schlug ich „Schiffe versenken" vor. Leo war begeistert! Hoch konzentriert kritzelte er auf seinen Zetteln herum und hatte jedes Mal einen Heidenspaß, wenn er bei mir einen Treffer landete.

Als die Straßenbahn das Zentrum von Herne erreichte, war mein kleiner Freund gerade dabei, die dritte Seeschlacht in Folge zu gewinnen. Seine Flotte schien nur aus hochmodernen U-Booten zu bestehen, die immer rechtzeitig abtauchen konnten! Cleveres Bürschchen! Musste ich ihm jetzt einen Vortrag über Schummelei und Fair Play halten? Ach was, ich war doch an keine väterlichen Erziehungspflichten gebunden. Außerdem war Leo jetzt bester Laune! Und was konnte es für unsere Unternehmung Besseres geben, als ein entspanntes, zufriedenes Kind?

Im Spielzeugparadies war es dann vorbei mit der guten Stimmung, und das nur, weil der Knabe den Laden gänzlich unbewaffnet wieder verlassen musste. Mithilfe der aktuellen Donald-Duck-Taschenbuch-Sonderedition gelang es mir gerade noch, einen sich anbahnenden Wutausbruch meines Sorgenkindes zu verhindern.

Nun wurde es aber ernst, Leo sollte ein paar neue Schuhe bekommen. Ich hielt es für das Beste, unser Augenmerk auf robuste und preiswerte Ware zu richten! Leo war anderer Meinung. Ein Kind legt offensichtlich Wert auf besondere Eigenschaften: Bequem und teuer sollten sie sein, in coolem Design und angesagtem Style!

Deshalb zog sich das Unternehmen „Schuhkauf" erheblich in die Länge, weil so ziemlich alle Modelle, die ich vorschlug, nicht infrage kamen. Zu breit, zu brav, zu billig! Wir diskutierten hin und her, doch mein Begleiter behielt immer das letzte Wort. Schließlich kauften wir zwei Paar Schuhe, die bequem und teuer waren, vor allem aber „echt krass" aussahen, wie Leo meinte. Absolut cool die Treter, nur leider nicht im Preis! Na, immerhin hatten wir unser erstes Etappenziel erreicht, Schuhe durften wir von der Einkaufsliste streichen. Es konnte weitergehen, ab zum Kaufhaus, hinein in die Textilabteilung.

In meiner Jugend gab es für Beinkleider wenig Alternativen: entweder mit oder ohne Schlag, in Jeansstoff oder Cord. Und die Beine dieser Hosen waren immer etwas zu lang. Also ließ man sie entweder brav kürzen oder schnitt sie selbst ab. Letzteres führte dann zu fransigen Enden mit einem Hauch von Rebellion. Für die weiblichen Teenager gab es noch die besondere Form der Jeans in hauteng. Allerdings musste man sich zu diesem Zweck – mit der Hose bekleidet – für längere Zeit in eine mit warmem Wasser gefüllte Badewanne setzen! Wahrscheinlich bekam man eine Blasenentzündung oder Pilze, aber die Hose saß wie angegossen! Verrückte Zeiten waren das! Bei mir ist so ein Hosenkauf auch heutzutage noch eine simple Angelegenheit: Die Jeans muss bequem sein, dunkelblau und in der Größe M oder 32. Das bekomme ich auch ohne Beratung hin. In diesem Kaufhaus, in der Abteilung für „Young Boys", sah das Ganze etwas komplizierter aus: Die Größen hießen nicht eng, weit oder normal, sondern slim, regular, skinny, comfort und loose fit. Das Äußere, auch „Look" genannt, war dann nicht ordentlich oder bequem, sondern Dirty, Used, New Fashion oder Stone Washed.

Zur Verkäuferin sagte man keinesfalls so etwas Profanes, wie: „Ich möchte für mich eine neue Jeans ...", sondern: „Ich brauch `ne coole Stonewashed zum Chillen im Baggy Style!"

Alternativ in der Stilart „Boyfriend" oder „Workwear". Wem das nicht genügte, der konnte sich noch eine „Low-Waist", eine „Boot Cut" oder eine „Straight Leg" gönnen! Ich suchte vergeblich auf dem Wühltisch nach dem entsprechenden Anmeldeformular für einen adäquaten Englischkurs, fand es aber nicht. Trotzdem kam Leo – mithilfe einer entsprechend geschulten Verkaufsfachkraft – zu zwei neuen Jeans, Dirty Look und Loose Fit, im aktuellen Boyfriend-Style. Er sah sehr zufrieden aus. Wir machten uns auf den Weg in die Sportabteilung. Dritter Tagespunkt: Auswahl und Kauf eines Trainingsanzugs für meinen Begleiter. Im Eingangsbereich der Abteilung waren zwei Körbe mit Bällen zum Sonderpreis aufgestellt, das Angebot der Woche. Leo schnappte sich einen Basketball und begann, ihn kräftig auf den Boden zu prellen: „Bomm, bomm, bomm!"

„Wieso muss man vor jeden Stein, vor jede herrenlose Dose treten?", hatte Susanne mich einmal gefragt, und ich versuchte ihr daraufhin zu erklären, welche magische Ausstrahlung und Anziehungskraft Bälle und andere Flugobjekte auf uns Männer hätten.

Doch sie sah mich an mit einer Mischung aus Unverständnis, Mitleid und Sorge, als wäre ich irgendeiner unbekannten „Anderswelt" entsprungen. Der geheimnisvolle Ballzauber schien wohl nur für ganz bestimmte Menschen spürbar zu sein. Ja, wie gerne hätte ich jetzt mit meinem kleinen Freund einen dieser nagelneuen Fußbälle ausprobiert! Die Sonderangebote umdribbelt, hin- und hergepasst, dann dem Verkäufer durch die Beine, den Ball vor die Ausstellungswand der neuesten Laufschuhmodelle gedonnert, den Abpraller grandios verarbeitet und mit einer eleganten Steilvorlage in das Obergeschoss befördert!

So aber, mit der Vernunft eines um Ordnung bemühten Erwachsenen, hörte ich mich nur sagen: „Leo, leg doch bitte mal den Ball weg, das stört jetzt!"

„Kann ich Ihnen irgendwie behilflich sein?" Die herbeigeeilte Verkäuferin lächelte uns freundlich an.

„Bomm, bomm, bomm!", machte Leos Ball.

„Ja, wir suchen ein paar Sachen ... für, äh, meinen Jungen. Wenn Sie mir sagen könnten, wo ich Trainingsanzüge für Kinder finde, das wäre nett!"

„Bomm, bomm, bomm!"

„Ja, die Abteilung für die Kids ist im ersten Obergeschoss, dann auf der rechten Seite, gleich vorn an der Rolltreppe."

Die Verkäuferin lächelte immer noch, doch ich hatte sie nur mit Mühe verstehen können, weil der Basketball weiterhin sein sattes Geräusch machte.

„Leo, leg diesen Ball bitte sofort weg!"

Tatsächlich folgte mein Tageskind dieser Anweisung, legte das umstrittene Wurfobjekt in den Korb zurück und ... tauschte es gegen einen Fußball.

„Bamm, bamm, bamm!"

„Wie gesagt ... Rolltreppe vorn ... Obergeschoss!", rief die Verkäuferin mir zu. Sie lächelte nicht mehr.

„Bamm, bamm, bamm!"

„Ja ... vielen Dank ... für die Auskunft!", brüllte ich als Antwort ebenso laut zurück.

„Bamm, bamm, bamm!"

„So, jetzt hörst du sofort auf damit, sonst gibt's aber Ärger!"

Nur widerwillig kam Leo der Anordnung nach, allerdings nicht ohne anzumerken: „Nie darf man Spaß haben!"

Benno der Spielverderber. Benno die Spaßbremse. Eine undankbare Rolle, die ich da zugewiesen bekam. Dabei besaß ich durchaus Humor, nur eben nicht jetzt. Alles zu seiner Zeit! Kurz darauf standen wir im Obergeschoss, Leo hatte bereits verschiedene Trainingsanzüge begutachtet und an- und ausgezogen. Alle aus dem Sortiment der preisreduzierten Artikel. Da sollte uns doch irgendein Schnäppchen gelingen! Ich bin doch nicht blöd und falle auf die Werbeversprechen sogenannter Markenhersteller rein! Nee, wirklich nicht! Dann, beim vierten oder fünften Modell verhedderte sich Leo in der Jacke. Ein ungleicher Kampf, der mit einem satten, lang gezogenen Ton von reißenden Fasern endete.

„Shit, so ein Mist!", entfuhr es mir und nach kurzer Schrecksekunde: „Stopp, Leo, nicht bewegen!"

Der stellte fest: „Da ist was kaputtgegangen!"

„Pst ... nicht so laut!", flüsterte ich.

„Aber da ist was zerrissen!"

„Pst ...!", machte ich wieder.

„Ja, da ist was kaputtgegangen. Manchmal passiert so was Dummes eben. Es war ja keine Absicht. Wir behalten das erstmals für uns, Leo, ja?! Du darfst dich jetzt aber nicht mehr bewegen, sonst wird es noch schlimmer! Ich helfe dir da sofort raus, aus diesem blöden Anzug."

Gemeinsam versuchten wir, ihn zu befreien, ohne weiteren Schaden anzurichten.

„Kann ich Ihnen behilflich sein?"

Die junge Sportfachverkäuferin kam in einem denkbar ungünstigen Moment. Zum Glück war es nicht die Ballhörgeschädigte von der unteren Etage.

„Das Modell scheint mir doch etwas straff geschnitten, vielleicht solltest du was Größeres nehmen!", wandte sie sich freundlich lächelnd Leo zu.

„Der ist ja auch schon kaputt, der Anzug!", posaunte der unser Geheimnis aus und lachte ebenso freundlich zurück. Wie sollte man so viel Ehrlichkeit und kindlichem Charme widerstehen?

Die junge Frau strahlte immer noch: „Ja, tatsächlich! So was, da muss ich mal nach einer Alternative schauen, wir werden für dich schon was Cooles finden ..."

Nun, im Allgemeinen bin ich beim Einkaufen wie ein einsamer Wolf, wie Clint Eastwood, der „Dirty Harry" des Kaufhauses, sozusagen. Ständig bemüht, alle Kontaktversuche sogenannter Fachverkäufer eiskalt und lässig abzuwehren. Und ganz unter uns gesagt: Die meisten ihrer Art sind doch wie Zecken – wenn sie sich erst einmal festgebissen haben, wird man sie nur mit Gewalt wieder los!

In diesem Falle war die junge Frau allerdings nicht nur ernsthaft bemüht, sie hatte auch einen guten Draht zu Leo. Ja, und was ist für uns alle entspannender als ein gut gelauntes Kind? Gemeinsam fummelten wir nun den Jungen aus der viel zu kleinen Jacke heraus, deren zerrissenes Innenfutter uns klagend vor die Füße fiel.

„Tja, dieses Material ist nur bedingt empfehlenswert, du solltest besser mal was aus dem Markensortiment anprobieren!"

Dann, zu mir gewandt: „Die bieten auch eine hervorragende Mikrofaserqualität und eine erstklassige Feuchtigkeitsregulierung!"

Wir wählten schließlich den hochwertigen Trainingsanzug eines bekannten Markenherstellers mit feuerroter Jacke und goldstreifenverzierter schwarzer Hose.

Ein tolles Modell, Leo war begeistert!

Die Verkäuferin auch: „Sieht richtig flott darin aus, Ihr Sohn! Ganz der Vater ..."

Aha! So lief das also. Im richtigen Moment wurde einem Honig um den Bart geschmiert und schon wechselten die Euros ihren Besitzer. Wir Väter, also ich zählte mich jetzt einfach mal dazu, wir waren eben viel zu empfänglich für die kleinen Schmeicheleien der Fachverkäuferinnen. Diese Eitelkeit kam uns dann teuer zu stehen. Vielleicht sah man deshalb eher Mütter mit dem Nachwuchs einkaufen gehen. Zumindest in der Textilabteilung.

Weil wir unseren Auftrag „Sportanzug für Leo" erfüllt hatten, warf ich nun selbst einen Blick auf die „Active Wear for Young Running Men", um nach einer baumwollenen Laufhose für einen flotten Endvierziger zu gucken. Ich nahm drei Hosen der engeren Auswahl in die Hand und eilte mit ihnen zu einer Umkleidekabine, deren Türen aussahen wie der Eingang zu einem Western-Saloon.

„So, du bleibst jetzt mal hier stehen und passt auf, dass mich niemand versehentlich mit diesem Türchen umschubst, wenn ich gerade in der Unterhose auf einem Bein balanciere."

Der Junge sah mich verwundert an, nahm aber Haltung ein und bezog Posten neben der Kabine. Ich trat ein und wurde von den schwingenden Holzklappen direkt vor die Wand geworfen. Meine Hosenauswahl fiel zu Boden und die Preisschilder verhedderten sich ineinander. Mühevoll pfriemelte ich alles wieder auseinander und probierte dann auf aller kleinstem Raum meine Auswahl durch. Ich musste feststellen: Diese Mode war tatsächlich für young, aber nicht für middle-old man geeignet. Tja, in Sachen Kleidung bin ich eher konservativ, hauteng oder extra weit kommen mir da nicht in die Tüte! Als ich die Kabine verließ, musste ich feststellen, dass mein kleiner Begleiter die unerwartete Chance zur Flucht ergriffen hatte.

Verdammt noch mal! Wo hatte sich dieser Lausebengel bloß wieder versteckt? Benno, Ruhe bewahren! In so einer Sportabteilung geht niemand verloren!

Ich sah mich gründlich um, doch von Leo keine Spur. Warum konnte dieses Kind nicht einmal das tun, was man ihm befohlen hatte? Wenn so ein kleiner Junge dann womöglich Unsinn anstellte, das fiele doch auf die Eltern zurück. Oder in diesem Fall auf mich. Wie zum Beispiel da hinten, wo gerade in diesem Moment ein Kind auf einem Tretroller durch die Sportschuhabteilung sauste. Sssst! Völlig unbeaufsichtigt, wie es schien. Dass da keiner aufpasste, das musste doch nicht sein. Sssst! Schon wieder! Jetzt im Bereich der Rückschlagspiele. Sssst! Und zurück. Sssst! Das Bürschchen hatte von Weitem besehen ungefähr Leos Alter. Aber einen Erziehungsberechtigten, der sich für ihn verantwortlich fühlte, den gab es hier wohl nicht ... oder einen mutigen Angestellten, der sich vor den Roller warf, um dem sinnlosen Treiben ein Ende zu bereiten. Jetzt ein Getöse und Scheppern, ich zuckte zusammen! Doch dem kleinen Teufel war es schnuppe, der raste weiter. Sssst! Erstaunlich, der trug sogar eine Regenjacke, wie Leo sie besaß. Jetzt umkurvte er haarscharf einen Wasserspender, puh ... das war knapp! Sssst! Hm ... ein Junge etwa zehn alt, der aussah wie Leo und die gleiche Regenjacke trug?

„Verflixt noch mal, Leo!"

Er bremste elegant und geräuschlos direkt neben mir, in Gedanken hörte ich die Reifen quietschen.

„Geiles Teil!", rief er anerkennend.

„Wer denn, wo denn ...?", fragte ich zurück und ließ meine Blicke schweifen.

„Na, hier, der Devils-Speedracer!", kam seine Antwort und er deutete auf den aluminiumglänzenden Roller.

„Bring das mal sofort wieder zurück, dieses Dingsda!"

„Das darf man hier aber, rumfahren und so ...", war Leos nörgelnder Kommentar, der unausgesprochen so viel bedeutete wie: „Ey, alter Mann, du hast ja überhaupt keine Ahnung!"

104

Wahrscheinlich hatte er sogar recht, in solchen Momenten kam ich mir wirklich alt vor. In etwa so wie bei meinem letzten Handykauf, als ich den Verkäufer fast zur Verzweiflung trieb, weil ich hartnäckig und stur darauf bestand, dass mein mobiles Telefongerät mir nur ein einziges Feature bieten musste: die Fähigkeit zu telefonieren. Leo brachte den Roller dann murrend zurück in den „Move and Fun"-Bereich, wo er hingehörte. Heutzutage heißen Sportläden und deren Fachbereiche ja nicht einfach Geschäft oder Abteilung, sondern „Activity Sports Shop" und „First Athletic Area". Warum sollte man in so etwas nicht mit einem Teufels-Temporoller wild herumrasen dürfen? Trotzdem fand ich es an der Zeit, dem Jungen mal die Leviten zu lesen.

„Hör mal zu, Leo! Jetzt keine Sperenzchen mehr! Du lässt jetzt mal alles hier an seinem Platz und bleibst ganz friedlich, ja!?"

Leo grummelte etwas, widersprach aber nicht. Auch nicht, als ich ihn auf dem Weg zur Kasse wieder an die Hand nahm. Fast schien es mir so, als ob er diese Momente besonders zu schätzen wusste, wenn sich jemand Sorgen um ihn machte und sich kümmerte.

Letztendlich war nun alles viel teurer geworden, als erwartet – ich seufzte innerlich. Aber eigentlich hatte ich doch alles richtig gemacht, der Junge besaß jetzt vernünftiges Schuhwerk und bequeme Kleidung in passender Größe. Als die Geldscheine den Besitzer wechselten, strahlte Leo. Er war zufrieden, so viel war er uns also wert, das schien ihn zu beeindrucken. Mich auch. War ein ungewohnt gutes Gefühl für mich, so eine Verantwortung zu tragen. Finanziell und auch sonst.

Danach sehnten sich scheinbar auch Leos frühere Pflegeeltern zurück. Denn, als wir aus der Stadt zurückkehrten, berichtete mir Donna Rosa, „ganz im Vertrauen, natürlich ...", dass seine Ex-Pflegeeltern „ihren" Jungen jetzt wieder nach Hause holen wollten.

„Die haben nämlich erfahren, dass Sie und Ihre Frau mit Leo gut auskommen, viel unternehmen und Spaß dabei haben. Jetzt sind sie der Meinung, der Junge müsse geheilt sein, wovon auch immer. Quasi repariert, beinahe wie neu!"

Frau Frisch machte eine kurze dramaturgische Pause, ließ mir aber keine Zeit für Zwischenfragen, sondern fuhr – in einem fast heiteren Ton – fort: „Die haben aber nicht mit Leo gerechnet, der hat sie nämlich abblitzen lassen, einen heftigen Wutanfall bekommen und sie übel beschimpft!"

Immerhin weiß er sich auszudrücken ..., dachte ich ein wenig schadenfroh und spürte eine gewisse Erleichterung.

„Wir haben dem Jungen natürlich erklärt, dass es nicht in Ordnung ist, andere so zu beleidigen. Aber ganz unter uns: Ich finde, dass man sein Verhalten verstehen kann. Schließlich hat er wochenlang vergeblich darauf gewartet, dass er nach Hause zurückkehren darf, da ging es ihm wirklich nicht gut. Und jetzt, wo Monate vergangen sind und man ihn so allein gelassen hat, da soll er plötzlich heimkehren? Das kann doch nicht sein, dass man je nach Lust und Laune sein Kind bei uns abgibt und dann wieder mitnimmt, nee, so geht´s ja nicht!"

Donna Rosa erklärte mir, dass Leo gegen seinen Willen auf keinen Fall dorthin zurückmüsse, zumal das Jugendamt inzwischen auch die Vormundschaft übernommen hätte.

„Mit der Frau Schmidt stehe ich in ständigem Kontakt und weiß deshalb auch, dass sie sich grundsätzlich nach dem Wohl und auch den Wünschen des betroffenen Kindes richtet. Da haben Leos früheren Pflegeeltern keine Chance mehr, etwas gegen seinen Willen durchzusetzen, so viel steht fest!"

Aus ihren Worten klang eine gewisse Genugtuung und ich, puh ..., ich musste mir eingestehen, alles in allem war ich auch ein wenig erleichtert! Und überrascht. Denn mir wurde klar: Dieser kleine Junge hatte an Bedeutung für mich gewonnen, viel mehr als ich gedacht hätte. Na ja, nicht weiter schlimm, Verpflichtungen irgendeiner Art waren ja damit nicht verbunden. Nur meiner Susanne würde ich davon lieber nichts erzählen, sonst wollte sie mit mir wieder über meine Gefühle und Gedanken reden und so was. Wie es Frauen eben gerne tun. Und das, nee, das musste ich nach diesem mühevollen Einkaufsbummel mit dem kleinen Wilden wirklich nicht haben! Nein, danke!

Prinzenrolle

Kraftvoll und leichtfüßig, wie ein durchtrainierter Athlet, so wäre ich gerne gelaufen! Stattdessen stampfte ich mit schweren Beinen vorwärts, ächzend wie eine alte Dampflok. Verdammte Hitze! Hinzu kam ein ungewöhnlich warmer Wind, der keine spürbare Abkühlung brachte.

„Eine Luftströmung direkt aus Nordafrika!", hatte die Wetterfroschfrau mit leuchtenden Augen im Fernsehen verkündet.

Wie kleine, tanzende Derwische trieben Windböen die trockene Asche über den Sportplatz. Auf meiner Haut hatte sich ein klebriges Gemisch aus rotem Staub und Schweiß gebildet. Ganz nach dem Geschmack einer gierigen Schmeißfliege, deren sämtliche Wettersensoren scheinbar schon durchgeschmort waren! Verdammte Nervensäge!

„Wenn ich dich erwische, du ...", vergeblich versuchte ich, dem hysterischen Brummer einen Schlag zu verpassen. Sein aufgeregtes Summen wurde nur noch vom Rauschen des Windes und dem „Flapp, flapp, flapp" meiner platten Füße übertönt. Hier lief alles – im wahrsten Sinne des Wortes – anders als geplant! Runde um Runde rannte ich mühsam diesem kleinen Jungen hinterher. Und die drahtige Läuferin, die ich vorhin noch auf der Gegengeraden beobachtet hatte, war mir jetzt dicht auf den Fersen. So ein Mist, die lief viel schneller als ich! Nur eine Frage der Zeit, wann sie

mich überholen, mühelos und ohne Skrupel an mir vorbei-
ziehen würde! Eine dieser typischen Powerfrauen, die keine
Rücksicht nehmen auf männliche Eitelkeiten!

So ähnlich wie meine liebe Gemahlin, die – wie sie behauptete – „nur mal so, zum Quatschen ..." mit der Leiterin
des Kinderheimes telefoniert hatte. Donna Rosa führte danach ein Gespräch mit Frau Schmidt, der zuständigen Dame
vom Jugendamt. Und die wiederum rief Susanne an. Das
Ergebnis dieser geballten Frauenpower-Telefonkonferenz
war: Leo durfte uns am Wochenende besuchen und bei uns
übernachten! Ja, super! Irgendwie kam ich mir übergangen
vor, aber wenn Susanne sich mal was in den Kopf gesetzt
hatte, dann wurde es schwer für mich. Kein Einwand oder
Argument zählte, es gab nichts, was sie dann noch von ihrem Plan hätte abbringen können. Und wenn es mal hart auf
hart kam, schreckte sie auch vor einer kleinen Erpressung
nicht zurück. Der gute Zweck heiligte dann ihre Mittel.

Ich erinnere mich noch gut daran, wie ich ihr vor einigen
Jahren einen Tanzkurs geschenkt hatte. Als Überraschung
zum Geburtstag! Susanne war total happy! Nun würde
man vermuten, das müsse der beste aller Ehemänner sein,
der sich so aufopferte für seine Ehefrau, und natürlich ist
die ihm auf ewig dankbar dafür. Auf ewig! Ja, aber nur bis
zu diesem einen Tag. Dem Tag des fiesen Foxtrotts.

Wir hoppeln wie die Häschen ..., dachte ich bei den ständig
wiederkehrenden Tanzschritten. *Vor – vor – Seitschluss ...,
rück – rück – Seitschluss ...*

Die Kunst bestand nun darin, kleine Schritte im Takt der
Musik an die richtige Stelle zu setzen. Da waren Rhyth-
musgefühl und Koordination gefragt, tanzminderbegabte
Männer wissen, wovon ich rede! An diesem besagten Tage
also, während unserer sonntäglichen Tanzstunde, spürte

ich das drohende Unheil heraufziehen. Die Musik nervte, der Schuh drückte! Ich zögerte, war zu langsam, ich gab Gas und war zu schnell. Wieder nicht im Takt! Mein lieber Scholli, was für eine Qual! Doch da, ganz plötzlich, hatte ich sie, die Eingebung: Dieses Foxtrott-Gehoppel war nicht für mich geschaffen!

Also bremste ich meine Frau aus, mitten im „Rück – rück …", ohne den finalen Seitschluss abzuwarten, und sagte mit Entschlossenheit: „Suse, das hat keinen Zweck mehr, ich hasse diesen Tanz!" Um dann – fast schon erleichtert – fortzufahren: „Komm Spatz, wir setzen uns einfach hier hin und trinken was, wir lassen ab heute den Foxtrott einfach aus! Andere machen das doch auch, überleg mal, wie oft hier manche beim Walzer oder Disco Fox passen. Die gucken den anderen zu und lassen es sich trotzdem gut gehen!"

Susanne funkelte mich wütend mit ihren dunkelblauen Augen an. Dann sagte sie, völlig kühl und ohne große Gestik – was ihrer Aussage eine besonders gefährliche Note verlieh: „Wenn du nicht mehr Foxtrott mit mir tanzt, dann lasse ich mich scheiden!"

Wow, was für ein Satz – locker aus der Tanzhüfte abgefeuert, voll unter die Gürtellinie! Ich atmete einen Moment tief durch, um diesen Tiefschlag zu verdauen. Dann zog ich meine Frau energisch an den Rand des Tanzparketts: „Was soll denn das, Susanne? Wie kannst du nur so etwas sagen, das geht doch nicht!"

Susanne wurde blass und schwieg. Das hatte aber gesessen, meine Reaktion, das sah man ihr an! Jetzt hatte sie bestimmt ein schlechtes Gewissen! Selbst Schuld, meine Liebe! Wir warteten auf eine passende Lücke und tanzten weiter: Foxtrott!

Ja, ja, sicher, ich hätte sie auch eiskalt abservieren können – so in Humphrey-Bogart-Manier: „Hey, schau mir noch einmal in die Augen Kleines – jetzt bist du zu weit gegangen! Hasta la vista, Baby!"

Doch als Mann möchte ich auch meiner weicheren Seite eine Chance geben. Nachgeben und verzeihen können. Verständnis zeigen für die weibliche Psyche. Im Übrigen sind solche Auseinandersetzungen gar nicht so mein Ding, ich habe es gerne harmonisch, vor allem mit meiner Frau.

Auf dem Sportplatz überholte mich jetzt diese Tussi, so wie ich es befürchtet hatte! Mit den Worten: „Toll, wie Sie Ihren Sohn motivieren können! Und wie der läuft! So kraftvoll und leichtfüßig!", zog sie locker und entspannt an mir vorbei.

„Nee, ist klar ..." Ich rang mir den Hauch eines Lächelns ab: „... der Apfel fällt nun mal nicht weit vom Stamm!"

Sie winkte mir fröhlich zu und lief dann noch eine Weile neben Leo her, um mit ihm angeregt zu plaudern. Bla,bla,bla ... so ein Geschwätz, als ob die eine Ahnung vom Laufen hätte! Kraftvoll und leichtfüßig! Pah! Ja, okay, Leo hatte einen akzeptablen Laufstil, na und? Wenn die wüsste, dass der Bursche nur für Bares lief, von wegen Motivation! Nur mit größter Mühe hatte ich es geschafft, dass sich Leo hier überhaupt bewegte und ein Bein vor das andere setzte! Weil er einfach nur so laufen doof fand und der Meinung war, wenn schon rennen, dann müsste es aber „richtig im Urwald sein"!

Von wegen Bürschchen! Ich sehe dich doch an jeder zweiten Biegung anhalten, weil da im Gebüsch Kohlmeisen sitzen oder ein klopfender Buntspecht im Baum. Danach untersuchst du wahrscheinlich in aller Ruhe die vermoosten

Stämme und Pilze am Wegesrand und dann, ja dann ... spurtest du plötzlich los, aber nur um ein weghuschendes Eichhörnchen zu verfolgen! Nee, so nicht, mein Freund! Ein solides Lauftraining findet nicht im Abenteuerdschungel statt! Nicht mit mir! Grundsätzlich habe ich doch nichts gegen Blümchen und Bäume. Oder gegen die Tiere dort ... Insekten und Hunde mal ausgenommen! Nur, eins ist doch klar: Ich bin weder Indiana Jones noch Crocodile Dundee! Kein Held des Dschungels, sondern nur ein Kind der Großstadt. Keiner dieser taffen Naturburschen, die in freier Wildbahn überleben könnten und das womöglich noch beglückend fänden. Nein, danke, das muss ich nicht haben! Für mich sind Moskitos tatsächlich eine Plage Gottes und Spinnen erst ... bah, igitt, total eklig, diese Viecher! Ja, ich weiß, dass die einen die anderen fangen und fressen und deshalb nützliche Tiere sind. Das hilft mir aber nicht wirklich weiter.

Das mit dem Laufen war eigentlich meine Idee gewesen. Ein ganz raffinierter Plan, um weiteren Überraschungen zu entgehen. Ich hatte mir das so gedacht: Bevor der Junge fortwährend wie ein aufgedrehter Flummi durch unsere halbwegs geordnete Wohnung hüpfte und alles Mögliche durcheinanderbrachte, wäre es doch viel besser für ihn, am Nachmittag mit mir um den Sportplatz zu rennen! Da sollten doch seine überschüssigen Energien irgendwann verbraucht sein. So war meine Überlegung. Im Übrigen war auch reichlich Sonne angesagt, eine gute Möglichkeit also, meine Rest-Urlaubsbräune etwas aufzufrischen. Tja, und abends würde der Knabe todmüde ins Bett fallen, dann wäre Schicht im Schacht und Ruhe kehrte ein. So war mein Plan gewesen! Zum Glück hatte Susanne noch vor Kurzem etwas darüber gelesen, wie vorteilhaft sich sportliche Aktivitäten bei überaktiven, zappeligen Kindern auswirken sollten, und fand meine Idee sogar akzeptabel. Wenn wir es nur nicht übertreiben würden mit dem sportlichen Ehrgeiz ...

Tja, leider war der bei Leo aber nicht so ausgeprägt, wie ich es mir gewünscht hätte! Für die grundsätzliche Teilnahme an meinem Laufprogramm musste ich ihm ein Eis versprechen, für jede Runde um den Sportplatz zehn Cent. Und für den Fall, dass er am Ende des Trainings das Ziel als Erster erreichen sollte, handelte Leo zusätzlich noch eine Pizza Margherita aus. Allerdings war das eine Schlitzohrigkeit von mir, denn die Pizza war für den Abend sowieso eingeplant! Vor dem Start versuchte ich nun, dem Dreikäsehoch etwas zu imponieren, und erwähnte so ganz nebenbei, dass ich – einige Jahre jünger noch – tatsächlich einmal die komplette Marathondistanz bewältigt hatte! Damit kann ich im Allgemeinen meine Zuhörer in den Bann ziehen und entsprechend punkten. Unerwähnt lasse ich allerdings immer, dass ich die letzten Kilometer gehen musste, weil mir zusehends die Puste ausging! Doch meine früheren Heldentaten schienen Leo nicht zu interessieren. Im Gegensatz zu Geldmengen waren ihm Distanzen und Kilometerangaben wohl einerlei.

Als wir am Nachmittag heimkehrten, war ich todmüde und erschöpft, außerdem um einen großen Pinocchio-Eisbecher und zwölf Laufrunden zu zehn Cent ärmer. Der kleine Bursche aber war jetzt richtig gut drauf, von Müdigkeit keine Spur! Ich dagegen musste mich nach dem Duschen zur Erholung erst einmal auf die Wohnzimmercouch legen. Nur mal kurz die Beine hoch. Aus der Küche vernahm ich noch die Stimmen von Susanne und Leo, sie spielten anscheinend „Mensch ärgere Dich nicht!" Leise Flüche hörte man und lautes Lachen. Dann duselte ich ein.

„Huhu, Benno? Du musst mal wach werden, wir haben gerade die Pizza bestellt!" Susanne strich mir sanft über das graue Haar.

Ich gähnte und hätte mich am liebsten wieder umgedreht, allerdings knurrte auch mein Magen.

Als wir kurz darauf gemeinsam den Tisch deckten, flüsterte meine Frau mir zu: „Der Leo mogelt beim Spielen, der will um jeden Preis gewinnen! Na, ich habe es heute einfach mal durchgehen lassen."

Typisch Suse, großzügig und nachsichtig. Ich dagegen hätte dem Lümmel schon aus Prinzip ... ach, auch egal, was sollte ich mich großartig über solch eine Kleinigkeit aufregen! Inzwischen saß unser Gast in der mit wohltemperiertem Wasser und Badeschaum gefüllten Wanne und ließ es sich gut gehen. Aß einen Imbiss aus Schokolade und Chips, den ihm Susanne ins Bad gestellt hatte – gegen den ersten Hunger, wie sie sagte. Dabei las er eines seiner Dagobert-Duck-Hefte aus der umfangreichen Sammlung, die er am Morgen in zwei Kisten angeschleppt hatte. Das weitere Gepäck des kleinen Prinzen bestand aus zwei Taschen mit Klamotten und einem Plastikcontainer mit Spielzeug von Playmobil und Lego. Als Willkommenspräsent hatte ihm Suse – was ich etwas übertrieben fand – ein Löschflugzeug aus der neuesten Playmo-Kollektion geschenkt. War wohl ein Tipp von Donna Rosa gewesen. Nun blätterte Leo ganz entspannt in seinem Comic-Heft, knabberte etwas, landete zwischenzeitlich den Flieger auf dem Badewasser, fügte hin und wieder noch etwas von meinem teuren „Aufbaushampoo für strapaziertes und trockenes Haar" in die gefüllte Wanne, um dann abschließend mit dem Duschkopf eine noch kräftigere Schaumwirkung zu erzielen. Als ich ihn später beim Aufwischen des Badewassers fragte, wie es zu diesem Chaos kommen konnte, erklärte er mir ganz ernsthaft, dass er den Schaum als Nebel gebraucht hatte, für eine dramatische Bruchlandung der Löschmannschaft seines Flugzeugs und außerdem noch eine leere Shampooflasche als Wasserkanone. Ja, da hatte ich doch gleich Verständnis für das Kind, die kostspielige Verschwendung meines Haarshampoos und die üppigen Wasserpfützen in unserem Badezimmer!

„Ja, so sind sie eben, Kinder halt ...", sagte Susanne beschwichtigend zu mir und lächelte gütig.

Geraume Zeit später saßen wir am Küchentisch und aßen die lauwarme Pizza. Sicher, wir hätten auch erst essen und danach wischen können, aber da habe ich meine Prinzipien! Nachdem ich mich wieder etwas beruhigt hatte, wäre beinahe so etwas wie familiäre Gemütlichkeit aufgekommen, wenn – ja, wenn mich nicht Leos ungewöhnliche Essmanieren irritiert hätten. Kaum hatte er Platz genommen, wurde die Konsistenz seiner Pizza von ihm ausgiebig mit den Fingern geprüft, der Rand zerbröselt, der Belag heruntergezogen und in seine Einzelteile zerlegt. Das Ganze wurde dann neu zusammengemischt und quasi als Fingerfood verzehrt. Der kleine Nimmersatt aß auf diese unkonventionelle Art nicht nur seine Portion, sondern auch noch die Reste von Susannes vegetarischer Pizza! Trank dazu ein großes Glas Cola und zwei Becher Kakao. Als Nachtisch eine Riesenportion Tiramisu. Ich hatte so meine Bedenken hinsichtlich der Verträglichkeit, allerdings auch keine Ahnung, was Kinder in dem Alter so verputzen können.

„Ach, den darf man ruhig mal verwöhnen, das hat er sich verdient!", beschwichtigte Susanne mich und meinen besorgten Blick.

Nach diesem üppigen Mahl schlug ich vor, Leos Luftmatratze aufzublasen und seine Decke zu beziehen, damit
alle vor dem Schlafengehen noch etwas lesen könnten. Leider döste die Westdeutsche Allgemeine immer noch vier
Stockwerke tiefer in unserem Briefkasten vor sich hin. Die
Leerung hatte ich in der allgemeinen Aufregung des un-
gewohnten Kinderbesuches vergessen. So ein Mist! Na ja,
vielleicht konnte ich dann wenigstens nachher noch das
„Aktuelle Sportstudio" ...?

„So, ich geh dann mal ins Badezimmer und du, Leo, hör
mal zu! Wenn du den Benno ganz lieb fragst, liest er dir
bestimmt noch eine Geschichte von deinem Donald Duck
vor!"

Leo strahlte, ich war verdutzt. So was! Hatte man denn
hier nie Feierabend? Meine Herren! Ich seufzte und holte
mir ein kühles Bier aus dem Kühlschrank. Kumpelhaft
klopfte ich Leo auf die Schulter und nahm einen Schluck
aus der Pulle.

„Gut, aber nur eine Geschichte! Vorher machen wir aber
noch deine Luftmatratze fertig, wir beiden Männer!"

„Ach, Benno, ich habe mal das Sofa bezogen für unseren
Jungen, ist doch viel gemütlicher ..."

Hä, wieso war der jetzt „unser Junge"? Und das Sofa bezogen? Was hatte das zu bedeuten, welches Sofa meinte sie
denn? Wir haben doch nur eins. Mein blaues Kuschelsofa.
Mein blaues Kuschelsofa? Och nee, musste das denn sein!?
Das habe ich nicht so gern, wenn andere da drauf liegen
– und dann, bei dem, was der Bursche verdrückt hatte ...
wenn ihm nun irgendwann schlecht wurde? Weil ich aber
überhaupt keine Lust auf Diskussionen hatte, gab ich nach.
Füllte stattdessen das kühle Bier in ein Glas. Mann, sah das
lecker aus! Das hatte ich mir doch ehrlich verdient nach

der wilden Rennerei um den Sportplatz ... und überhaupt! Warum sollte ich heute Abend darauf verzichten? Nur weil dieser kleine Junge mich so merkwürdig anstarrte?

Ich stellte das Bier zurück in den Kühlschrank, könnte ich ja später noch ...

Suse verschwand im Bad, und ich durfte mich mit Leo beschäftigen. Mich neben ihn setzen auf mein Sofa, dessen kräftiges Royalblau einer bunten Bettwäsche mit Käpt'n-Blaubär-Muster gewichen war. Comics lesen zu zweit, ein tolles Abendprogramm!

„Donald du bist und bleibst ein Taugenichts! Wenn du die Münzen nicht ordentlicher polierst, wirst du deine Schulden bei mir nie begleichen!"

Mit tiefer Stimme sprach ich als Dagobert Duck meinen Text. Donald musste ich auch sprechen. Leo las Tick, Trick und Track. Alle übrigen Rollen fielen an mich, bis auf Daisy und Gustav Gans. Und die Oma. Im Laufe der Comicseiten wurden dann einige der zugeordneten Stimmen gewechselt, jetzt übernahm ich Kater Karlo, Daniel Düsentrieb und den Dicken vom Bauernhof. Puh ... ein ziemlich anstrengendes Lesevergnügen! Leo aber hatte einen Heidenspaß, und auch ich ertappte mich dabei, wie ich immer öfter schmunzeln musste und meine Stimmung zusehends besser wurde. Eine echte Gute-Laune-Therapie, diese Comics! Obwohl Donna Rosa gemeint hatte, „.... der Leo ist wirklich kein Kuschelkind, da darf man nicht zu viel erwarten ...", hatte der kleine Bursche überhaupt keine Berührungsängste und lehnte sich bei mir an. War mir zwar ein bisschen unheimlich, soviel Nähe, aber das durfte ich sicher als Vertrauensvorschuss und Sympathiebeweis werten. Wahrscheinlich sehnte sich der Kleine nach so gemütlichen Abenden wie diesem. Ich grübelte, ob ich ihn möglicherweise auch ein bisschen in mein Herz geschlossen hatte? Diesen kleinen Wilden von einem anderen Stern ...

Mensch, Benno! Werde jetzt bloß nicht schwach! Das liegt doch nur an dieser gemütlichen Familienatmosphäre! Das bist du einfach nicht gewöhnt!

Nachdem wir das lustige Enten-Karaoke zu Ende gebracht hatten, stellte ich fest, dass es erst kurz nach sieben war. Zu früh wahrscheinlich, um einen neunjährigen Jungen ins Bett zu schicken. Wir wollten ja nicht in aller Herrgottsfrühe von ihm geweckt werden. Also führte ich Leo meine altgediente, immer noch geliebte Stereoanlage vor. Dabei dachte ich mir, was ein Kind so ausführlich erklärt bekommt, wird es sicher nicht aus unbefriedigter Neugier nachts um halb zwei in Gang setzen, oder? Zwei mal 120 Watt Sinus, da wäre aber Party im Haus! Ja, so eine feine, wenig platzsparende Technik kennen die Kids von heute doch gar nicht mehr! Ich legte die Stones auf den Plattenteller und drehte etwas lauter.

„Paint it black, yeah!"

Leo sah staunend zu, wie ich als zappelnder Kreisel durch das Zimmer taumelte.

„I see a red door and I want it painted black ..."

Mein Gesang im Duett mit Jagger schien ihn nicht besonders zu beeindrucken, sein Interesse galt vielmehr dem Plattenspieler und der sich drehenden „Big-CD", wie er die Langspielplatte nannte.

„Leo, bitte ganz vorsichtig, das ist alles sehr empfindlich! Dieses Livealbum von 1968 ist eine Rarität, das gibt es so gar nicht mehr zu kaufen!"

„Wie hält man das denn an, diesen Kreisel ...?"

„I could not foresee, this thing happening to you ..."

Ich zögerte einen Moment zu lange. Leo legte seine Hand auf die Platte, der Teller stoppte abrupt und der Tonarm samt Nadel rutschte einmal quer durch das schwarz schimmernde Vinyl!

„Krrrck"!

Da war es, das gefürchtete Geräusch aus meinen Jugendtagen, das früher tollpatschige oder betrunkene Partygäste verursachten, die gegen die Anlage stießen. Oder diese Wichtigtuer, die unbedingt eine noch laufende Platte sofort wechseln mussten, um ihre eigene armselige Hitsingle zu präsentieren! Verflixt noch mal, meine gute alte Stones-LP! Diese Seite war jedenfalls Schrott! Leo hüpfte schnell auf die Couch und verkroch sich unter der Decke. Na gut, mein Freund, immerhin hast du ein schlechtes Gewissen!

Ja, dieser musikalische Exkurs war voll in die Hose gegangen, lamentieren half da nichts mehr! Doch vor Susanne wollte ich mir keinesfalls die Blöße geben, dass ich nicht zurechtkäme mit diesem Bengel.

Also setzte ich mich zu dem verängstigten Jungen und log ihn zähneknirschend an, auch wenn es mir ziemlich schwerfiel: „Ist doch nicht so schlimm, Kleiner! Konntest du ja nicht ahnen, wie sensibel so ein Gerät reagiert, wenn man es mit seinen Patschehändchen angrabscht!"

Okay, dann also kein Beat Club! Ich überredete Leo, aus seiner Höhle herauszukrabbeln, indem ich ihm anbot, gemeinsam mit mir einen Film zu gucken. Ich wählte einen Klassiker aus, einen alten Krimi mit Heinz Rühmann als „Pater Brown" in der Hauptrolle. Das konnte doch nur von Vorteil sein für die Allgemeinbildung des Knaben.

Als es losging, fragte mich Leo, was ein Klassiker sei, warum man den „Hein Rürrmann" kennen sollte und wohin die Farbe verschwunden war! Trotzdem blickte er wie gebannt auf den Bildschirm. Doch nach nur einer knappen halben Stunde mussten wir die Vorstellung abbrechen! Leo hatte sich mehrfach die Hände vors Gesicht gehalten und sogar gebibbert, weil in diesem Film alles viel zu gruselig war. Zuviel Schwarz-Weiß, zu viel Moor, zu viel Nebel! Dann noch dieser Typ mit der Maske und die Filmmusik und und und ... Na ja, der Kleine war wohl keine Krimis gewöhnt. Susanne, die mich tadelnd angesehen hatte, suchte zum Ausgleich meiner nicht ganz kindgerechten Gruselgeschichte einen harmlosen Zeichentrickfilm heraus: „Flutschi und weg!" oder so ähnlich. Ein anspruchsvoller Titel, in der Tat! Na, mir sollte es recht sein, wenn die beiden ihren Spaß hatten ... So kam ich doch noch zum Zeitung lesen.

Nach dem Film, es war etwa gegen halb zehn, machten wir bei Leo das Licht aus, plauderten mit ihm noch ein wenig über die Ereignisse des Tages und wünschten ihm eine gute Nacht. Langsam kam er zur Ruhe und irgendwann fielen ihm endlich die Augen zu.

„Ist doch irgendwie schön ...", flüsterte mir Susanne zu, „... so ein Kind ins Bett zu bringen. Das ist dann so eine friedliche Atmosphäre. Guck mal, wie lieb der aussieht."

Ich musste eingestehen, sie hatte recht. Es war ein berührender Anblick. Der Junge sah so wunderbar entspannt und zufrieden aus, dass mir spontan das Wort „glücklich" in den Sinn kam. Im gleichen Moment wurde mir bewusst, dass sich diese Stimmung auf mich übertrug. Vielleicht war es ja das, was man von Kindern zurückbekam? Ein Stück vom Glück ...

Später, als wir zu Bett gingen, wurde ich von Susanne noch gelobt: „Mensch, Wusel, du hast ja sogar auf das Sportstudio verzichtet!"

„Ach ... no problem!", erwiderte ich gönnerhaft und dachte im Stillen: *Was hätte ich denn machen sollen, das Fernsehzimmer war doch blockiert durch unseren kleinen Prinzen.*

Wie auch immer, ich war hundemüde, alles kein Drama, da geht man einfach mal früher ins Bett. Verzichtet eben auf´s fernsehen. Und auf das leckere Bier, das nun im Kühlschrank stand und dort langsam schal wurde. War nicht zu ändern. Kein Grund für mich, zu jammern. Nee, da stehe ich doch drüber! Und die Tageszeitung ... die konnte ich ja morgen früh weiterlesen. Kerl, war ich müde!

Jetzt gab es nur noch eins für mich: ab ins Bett!

Susanne blätterte noch eine Weile im Schummerlicht ihrer Nachttischlampe in einem heiteren Roman. Als sie sich später an mich kuschelte, da war ich fast schon eingeschlafen. Eine erholsame und ungestörte Nachtruhe, die hatte ich mir auf jeden Fall redlich verdient.

Der Schlafräuber

Susanne hat neuerdings Schlafstörungen. Ein Vorzeichen der Wechseljahre, meint ihre Ärztin. Früher war meine Frau nicht wach zu bekommen, wenn sie erst einmal eingenickt war. Ich dagegen war schon immer hellhörig wie ein Luchs! Die Mücke, die leise summt, der Nachbar, der einen Schluckauf hat, ein Wasserhahn, der irgendwo tropft: Nichts bleibt mir verborgen. Selbst eine Fledermaus, die vorbeiflattert, höre ich ... natürlich nicht, wie denn auch bei geschlossenem Fenster! Wenn nun im Morgengrauen – dieser Begriff erscheint plötzlich in einem ganz anderen Licht – das Neugeborene schreit, dann bin wahrscheinlich ich derjenige, der aufsteht, ein Sockentier zum Leben erweckt, Schlaflieder singt und mit dem Kind auf den Armen wie in Trance durchs Zimmer schlurft! Der mit dem Baby tanzt! Was für ein Glück, wir haben keins!

Ich brauche nämlich immer genügend Schlaf, ansonsten blicke ich morgens in den Spiegel, sehe ein graues, blutleeres Gesicht und denke fröstelnd: „What the hell ...? It´s Zombie-Time!"

Obwohl mir die Pizza schwer im Magen lag, hatte ich an diesem Abend kein Problem damit, einzuschlafen. Schon bald wähnte ich mich im Reich der Träume und kämpfte mich dort durch einen Dschungel. Ein dichter, dampfender Urwald, so gar nicht nach meinem Geschmack! Vor mir stapfte ein kleiner, wieselflinker Troll, der uns mit einer riesigen Machete den Weg freikämpfte. Schweiß tropfte lautlos von meiner Nase auf den dichten Farn und das grüne Moos. Hektisch schlug ich nach den riesigen Moskitos und Libellen, die uns umschwirrten. Direkt hinter mir eine Frau, von athletischer Statur, mit einer schweren Flinte quer über dem Rücken und einer Knarre von großem Kaliber, die in ihrem Gürtel steckte. Im Gegensatz zu meiner Person bewegte sie sich völlig lautlos, katzenhaft und durchtrainiert, ein Typ wie Lara Croft. Dann war da noch Mister Mac Duck, der Anführer unseres Teams. Sah dieses kleine Kerlchen nicht aus wie eine Ente im Safari-Look? Na, so ein Unsinn, wahrscheinlich war ich nur von den warmen Tropendämpfen benebelt oder gerade eben auf einen giftigen Frosch getreten.

Der kleine Troll stoppte plötzlich und gab uns ein Zeichen. Hinter dieser Lichtung musste es sein, unser Ziel! Das abgestürzte Löschflugzeug der Rolling Stones Company. Das mit der goldenen Pizza an Bord! In der Ferne hörte man das Brüllen eines Tigers und kreischende Affen. Direkt vor uns scheuchten wir ein paar bunte Tropenvögel auf, die davonflatterten. Davonflatterten. Flatterten …

0:07 Uhr

Das Flattern der Vögel weckte mich um kurz nach Mitternacht! Unsere Wellensittiche machten einen ziemlichen Radau in ihrem abgedeckten Käfig. Kurz zuvor hatte ich im Halbschlaf ein schwaches Licht bemerkt, an – aus, an – aus … Eine Taschenlampe vermutlich! Sittiche, die sich nachts erschrecken und flattern, sind nur schwer wieder zu beruhigen. Im Dunkeln sehen sie fast nichts, geraten in Panik und sausen von einer Käfigseite zur anderen, so ähnlich wie die Kugeln in einem Flipper. Das dauert. Wenn sie dann –

nach langem Zureden in freundlich säuselndem Flüsterton – irgendwann mal wieder ruhiger werden, ist man selbst meistens aufgedreht und hellwach! Vielleicht so eine Art Energieübertragung? Ach ja, Energie, da fiel mir doch das Flackerlicht wieder ein! Sehen wir mal nach, zum Beispiel bei unserem Gast im Wohnzimmer. Nun, der stellte sich schlafend, und ich hatte nicht die Nerven, Detektiv zu spielen. Nicht nachts um halb eins! Irgendwann, viel später mal, gestand mir Leo, dass er nur nachsehen wollte, ob Vögel im Sitzen schlummern. Lobenswerte Wissbegier eines Kindes, nur der Zeitpunkt war schlecht gewählt! Susanne war übrigens liegen geblieben. Stellte sich ebenso schlafend, wahrscheinlich.

1:15 Uhr

Das tat sie dann auch eine Stunde später, als mich ein kleines Gespenst fast zu Tode erschreckte.

„Benno!", jammerte es.

Huch, der kleine Geist schien mich zu kennen.

Und wieder heulte es: „Bennooo ...!"

Verdammtes Ungeheuer, verschwinde!

Eine kleine, kalte Hand legte sich um meinen Hals. Ich wollte um Hilfe schreien, doch meine Kehle war wie zugeschnürt, kein Laut drang aus meinem Mund.

„Benno, ... wach werden, bitte!"

Ein höfliches Monster, wie ungewöhnlich!

„Benno, ich kann nicht schlafen, ich hab so Bauchschmerzen!"

Eis, Schokolade, Chips, Pizza, Tiramisu! Die Folgen übermäßiger Fresssucht! Ich quälte mich aus meinem Nachtlager hoch, schlurfte in die Küche und machte dem Jungen einen Kamillentee mit warmem Leitungswasser. Medizin muss nicht gut schmecken. Zusätzlich gab es noch ein paar tröstende Worte und Streicheleinheiten. Mühsam schleppte ich mich zurück in mein kalt gewordenes Bett.

4:37 Uhr

Da murmelte jemand im Schlaf! Susanne war es nicht, und ich schlief ja nicht mehr.

Aus Leos Gebrabbel wurde ein lauteres Rufen: „Hilfe, nein, nein, nein ... lass mich du verdammter ...!"

Etwas in der Art. Pater Brown ließ grüßen! Mit der Taschenlampe in der Hand wankte ich in sein Zimmer. Leo hockte halb aufrecht sitzend in seinem Bett, wackelte mit seinem Kopf und murmelte vor sich hin. Na, da hatte ich – trotz der neuerlichen Unterbrechung meiner Nachtruhe – Mitleid mit dem Bürschchen.

„Hey, kleiner Mann, was ist los, hast du schlecht geträumt?"

Leo reagierte nicht. Ich strich über sein Haar, es war nass geschwitzt! Der Junge brummelte irgendetwas Unverständliches in einer außerirdischen Sprache und legte sich wieder hin.

„Leo, dein Hemd ist ganz feucht, wir wechseln das mal lieber ...", flüsterte ich, doch der kleine Kerl war schon wieder eingeschlafen.

Lag nun wie ein Sack Kartoffeln in meinen Armen. Den Kleiderwechsel konnte ich vergessen! Alternative: Streicheleinheiten! Gar nicht so einfach, wenn man selbst todmüde ist! Doch schon bald schnarchte der Junge ganz friedlich vor sich hin, schlief tief und fest. Ich gähnte, es wurde höchste Zeit für mich, in mein eigenes Bett zurückzukehren. Mit abgeblendetem Licht leuchtete ich ihn noch einmal an. Jetzt sah Leo wieder ganz zufrieden aus, wie er so da lag mit seinem entspannten Kindergesicht.

Ein liebenswertes Kerlchen eigentlich, nur etwas anstrengend ..., mit diesem Gedanken machte ich mich schlurfenden Schrittes auf den Rückweg.

6:26 Uhr

Im Halbschlaf bemerkte ich einen Lichtschimmer in unserem Flur. Ein kleines Hämmerchen begann, noch zaghaft erst, dann heftiger gegen meine Schädeldecke zu klopfen!

„Mensch, Susanne, jetzt bist du mal an der Reihe!"

Ich versuchte, meine Frau wachzurütteln. Keine Chance, nichts zu machen, niemand da, ihr Bett war leer! Jetzt ging das Licht wieder aus! Meine Frau schlich zurück in ihre Koje. Hatte nur ihr frühmorgendliches Geschäft erledigt. Wir schliefen wieder ein.

8:19 Uhr

Ich schreckte aus dem Schlaf hoch, von einem scheußlichen Piepton geweckt! Unser Wecker war das nicht! Aber woher kam das Geräusch? Die Wellensittiche flatterten wieder, piepten aber nicht. Mein Kleinhirn lief noch auf Sparflamme, sicher wegen des akuten Schlafmangels.

Susanne reagierte schneller, zerrte energisch an meinem Schlafanzug und rief: „Benno, mach was, das ist ja furchtbar! Ist das der Feuermelder?"

Jawoll! Bingo, das war's! Unser Rauchmelder piepte! Es roch eindeutig nach Verbranntem, wir sprangen zügig aus den Betten! Was tun: Löschen, fliehen, die Feuerwehr rufen? Weder im Flur noch in der Küche war Qualm zu sehen. In den übrigen Zimmern roch man nichts, alle Fenster standen offen. Ich stellte mich mit weichen Knien auf einen Stuhl und den Rauchmelder ab. Im Wohnzimmer lag Leo auf meinem blauen Sofa, gemütlich in eine Decke gehüllt und las in aller Ruhe ein Micky-Maus-Heft.

„Hm ... Leo, sag mal, du weißt nicht zufällig, warum es hier so verbrannt riecht?", fragte Susanne betont freundlich, so wie man es nur mit einer pädagogischen Ausbildung hinbekommt.

Der Junge sah von seinem Heft auf, ein ängstlicher Blick. „Nee, weiß ich nicht. War ich auch nicht."

„Aha, was warst du denn nicht?", bohrte Suse nach.

„Das mit dem Feuer - das war ich nicht!"

Jetzt wurde es mir allmählich zu dumm!

„Willst du uns für blöd verkaufen, Freundchen? Wir haben uns fast zu Tode erschreckt! Ich möchte jetzt wissen, was du hier angestellt hast!"

Leo guckte trotzig in sein Heft und schwieg. Ich hatte Kopfschmerzen, zu wenig geschlafen und noch keinen Kaffee getrunken.

So fühlt sich bestimmt Philip Marlowe am Morgen, bevor er an die Arbeit ging.

„Klarer Fall von Brandstiftung!", murmelte der Detektiv verschlafen und goss sich einen Bourbon ein. Die Eiswürfel im Glas klirrten. Marlowe gähnte.

„Der Kleinwüchsige ist es gewesen", sagte er zu sich, „das habe ich im Gefühl, doch ohne Beweise?"

Sein Blick schweifte durch den Raum. Alles sah hier normal und gewöhnlich aus. Ein Sofa, ein Tisch, Schränke voller Krimskrams. Alte Fotos und Bilder an den Wänden. Ein bisschen zu gemütlich, nach seinem Geschmack. Dann fiel ihm eine Glasschüssel ins Auge. Gefüllt mit Wasser, Meeressand und Muscheln. Urlaubserinnerungen wahrscheinlich. Doch das, was da auf der Wasseroberfläche schwamm, gehörte sicher nicht dazu. Verbrannte Papierreste! Das war es also! Jemand hatte versucht, die Beweise zu vernichten!

„Diesen kleinen Ganoven werde ich durch die Mangel drehen ...!“, raunte Marlowe der verschlafenen Braut im Pyjama zu, deren Appartement soeben in Flammen aufgegangen war.

„Oh Gott, nein, bitte nicht, keine Gewalt, der Kleinwüchsige ist doch fast noch ein Kind!“, bettelte die Rothaarige.

„Bitte, Mister, ich werde das für sie erledigen, aber auf meine Weise. Er wird reden, das verspreche ich ihnen ...“

In ihren Augen schwamm Mitleid.

„Tiefdunkelblau, wie ein See ...“, dachte er, „... darin könnte man ertrinken.“

Marlowe wusste nicht, wieso, aber er vertraute ihr. So verlottert, wie sie da stand, als wäre sie gerade eben aus dem Bett gefallen. Irgendwie hatte er das Gefühl, als würden sie sich gut kennen. Er blickte direkt in ihre traurig-blauen Augen, und da wurde es ihm klar: Diese Frau war ehrlich, durch und durch! Ein winziger, aber wohltuender Lichtblick in dieser verkommenen düsteren Stadt!

Während ich Kaffee aufbrühte, redete Susanne in aller Ruhe mit Leo, um den Vorfall aufzuklären. Sie meinte, ich wäre zu aufgebracht für ein vernünftiges Gespräch. Von wegen Lautstärke, Tonfall und so. Gut, sollte es Frau Weber doch auf ihre Art versuchen! Dann eben auf die pädagogische. Ja, ich hatte den Jungen angeschrien, na und? Nach den Ereignissen dieser Nacht war es doch kein Wunder, dass ich etwas dünnhäutig reagierte! Tatsächlich brachte Susanne den kleinen Brandstifter zum Reden.

Der Bengel hatte aus frühmorgendlicher Langeweile beschlossen, sein neues Löschflugzeug auszuprobieren. Also nahm er sich eine Seite aus der Tageszeitung, knubbelte sie zusammen, legte das Papier auf einen Teller und zündete es an! Dann ging alles blitzschnell, das Papier verbrannte in Nullkommanichts, Funken und Asche flogen umher, und Leo stellte mit Entsetzen fest, dass die Wassertanks seines Fliegers gar kein Wasser abwerfen konnten! Nun versuchte er panisch, die glimmenden Papierfetzen in die Ostseeurlaubs-Deko zu befördern! Doch die einsetzende Rauchentwicklung hatte er völlig unterschätzt, während er also noch bemüht war, alle erreichbaren Fenster zu öffnen, ging der Alarm los! Ich hatte auch so eine Ahnung, dass ein gelungener Löschversuch mit seinem Flugzeug vielleicht noch mehr Unheil angerichtet hätte und dankte im Stillen der Firma Playmobil für die Entwicklung dieser Mogelpackung ohne echte Löschfunktion.

Nachdem ihm Susanne eine ordentliche Gardinenpredigt gehalten hatte, saß Leo schmollend mit uns am Frühstückstisch. Die Atmosphäre war angespannt. Ungewohnte Stille. Bis meine Tasse umfiel, der Café au lait den knusprigen Frühstückstoast ertränkte und Leo in schallendes Gelächter ausbrach!

„Hör mal zu, du Rotzlümmel ...!", begann ich ziemlich erbost, doch Suse schüttelte den Kopf und legte einen Finger auf den Mund. Aha, ich sollte also schweigen! Wieder mal Rücksicht nehmen! Dachte hier denn keiner an mich und mein strapaziertes Nervenkostüm?

„Leo, dein Lachen ist jetzt völlig fehl am Platz! Du nimmst jetzt mal dieses Tuch und hilfst dem Benno beim Aufwischen! Du hast immerhin einiges gut zu machen!"

Danke Suse, du bist genial! Wie du in so einem Moment die richtigen Worte findest, beneidenswert!

Zum Mittag sollte Leo wieder in sein Kinderheim zurückkehren. Für einen Moment dachte ich *Gott sei Dank!*, aber es war wirklich nur für einen kurzen Moment. Ich wünschte mir einfach nur Ruhe und ein wenig Schlaf nach dieser nächtlichen Berg- und Talfahrt. War ja auch eine verdammt anstrengende Aufgabe, sich um so ein aufgewecktes Kind zu kümmern! Die notwendige Zeit und Geduld dafür aufzubringen. Mein Respekt galt all den Eltern, die Ähnliches durchmachten wie ich! Nur viel öfter! Zum Glück traf ich unser Heimkind nur an den Wochenenden, was den Vorteil hatte, dass ich mich dann sogar ein bisschen auf unser Wiedersehen freuen konnte. Hatte mich wohl an den kleinen Teufel gewöhnt, irgendwie! Na ... und Susanne, die hatte sowieso ihr Herz an den Jungen verloren, das war doch offensichtlich! Jedes Mal, wenn wir drei losfuhren, ins Grüne oder sonst wohin, sang sie gemeinsam mit Leo die Oldies und aktuellen Hits mit, die im Radio liefen. War fast so was wie ein Ritual geworden. Schräg, aber schön! Auf dem Rückweg hatte dann niemand mehr Lust dazu. Da war die Stimmung eher bedrückt. Zum Abschied vergewisserte sich Leo immer, dass wir wiederkommen würden und das möglichst schnell.

Dieses Mal lud uns Donna Rosa noch auf einen Kaffee ein. Während sie mit Susanne plauderte, spürte ich, wie das rote Sofa begann, mich langsam zu verschlingen. Ich wollte mich dagegen wehren, doch säuselnd flüsterte es mir zu: „Schließ die Augen, Benno,... lass dich einfach fallen ..."

Die Stimmen der beiden Frauen wurden zusehends leiser.

„Nun wo der Junge ... nicht mehr in seine alte Familie ... ist natürlich die Frage ...", hörte ich die Heimleiterin wie hinter einem Vorhang aus Watte murmeln.

War das etwa wichtig, was da besprochen wurde? Ich brauchte unbedingt noch einen Kaffee! Einen fetten Becher voll! Puh, allmählich wurden die Worte wieder deutlicher.

„... gäbe es für ihn auch die Möglichkeit in einer betreuten Jugendgruppe zu leben. Aber Leo hat sich dagegen entschieden. Also suchen wir jetzt nach geeigneten neuen Eltern, im Idealfall hier aus der näheren Umgebung."

Aha, neue Eltern für Leo gesucht ... und wenn man sie fand, gab es für uns wieder freie Wochenenden! Komisch, dass ich mich nicht so richtig freuen konnte.

Auf der Rückfahrt ließ die Wirkung des Kaffees allmählich wieder nach, fast wäre ich im Autositz eingenickt. Bis der Wagen stehen blieb. Durch die halbgeschlossenen Augenlider sah ich das leuchtende Rot einer Ampel.

Dann hörte ich eine vertraute Stimme, die zu mir sagte: „Schade, wir sind wahrscheinlich zu alt für den Jungen, so als Pflegeeltern ...?"

War das eine Feststellung oder eine ernsthafte Frage? Ich versuchte, gegen die Müdigkeit anzukämpfen und mich zu konzentrieren. Im Gegensatz zu Männern sagen Frauen solche Dinge nicht einfach so, sondern erwarten eine deutliche Reaktion. Eine angemessene Antwort. Am besten, man zeigt sich freundlich interessiert und erwidert dann etwas ganz Unverbindliches.

„Ja, wirklich schade – aber wir sind bestimmt zu alt dafür!", hörte ich mich sagen und war im gleichen Moment überrascht.

Mein Gott, wie überzeugend das klang! Hatte ich mich jetzt verstellt, oder war das etwa so gemeint, wie ich es gesagt hatte? Dabei ... meiner Meinung nach waren im Grunde nicht wir, sondern dieser Junge zu alt. Natürlich hatten wir vor einigen Jahren auch über das Thema Adoption nachgedacht, aber dabei immer ein kleineres Kind vor Augen gehabt. Weil man sich in diesem Fall doch viel mehr Einfluss, Prägung und eine größere Bindung erhoffte. Irgendwann hatten wir das Thema ad acta gelegt und unsere Kinderlosigkeit akzeptiert.

Tja, was aber, wenn es nun doch möglich war: einen fast zehnjährigen Jungen genauso gern zu haben wie das eigene Kind ...? Nun, das war doch eine rein hypothetische Frage, niemand von uns dachte ernsthaft darüber nach ...

„Sind wir überhaupt zu alt dafür? Vielleicht sollten wir uns einmal genauer erkundigen ...?"

Huch! Da lag mir jetzt aber ein Quäntchen zu viel Hoffnung in Susannes Stimme. Das hörte sich ziemlich beunruhigend an. Bislang hatte ich es doch erfolgreich vermeiden können, mich mit diesem Thema auseinanderzusetzen. Immer wenn bei mir in irgendeinem Hinterstübchen ähnliche Gedanken aufgetaucht waren, hatte ich zielstrebig und zügig alle Türen und Fenster verriegelt und verrammelt. So wie es lief, war doch alles in Butter, alle waren zufrieden, oder nicht? Warum sollten wir dann den Status Quo verändern? Pflegeelternschaft – wie das schon klingt! Eine Pflege, die die Eltern schafft! Hä, hä, lustig! Nun ja, Susanne erwartete mit Sicherheit eine vernünftige und keine witzige Antwort, soviel stand fest.

„Das könnte man machen, Susanne ... aber ehrlich gesagt, jetzt mal abgesehen von unserem Alter, glaube ich, dass unsere Wohnung viel zu klein ist für drei Personen!"

Benno, du bist ein Fuchs! Gar kein übler Schachzug von dir, so spontan, erstaunlich ...

„Man könnte meinen Arbeitsbereich ins Wohnzimmer verlegen, dann hätten wir den nötigen Platz ..."

„Grün!", warf ich dazwischen.

„Ja, grün wie die Hoffnung, so könnte das Zimmer aussehen, oder ganz warm, in einem kräftigen Sonnengelb ..."

„Nein, grün, Suse, grün! Die Ampel ist grün!"

Hinter uns dröhnte eine Hupe! Susanne gab Gas.

Zu Hause angekommen, versuchte ich Susanne zur Vernunft zu bringen. Damit sie sich nicht unnötig Illusionen machte.

„Ach, Suse, das würde hier bei uns viel zu eng für einen zehnjährigen Jungen, zumal der früher in einem Haus mit Garten gelebt hat. Ja, und wenn wir mal ehrlich sind – bei allem Elan und gutem Willen – wir wären auch etwas zu alt dafür. Uns würde man als Bewerber für eine Elternschaft bestimmt ablehnen! Wir müssen dieser Tatsache ins Auge sehen und Leo einfach das nötige Glück wünschen für ein neues Zuhause und nette Pflegeeltern."

Mein Gott, Benno, was für eine vernünftige und zugleich feinfühlige Ansprache!

„Vielleicht hast du ja recht. Aber wenn ich mir vorstelle, dass wir uns irgendwann von Leo verabschieden müssen ... da könnte ich jetzt schon heulen!"

Ich nahm Susanne in den Arm. Es stimmte ja, das würde wahrscheinlich ein trauriger Moment werden, dieser Abschied von Leo. Aber immerhin war es seine große Chance auf einen Neuanfang. Das musste man akzeptieren. So eine Trennung ist doch kein Beinbruch. Also ehrlich, da gibt es doch wirklich Schlimmeres. Wir würden jedenfalls darüber hinwegkommen. Ja, das würden wir. So sicher wie das Amen in der Kirche. So sicher wie der Frosch in meinem Hals, der sich soeben dort eingenistet hatte. Verdammte Hausstauballergie. Trockener Hals und tränende Augen, ganz plötzlich ...

Herr der Drachen

Als Ausflugsziel hatte Susanne für dieses Wochenende ein „Drachenfest" vorgeschlagen. Dabei handelte es sich aber nicht etwa um eine traditionell chinesische Folklorefeier, sondern um eine Flugdrachenshow, die auf dem umgestalteten Gelände der ehemaligen Zeche Bismarck in Gelsenkirchen stattfinden sollte.

Weil die Autobahn auf ihren üblichen Stau verzichtet hatte, erreichten wir das Kinderheim viel früher als geplant. Leo war noch nicht startklar, so ergab sich für uns die Gelegenheit zu einem Schwätzchen mit Donna Rosa. Dabei erfuhren wir, dass es offensichtlich schwierig war, für den Jungen geeignete Pflegeeltern zu finden.

„Grundsätzlich sind kleinere Kinder zur Pflege viel begehrter. Und eine Vorgeschichte wie bei Leo macht die Sache auch nicht leichter. Deshalb müssen wir die Suche nun ausweiten und uns auch außerhalb des Ruhrgebiets nach neuen Eltern umsehen."

Susanne blickte besorgt.

„Na ja, er wird es überleben ...", versuchte ich, sie zu beruhigen, „... Kinder finden sich doch überall zurecht!"

„Hm, dem Leo wird das nicht so leichtfallen ...", widersprach die Heimleiterin, „... er hängt doch sehr an seiner alten Heimat. Immerhin ist er jetzt schon zum zweiten Mal gezwungen worden, seine Familie und das gewohnte Umfeld aufzugeben. Ich glaube, der Junge wünscht sich nichts sehnlicher, als in einer vertraute Umgebung zu leben und sich geborgen zu fühlen!"

Nachdenklich schwiegen wir. Doch viel Zeit zum Trübsal blasen blieb uns nicht, denn nun kam Leo ins Büro gehüpft, in seiner gewohnt aufgeregten und fröhlichen Art. Dieser Junge wollte unbedingt los, auf zum Drachenfest!

Das ehemalige Zechengelände Bismarck ist ein eindrucksvolles Beispiel für die Verwandlung des einst als staubiggrau verrufenen Ruhrgebiets: ein herausgeputzter Förderturm und restaurierte mächtige Gebäude, die wie riesige Saurier wirken und viel von ihrer früheren Bedeutung erahnen lassen. Nichts wirkt hier baufällig oder verstaubtantiquiert, alles strahlt eine gewisse Würde aus.

Über den weitläufigen Wiesen schwebten an diesem Tag fantasievolle Flugdrachen in prächtigen Farben und Formen. Wir setzten uns auf ein Mäuerchen, packten Kakao und Kekse aus und bestaunten die wundersamen Farbkleckse am wolkenlosen Himmel. Leo wirkte still und andächtig. Der Junge besaß also durchaus ruhige Momente, in denen er die schönen Dinge zu genießen wusste. Eine sympathische Eigenschaft, wie ich fand.

Doch irgendwann mussten wir uns losreißen, denn wir hatten Leo für einen Workshop im „Drachenbau" angemeldet. Der fand in einem großen Zelt mit Stühlen und Holztischen statt, wo ein wildes Durcheinander von Kursleitern, Kindern, Müttern, Vätern und Großeltern herrschte. Das erste Kunststück bestand nun darin, einen Sitzplatz zu ergattern! Danach dauerte es noch eine ganze Weile, bis eine junge Frau in Latzhose an unserem Tisch auftauchte. Sie machte einen ziemlich erschöpften Eindruck.

„Mein Gott, Sie sehen ja selbst, was hier los ist, mit so viel Andrang haben wir nicht gerechnet! Deshalb helfen wir zurzeit nur noch den ganz kleinen Kindern, deren Eltern keine Ahnung vom Drachenbau haben. Für drei Euro können Sie sich aber hier Material zusammenstellen und selbst einen eigenen Drachen bauen!"

„Kein Problem, junge Frau, das kriegen wir locker hin! Ich bin sozusagen ein Experte auf diesem Gebiet!", prahlte ich und setzte noch ein lässiges Grinsen obendrauf.

Gesagt, getan ... aber wie war das noch? Was benötigte man für so einen Flugdrachen? Holz, Papier, Kleber, Kordel, Nägel, einen Hammer? Brauchte man Nägel und einen Hammer? Ich war mir da nicht mehr so sicher. Während ich also in Gedanken noch mit der vorbereitenden Planung beschäftigt war, sah es so aus, als ob Susanne mit Leo bereits loslegen wollte.

Ja, meine Frau ist eher so der sportliche, zupackende Typ! Hat eine kleine Ewigkeit gedauert, bis ich sie davon überzeugen konnte, dass angelieferte Möbel, die man nicht selbst zusammenbauen muss, auch ihren Charme besitzen. Ich habe ja nichts gegen Knobelspiele einzuwenden, nur wenn bei Ele, Ule, Dule und Ölmö die entscheidenden zwei Schrauben fehlen, was dann? Da hört der Bastelspaß doch auf! Nun, so einen Drachen zu bauen, das ist noch mal was ganz anderes. Ich meine: Männersache!

„Setz dich doch einfach nach draußen, Suse, und erhol dich ein bisschen! Bei dem tollen Wetter! Der Leo und ich, wir bekommen das auch alleine hin!"

Susanne wirkte unentschlossen, aber der Lärm und die Unruhe bewirkten, dass sie letztendlich meinem Ratschlag folgte. Ich dagegen blieb mit Leo im Zelt, entrichtete meinen Obolus und organisierte für uns Material und Werkzeug. Eine Linkshänderschere für Leo war aber nirgends zu finden.

„So was haben wir hier nicht!", meinte einer der Kursleiter, ein junger Bursche im Schlabberpulli, zu uns. „Und die anderen Scheren werden auch schon knapp, heute Morgen waren es noch zwölf Stück, jetzt sind es nur noch sechs oder sieben!", klagte er uns sein Leid. Ja, da staunte nicht nur dieser werdende Streetworker, sondern auch Leo und ich. Scherenklau im Drachenbau! Nun, wir improvisierten, so gut es ging. Das ging auch gut, bis ich feststellte: Die Holzlatten waren von mir nicht am optimalen Punkt zusammengenagelt worden! Vorsichtig versuchte ich nun, die Leisten wieder voneinander zu lösen, doch sie weigerten sich! Ich fluchte, zog und zerrte, dann machte es „Knacks!", und wir hatten den Salat! Genauer gesagt: Brennholz! So was Blödes! Ich zahlte erneut die geforderte Materialkostenabgabe, verhandeln wollte hier niemand mit mir. Allerdings empfahl man uns, dieses Mal statt Hammer und Nagel den umweltfreundlichen Zweikomponentenkleber zu nutzen.

Achtung, Klappe! Drachenbau, die Zweite!

„Sei aber vorsichtig mit dem Kleber, Leo ...!"

„Ja, ja, bin ich doch!"

„Nur ganz leicht drücken und ..."

„Ja, ja, weiß ich selber!"

Die Tube machte ein schmatzendes Geräusch.

„Oh shit, Leo, das war zu viel!"

Böse Blicke waren die Antwort. War jedoch das kleinere Übel, denn nun begann alles, miteinander zu verkleben. Das Drachenpapier am Tisch, Leos Ärmel am Stuhl und das Holzkreuz an der Kordel! Meine Hände klebten auch, das Tempotuch zum Abwischen heftete sich fröhlich an meine Finger. Und nirgendwo war ein Waschbecken, Seife oder Wasser in Sicht! Zum Glück tummelten sich noch ein paar alte Erfrischungstücher in meinem Rucksack, die ich mit spitzen Fingern hervorkramte. Relikte aus den Tagen der Rennerei. Da hatte ich mich nicht nur über einen erfolgreichen Zieleinlauf gefreut, sondern auch über diese Tücher in der Tasche, die mir nach gefühlten 25 Bananen und geschätzten drei Litern isotonisch-klebriger Fruchtsaftgetränke an den Fingern, endlich wieder saubere Hände ermöglichten.

Trotz des erneuten Desasters gaben wir nicht auf. Wäre doch gelacht! Zähneknirschend bezahlte ich erneut drei Euro, mein vorgeschlagener „Ganztags-Dauerdrachenbauer-Rabatt" wurde humorlos abgelehnt. Nun gingen wir noch konzentrierter und behutsamer ans Werk. Hämmerten, sägten, schnitten, klebten, schnürten und schwitzten! So entstand allmählich, Stück für Stück, ein kleines Meisterwerk zeitgenössischer Drachenbaukunst!

„Wow, der ist doch super geworden, was Leo?"

„Boah, ist der cool!" Leos Augen strahlten. Dann wollte er sofort los, um ihn steigen zu lassen.

„Halt, stopp! Guck mal, wie es hier aussieht! Bevor wir richtig loslegen, räumen wir noch ganz kurz auf. Stell doch unseren Drachen solange auf den freien Stuhl da vorne."

Wir schoben in Windeseile das Werkzeug ordentlich zusammen und trennten dann noch brauchbares Material vom Müll.

„Hast du auch Tachen gebaut?"

Das Stimmchen gehörte einem blond gelockten Knirps, der uns interessiert zuschaute.

„Also, eigentlich heißt das nicht Tachen, sondern Drachen. Ob wir einen gebaut haben? Ja, na klar, wir haben sogar einen besonders tollen Drachen gebastelt!"

„Wo is dein Tache denn ...?"

„Unser Drache ist da, da auf dem Stuhl ... oh, Gott, nein ... du sitzt drauf! So eine Scheiße, das darf doch nicht wahr sein!"

„Neeeiiin!", schrie Leo entsetzt und zerrte den kleinen Übeltäter vom Stuhl hoch.

Zu spät! Da war nichts mehr zu machen. Anstelle eines strahlenden Fliegers nur noch traurige Trümmerlandschaft! Die Chance, noch handgreiflicher zu werden, bekam Leo aber nicht mehr. Denn unser kleiner Drachentöter heulte sofort los wie eine Feuerwehrsirene und alarmierte damit sein Muttertier, welches sich mit drohender Gebärde energisch zwischen uns schob. Verdammt noch mal, wo war denn diese Glucke, als ihr vermaledeiter Sprössling unseren in mühevoller Handarbeit gefertigten Traumdrachen zu Kleinholz verarbeitet hatte!? Warum waren hier solche Winzlinge überhaupt zugelassen? Drachenbau ist doch eine ernste Angelegenheit und keine Sesamstraße! Diese Vier- oder Fünfjährigen wollten Drachen basteln? Ha, ha, ha ... selten so gelacht!

Mit aller Kraft am Arm energisch festgehalten, so guckten sie doch nur zappelnd und widerwillig zu, wie ihre Eltern und die Workshopper sich abmühten: „Sieh mal her, Marie, das hier ist eine Schere! Und jetzt, Marie, pass bitte auf ... jetzt schneide ich damit Papier. Siehst du, ganz vorsichtig ... Marie, sieh bitte mal her! Du sollst hersehen, hab ich gesagt! Marie lass das bitte liegen ...!"

Nein, also wirklich, so was muss doch nicht sein! Unsere Stimmung hatte einen neuen Tiefpunkt erreicht. Sehnsüchtig blickte ich zum Nachbarzelt hinüber. Dort standen sie, die handwerklich weniger Begabten, und wühlten nach Herzenslust in einem übersichtlich angeordneten

Sortiment fabrikneuer Flieger mit absoluter Fluggarantie. Entnervt schlug ich Leo vor, ins Nachbarzelt hinüberzuschleichen, um bei „Dragon and More" einen fertigen Drachen zu kaufen. Vorzugsweise ein möglichst einfaches und schlichtes Modell, das nach Möglichkeit so aussehen sollte, wie von uns selbst zusammengebaut. Ich bezahlte diesmal keine drei Goldtaler mehr, hurra! Stattdessen neunzehn Euro neunzig!

„Du hast gesagt, ich soll nicht lügen!"

Der Junge sah mich kritisch an.

„Ja, sicher, Leo! Nur – das war doch neulich, als du mit dem Feuer gespielt hast. Das hier ist was ganz anderes! Wir lügen ja nicht wirklich, wir mogeln nur ein bisschen!"

Susanne war begeistert!

„Uii ... der ist aber toll geworden! Den könntet ihr glatt verkaufen!"

Staunend drehte sie den Drachen hin und her.

Das reichte, eine genauere Expertise war nicht erwünscht! „Gib mal wieder her, du guckst uns den noch weg! Komm, Leo, los geht´s, auf zur Wiese und ab in die Wolken!"

Ganz so einfach wurde es leider nicht. Auf dem Grün tummelten sich zahlreiche Drachenbesitzer und -bändiger, die in einem wilden Durcheinander bemüht waren, ihre Flugobjekte irgendwie am Himmel zu platzieren. Wir suchten eine günstige Stelle aus und planten die ungefähre Bewegungsrichtung, um den Wind entsprechend zu nutzen und dabei nach Möglichkeit niemanden umzurennen. Als der Erfahrenste in unserem Team wollte ich natürlich den Jungfernflug starten, doch man überstimmte mich. Zwei zu eins! So ein Mist!

„Na gut ...", sagte ich missgelaunt zu Leo und wünschte ihm dabei insgeheim einen ungünstig böigen Wind.

Doch Leo war im dritten Startversuch erfolgreich und präsentierte uns stolz seinen grünen Flieger am blauen Himmel: „Ist der cool ...! Guckt mal, wie klasse der fliegt!"

„Ja, der ist wirklich toll, dein Drachen!"

Das hatte ich ehrlich gemeint, denn Leos echte Begeisterung imponierte mir. Abgesehen davon bestätigte es meine Ansicht, dass für Kinder auch außerhalb diverser Cyberwelten Spannung und Spaß möglich waren. So wie hier beim Drachenfest! Wo sich Leo ziemlich geschickt anstellte. Im Gegensatz zu anderen Kindern, von denen einige es kaum schafften, mal ein längeres Stück geradeaus zu laufen, geschweige denn einen Flugdrachen in der Luft zu kontrollieren. Leo machte das bislang erstaunlich gut, doch jetzt kreuzten andere Drachenbändiger seine Bahn.

„Leo, mehr Leine lassen und laufen! Nein, nicht in diese Richtung, nach rechts,... du musst nach rechts ausweichen!"

Zu spät! Zusammenprall, Absturz, Kordelsalat! Leo begann nun, die Schnur zu entwirren, was bekanntermaßen eine mühselige und langwierige Angelegenheit ist.

„Benno, hilf dem Jungen doch mal!"

„Ausnahmsweise!", knurrte ich, weil ich mir eigentlich vorgenommen hatte, nicht so dumm dazustehen, wie die frierenden Frauen im eisigen Nordseewind, die ich in jedem Osterurlaub beobachten konnte. Stundenlang hielten diese treu Ergebenen immer wieder den Drachen zum Neustart hoch, entwirrten endlos verknotete Schnüre und klatschten dann, zu allem Überfluss, mit ihren roten, halb erfrorenen Händen bei der kleinsten Flugbewegung, die ihr Göttergatte mit seinem Sausefix zustandebrachte, vor Begeisterung. Mann, war das peinlich!

Leo startete erneut, doch sein Drachen stürzte wieder ab! Diesmal hatte ein Junge, der ungefähr einen halben Kopf größer war als Leo, ihn umgerannt. Wie sich herausstellte, war das der Ronnie. Dieses Bürschchen lief nun immer öfter in die Bahn von Leo, einen Drachen nur einfach schweben zu lassen, schien dem nicht zu genügen! So wurde nun zusehends mehr entwirrt und gewickelt als geflogen.

„Hör mal, Leo, was ist denn mit deinem Freund, diesem *Ronnie Rambo* los, ist der verrückt geworden, der rammt doch ständig deinen Drachen!"

Leo zögerte mit der Antwort, er wirkte plötzlich verlegen. „Ja, ja, also, nee ... ich meine, wir spielen das doch nur! Der Ronnie hat so ein Computergame, da schießt man andere Flieger vom Himmel! Jetzt jagen wir uns gegenseitig mit unseren Drachen! Ist doch voll krass, oder?"

Ich war sprachlos! Als ich endlich eine passende Antwort parat hatte, waren die Jungs schon wieder losgelaufen.

„Na, ich rede mal mit den beiden, mal sehen, was ich machen kann. Wäre doch schade um euren selbst gebauten Drachen!" Susanne grinste mich an und stapfte los.

Bald schon segelten die Drachen wieder friedlich nebeneinander am Himmel. Scheinbar hatten die Jungen Respekt vor dem, was Susanne ihnen erklärt hatte. Ist für eine Grundschullehrerin wahrscheinlich Routine, solchen Lümmeln die Leviten zu lesen. Als wir zum Aufbruch rüsteten, schmollte Leo. Von unseren gemeinsamen Ausflügen konnte er nie genug bekommen, was in seiner Situation verständlich war. Zum Trost spendierte ich ihm eine Bratwurst vom Grill. Susanne verzog bei unserer Bestellung das Gesicht und wählte eine Folienkartoffel mit Kräuterquark. Aus biologischem Anbau, die Kartoffel, nicht der Quark. Als wir drei da so gemütlich zusammensaßen, wurde mir plötzlich klar, dass unsere Wochenendausflüge inzwischen einen ausgeprägt familiären Charakter hatten.

Nur die Vorzeichen waren jetzt andere: Susanne war zusehends diejenige, die sich ernsthaft Gedanken darüber machte, wie es in Zukunft weitergehen sollte mit uns dreien. Ich dagegen fand die Situation ganz okay, so, wie sie war – mit den geselligen Wochenendausflügen, die immer noch anstrengend, aber auch ganz unterhaltsam waren. Ich wollte den Moment genießen und mir nicht vorstellen, was wäre wenn ... Wenn sich zum Beispiel neue Pflegeeltern für Leo melden würden ... Könnte ich das einfach so akzeptieren, das der Kleine dann nicht mehr da und sein Lachen verschwunden wäre? Darüber wollte ich mir aber nicht den Kopf zerbrechen, zumindest jetzt nicht. Irgendwann, später vielleicht ...

Wir beendeten das Fest so, wie wir es begonnen hatten: Auf dem Mäuerchen sitzend, mit unserem Imbiss in der Hand, sahen wir den Drachen zu, wie sie im Wind flatterten, aufstiegen und wieder hinabsegelten. Und vielleicht flogen wir in diesem Moment alle ein bisschen mit hinauf in die Wolken, ganz schwerelos und sorgenfrei.

Nobel am Abend

Als wir vom Drachenfest heimkehrten, war es wie immer: Leo schweigsam und die Stimmung bedrückt. Nachdem wir uns von ihm im Kinderheim verabschiedet hatten, hielt uns Donna Rosa an der Eingangstür zurück. Anscheinend gab es noch etwas Wichtiges zu besprechen.

„Es hat sich eine Familie gemeldet, die Leo kennenlernen möchte. Ein Ehepaar aus Bergkamen, mit einem Sohn, etwas älter als Leo, aber nur unbedeutend. Die wollen ihn demnächst hier besuchen, einen Termin haben wir aber noch nicht vereinbart. Ich habe sie auf später vertröstet und erklärt, dass ich zuvor noch mit Ihnen und Leo darüber reden muss. So nach dem ersten Gespräch am Telefon macht diese Familie aber einen ganz sympathischen Eindruck."

„Ah ... das ist doch eigentlich eine gute Nachricht für Leo ... also, für uns alle natürlich! Und Bergkamen ist ja auch gar nicht so weit weg von hier, ist doch fast noch im Ruhrgebiet."

Susanne sah mich besorgt an.

„Dann haben wir auch endlich mal wieder ein freies Wochenende!", versuchte ich, sie aufzumuntern.

„Ja, prima, genauso entspannt sollten Sie das sehen! Einfach mal erholen von dem kleinen Racker! Ist doch auch kein Weltuntergang! Ich halte Sie jedenfalls auf dem Laufenden, wie sich die Angelegenheit entwickelt. Sie können sich darauf verlassen!"

Zu Hause angekommen, machte sich eine merkwürdige Stimmung breit, eine Mischung aus Nostalgie und Nachdenklichkeit. Es hatte einen Anflug von Abschied, obwohl es noch gar keinen gab. Suse und ich saßen gemeinsam am Küchentisch, dort wo ich dem kleinen Jungen zum ersten Mal begegnet war.

„Anfangs ging der mir ziemlich auf die Nerven, der Kleine, wie er hier saß und flennte!"

„Ach was, Benno! Du hattest doch genauso Mitleid mit ihm wie ich. Und direkt unsympathisch war er dir auch nicht, sonst hättest du ihn bestimmt nicht kurz darauf im Kinderheim besucht."

„Ja, Suse, mag sein. Aber manchmal war das schon stressig mit ihm."

„Du bist eben keine Kinder gewöhnt, Benno. Die sind nun mal ab und zu anstrengend, das erlebe ich tagtäglich."

Ich holte zwei Pinnchen aus unserer Küchenvitrine und schenkte uns etwas von dem holländischen Likör ein, den mir Freunde zum Geburtstag geschenkt hatten. Der schmeckte tatsächlich so, wie er hieß: „Nobel".

Eine Weile schwelgten wir nun in gemeinsamen Erinnerungen und lachten über die Abenteuer, die wir mit Leo erlebt hatten. Vom ersten aufregenden Treffen mit ihm im Kinderheim über das wilde Fußballspiel im Park bis zum gemeinsamen Zoobesuch.

„Ja, Suse, so im Nachhinein, da kann ich dann auch über vieles lachen. Allerdings muss ich nicht ständig so was Verrücktes erleben!"

Ich goss uns noch ein Gläschen ein, Susanne guckte erstaunt, erhob aber keinen Einspruch.

„Ich fand das aber auch unheimlich schön, wie wir uns um den Jungen gekümmert haben ...", erwiderte sie seufzend, „... und als der Leo bei uns übernachtet hat, das war doch sehr gemütlich, fast wie ́ne richtige Familie."

„Na ja, mal abgesehen von der schlaflosen Nacht und dem Feuer am Morgen ...!"

Wir lachten herzhaft bei der Vorstellung, wie Leo mit Entsetzen feststellen musste, dass sein Löschflugzeug gar nicht in der Lage war, irgendetwas, geschweige denn ein Feuer zu löschen!

„So, das ist jetzt aber der Letzte ..." Ich füllte noch einmal die Gläser bis zum Rand und wischte mir ein paar Lachtränen aus den Augen.

„Tja, ich werde den Bengel wahrscheinlich auch vermissen, aber das Wichtigste ist doch, dass es dem Jungen gut geht!"

„Du hast natürlich recht, nur manchmal ... da denke ich, also, ich meine ... dass wir bestimmt auch gute Pflegeeltern für Leo gewesen wären ..."

Wahrscheinlich lag es am hochprozentigen holländischen Likör, dass ich ganz spontan erwiderte: „Ja, na klar, Suse, das wären wir gewesen, aber hundertpro!"

Susanne sah mich kurz an und wirkte dabei merkwürdig zufrieden, was mich ein wenig beunruhigte. Dachte sie etwa ernsthaft darüber nach ...? Gut, wenn ich ehrlich war, musste ich mir eingestehen, dass ich mich in einem schwachen Moment auch einmal bei dem Gedanken ertappt hatte, wie das wohl so wäre, in der Rolle eines Pflegevaters. Da hatte sich meine gefühlvolle Seite überraschend zu Wort gemeldet: *Mal grundsätzlich gefragt, Benno, was denkst du denn, warum dir dieser Junge begegnet ist? Glaubst du wirklich, dass es nur ein dummer Zufall war, dieses fremde Kind aus dem Heim unter solch merkwürdigen Umständen kennenzulernen? So etwas nennt man Vorhersehung, Bestimmung oder auch Schicksal! Ihr würdet doch gut zueinander passen, du und dieser Junge ..."*

„Blablabla ...", fuhr mein Verstand dazwischen, „... was für ein Geschwätz! So eine zufällige Begegnung, die sollte man nicht überbewerten. Pflegevater werden – von so einem großen Jungen, mit der Vorgeschichte! Also wirklich Benno, ich hätte dich für vernünftiger gehalten, mit deiner Lebenserfahrung. So eine Angelegenheit muss man sachlich beurteilen, ohne sensibles Getue!"

Nun, in diesem Moment, in dieser wehmütigen Stimmung sollte ich für Susanne statt sachlicher wohl eher tröstende Worte finden.

„Ach Suse, ich glaube, wir haben dem Jungen in einer schwierigen Phase geholfen, durch unsere Freundschaft und Unterstützung. Damit müssen wir einfach zufrieden sein."

Später als wir zu Bett gingen, schlief meine bessere Hälfte sofort ein. Daran war wohl auch der holländische Likör schuld, denn sie trinkt nur sehr selten – und dann auch nur sehr wenig Alkohol. Ich dagegen grübelte noch eine Weile, bis mir irgendwann die Augen zufielen. Kaum aber war ich eingeduselt, traf mich ein greller Blitz! Susanne hatte die Nachttischlampe angeknipst!

„Benno, bist du wach?"

„Suse, es ist halb zwei in der Nacht ... was ist denn los?"

„Ich habe nachgedacht ..."

„Ja, du hast nachgedacht, worüber denn?", fragte ich gähnend.

„Ich habe so ein komisches Gefühl, es ist irgendwie so ...“ Susanne zögerte.

„Ja, Spatz, wie denn ...?“

„Ach, es kommt mir nur so vor, als ob wir Leo im Stich lassen würden!“

Oh je, oh je! Was sollte man denn im Halbschlaf, mitten in der Nacht und entsetzlich müde, auf so ein Gefühl antworten ...?

„Also ehrlich, ich bin total groggy ... lass uns doch morgen darüber reden, ja?“

So wie Susanne mich ansah, war ihre eindeutige Antwort „Nein!“ Und ich wusste, wenn ich mich jetzt einfach umdrehen würde und versuchte, mich unter der Decke zu verkriechen, ich hätte keine Chance. Sie müsste dann ständig zur Toilette, würde sich räuspern, husten, wälzen und sich alles in allem mit einer sehr unruhigen Aura umgeben.

„Mach dir doch nicht so viele Gedanken, Suse! Die Verantwortlichen entscheiden doch auf jeden Fall gemeinsam mit Leo, ob und wer in Frage kommt für eine Pflegeelternschaft. Da müssen wir kein schlechtes Gewissen haben. Jetzt sollten wir aber unbedingt schlafen, Spatz, sonst sind wir morgen hundemüde und nicht in der Lage, überhaupt irgendetwas Sinnvolles zu tun ...“

Ich gab meiner Frau, die jetzt wieder etwas entspannter wirkte, noch einen Gutenachtkuss, in der Hoffnung, nicht vor dem Morgengrauen geweckt zu werden. Susanne kuschelte sich an mich und war schon nach kurzer Zeit eingeschlafen.

Ich allerdings lag noch eine Weile wach. Warum machten wir uns eigentlich verrückt? Wahrscheinlich würde unser Leo an irgendeinem der nächsten Wochenenden mit den Besuchern aus Bergkamen jede Menge Spaß haben und uns gar nicht vermissen! War doch für den Jungen bestimmt besser so ...

Feuerteufel

Verdammt noch mal, die olle Mattern, die alte Schnepfe aus dem ersten Reihenhaus, hatte uns mal wieder verpfiffen! Jetzt bekam ich den Hintern versohlt, nur weil die blöde Kuh gepetzt hatte! Wegen dieser harmlosen Sache bei den Aschentonnen! Behälter aus Metall, umgeben von Stein und Beton – was bitteschön, sollte denn da brennen? Außerdem wussten wir doch mit offenem Feuer umzugehen. Ein kleines Feuerzeug oder eine Packung „Schtrikkes", wie wir die Streichhölzer nannten, hatte man immer dabei. Zu Hause in unseren Kohleöfen loderten noch richtige Flammen, und zur Winterzeit kam eine riesige Tropfkerze auf den Tisch, die alle mitgestalten durften. Aber das Aufregendste in diesen Tagen war der weihnachtlich geschmückte Tannenbaum, er besaß nämlich echte Wachskerzen! Wenn man die anzünden durfte ... der helle Wahnsinn! Und neben dem Baum, allzeit bereit, stand ein Eimer mit Wasser. Junge, was war die spannend, diese Jahreszeit!

Und an den anderen Tagen entzündeten wir noch das eine oder andere Feuerchen im Freien. Brachland gab es überall, da fiel so etwas gar nicht auf. Aber selbst wenn jemand dabei erwischt wurde, musste der nicht sofort zum Psychologen! Pustekuchen! Tja, nur die olle Mattern, diese alte Schabracke, die verstand leider überhaupt keinen Spaß! Dabei war das Zündeln hier bei den Aschentonnen doch wirklich harmlos. So steckten wir also wieder mal Prügel ein, ein Zustand, der weder von einem humanen Erziehungsstil noch von kindlicher Einsicht zeugte. Trotzdem erinnerte ich mich gerne an diese Zeit zurück, an die Zeit der kleinen Lagerfeuer ...

Für dieses Wochenende hatten wir mit Leo einen gemeinsamen Ausflug an den großen See geplant, Skulpturenkünstler hatten dort riesige Figuren aus Sand gebaut, die man am Abend im Schein von Lichtern und Fackeln besichtigen konnte. Leo war hellauf begeistert, weil die Besucher auch eigene Kerzen mitbringen und anzünden sollten. Nur hatte er leider – ebenso wie Susanne – diesen ausgeprägten Hang zur Schusseligkeit. Damit war klar, die beiden musste ich im Auge behalten!

Diesbezüglich erhielt ich auch wertvolle Ratschläge von meiner Schwiegermutter, die durch Susanne von dem bevorstehenden Ausflug erfahren hatte. Mit den einleitenden Worten: „Du weißt ja, wie gefährlich offenes Feuer ist ...", klärte sie mich, ihren fast fünfzigjährigen Schwiegersohn, über die Gefahr brennender Kerzen und die entsprechenden Vorsichtsmaßnahmen auf.

„... und dann mit einem so nervösen Kind, also ich weiß wirklich nicht, und davon mal abgesehen, sind Karl-Heinz und ich immer noch besorgt, was euch und diesen Jungen angeht. Der denkt irgendwann womöglich noch, dass ihr ihn adoptieren wollt oder so was ..."

Ach nee, ging das schon wieder los! Ich hatte weiß Gott keine Lust, mit ihr über dieses Thema zu diskutieren. Aber zum Glück hatte ich noch einen Trumpf in der Hinterhand: die Familie aus Bergkamen. Damit konnte ich meine Schwiegermama endgültig beruhigen und das Gespräch beenden. Puh, da hatte ich noch mal Schwein gehabt.

Trotz aller Bedenken schleppten Susanne und Leo nun zwei bis zum Rand gefüllte Beutel ungenutzter oder halb abgebrannter Kerzen mit. Die gibt es natürlich im unerschöpflichen Materialvorrat einer engagierten Grundschullehrerin in rauen Mengen. Eine gute Gelegenheit, wie Susanne meinte, mir zu beweisen, dass das Sammeln von Krimskrams und Firlefanz nicht so sinnlos sei, wie ich immer behauptete.

Als wir in der Abenddämmerung am See ankamen, herrschte dort eine friedliche und besinnliche Stimmung. In der untergehenden Abendsonne bot sich uns ein wunderbares Spektrum von Farben und Formen. Und weil der Besucherandrang noch gering war, gab es hier weder Hektik noch störenden Lärm. Dabei hatte ich mir bereits Menschenmassen mit Fackeln und Kerzen in der Hand ausgemalt, die sich gegenseitig in Flammen setzten und sich dann panikartig – wie in einer Stampede –, sämtliche Sandskulpturen über den Haufen rennend, zur Rettung in die Fluten des Sees stürzten! Nun ... die Realität belehrte mich eines Besseren. Zwischen den Exponaten waren Fackeln aufgestellt worden und Hunderte, wenn nicht sogar Tausende von Teelichtern. Die davon umrahmten Sandskulpturen wirkten auf diese Art noch geheimnisvoller und imposanter.

„Ich mache meine Kerzen an!", rief Leo begeistert und wühlte in seinem Stoffbeutel.

„Na, das übernimmt mal besser ein Experte." Ich kramte eine Schachtel Streichhölzer hervor.

„Nö, ich will die selber anstecken!", meckerte das Kind.

„So, Leo, du suchst dir jetzt hier eine Kerze aus und ich zünde sie an", meinte meine Ehefrau.

Ja, Susanne war daran gewöhnt, nicht unnötig zu diskutieren, sondern pragmatisch zu handeln. Mit einem flackernden vierten Advent in der Hand war Leo dann offensichtlich zufrieden, unser Rundgang konnte endlich beginnen. Von schlichten Szenen, über klassische Themen, bis hin zu wilden Fantasiegestalten, es wurde hier alles geboten. Wir sahen eine Sphinx, Ritter und Drachen, eine Unterwasserwelt. Ein Riese, wahrscheinlich ein Gott der Griechen, war die imposanteste Figur der Ausstellung. An der einen Seite war das dezent gespannte Absperrband gerissen, Leo nutzte sofort die Chance dem Sandkoloss auf die Pelle zu rücken.

„Leo, geh bitte nicht so nah ran! Du musst auf deine Kerze aufpassen. Blas die besser mal aus!"

Der Bursche hörte mal wieder nichts, war völlig in die Traumwelt der Künstler eingetaucht. Ganz im Sinne der Kultur schaffenden, doch nicht in meinem.

„Hey, Leo, du darfst die Figur nicht anfassen ...!"

In Gedanken sah ich dort, wo seine Hand gleich ein Loch in die Figur graben würde, einen kleinen Riss entstehen ... Dann würde Sand in den Hohlraum rieseln, man würde es knirschen und ächzen hören, der entstehende Spalt würde wachsen und sich nach oben fortsetzen, so ähnlich wie in diesen Katastrophen- oder Actionfilmen, wo der Zuschauer jetzt bereits ahnte, dass die Mauer des Staudammes oder der alten Stadt jeden Moment in sich zusammenstürzen würde!

Ich rief Leo zu: „Hände weg von der Skulptur!", doch es war bereits zu spät.

Der Junge hatte die Figur berührt, allerdings nur ganz sanft an der Oberfläche. Durch meinen Zuruf erschreckt, wackelte seine Kerze und heißes Wachs tropfte auf seine Hand. Autsch!

Im gleichen Moment raunte Susanne mir vorwurfsvoll zu: „Schrei doch den Jungen nicht so an!"

Dann tröstete sie Leo, ermahnte ihn aber auch, die Sandskulpturen nicht zu berühren.

Für meine Frau schien der Fall damit erledigt zu sein, Leo und ich schmollten noch ein wenig. Doch diese Atmosphäre flackernder Lichter und imposanter Figuren bot einem keine Chance, sein Selbstmitleid zu pflegen. Also zogen wir ungewohnt friedfertig weiter und ließen uns schon bald wieder von den eindrucksvollen Fantasiewelten aus Sand verzaubern. Dann, an einem der kerzenumsäumten Wege, fielen mir einige unsortierte und erloschene Teelichter auf. Was für eine Unordnung! Ich begann damit, alles wieder gerade zu rücken und neu zu entflammen.

„Benno, lass das doch, das stört doch keinen!"

Natürlich störte das, zumindest mich.

„Ach, wir bringen das nur kurz in Ordnung, der Leo und ich. Ist doch keine große Sache!"

Susanne schüttelte den Kopf. Leo dagegen war begeistert, sozusagen Feuer und Flamme. Ich formte neue Reihen und er zündelte. Bis ein Teelicht zischend umfiel.

„Oh, ′tschuldigung! Da habe ich wohl Ihre Lichter übersehen! Eine schöne Installation haben Sie da zusammengestellt, sehr ausdrucksstark!", lobte uns ein älterer Herr.

Hier im Halbdunkel hielt uns der Mann anscheinend für Künstler und Kind. Zum größten Teil war das wohl mein Verschulden, denn ich hatte Leo und mir die gammeligsten und ältesten Klamotten verordnet, die wir zu Hause, respektive im Kinderheim, finden konnten. Susanne aber hatte sich geweigert, so herumzulaufen, und das, obwohl sie mit mir vor Jahren bei einer Schneewanderung im Winterurlaub erlebt hatte, wie die wachsähnliche Substanz der Fackeln in aller Ruhe unsere schicke Winterbekleidung ruinierte, während wir gemeinschaftlich fröhliche Weihnachts- und Winterlieder sangen! Tja, hatte eben nichts dazu gelernt, die Frau Lehrerin! Ich dagegen trug alte ausgelatschte Schuhe, eine mit „echten" Löchern geschmückte Jeans – die durchaus mit künstlich auf antik gestylten Hosen mithalten konnte – und über einem verwaschenem Rollkragenpulli meine alte verschlissene Lederjacke, mit der ich schon auf Studentenfeten zur Musik von „Status Quo" und „Led Zeppelin" abgerockt hatte. Dazu kamen noch ein Dreitagebart und etwas Ruß, den ich mir bei unserer Lichteraktion unabsichtlich ins Gesicht geschmiert hatte. Kein Wunder also, dass man mich mit einem Künstler verwechselte, zumal hier niemand sonst die Kühnheit besaß, ausgewehte Teelichter neu zu arrangieren.

Einige Leute blieben jetzt sogar stehen und sahen uns bei der „Arbeit" zu. Vereinzelt wurden uns auch Fragen gestellt, doch wir blieben einsilbig. Sind eben verschrobene Typen, diese Künstler! Zufrieden betrachteten wir unser Werk, doch erinnerte mich die Teamarbeit mit Leo auch daran, dass der Junge demnächst mit einer anderen Familie unterwegs sein würde. Komisch, irgendwie ärgerte es mich. Doch Leo und ein von ihm entdeckter Imbissstand riss mich aus meinen Gedanken.

„Bekomm ich 'ne Grillwurst?"

Ja, diesem Duft von frisch gegrillter Bratwurst konnte man nicht widerstehen. Nur meine Frau, die konnte, sie wählte stattdessen eine Portion Pommes, ohne Mayo natürlich. Nach diesem improvisierten Abendessen machten sich Leo und ich wieder an die Arbeit.

Susanne wurde es nun zu dumm: „Ich geh dann mal weiter, um mir die übrigen Kunstwerke anzusehen. Bis nachher, ihr beiden ... und vertragt euch!"

Kein Problem für uns, ich rückte weiterhin Kerzen zurecht, Leo steckte sie an. Allmählich kam er mir aber etwas überdreht vor, vielleicht war er auch nur müde geworden und wollte es nicht wahrhaben.

„Du, gib mir mal deinen Beutel mit den Kerzen, dann kannst du in aller Ruhe die Teelichter anzünden."

Ja, damit war Leo einverstanden. Nun, ohne Susanne hatte ich die alleinige Verantwortung, da sollte ich ihn schon im Auge behalten. Allerdings … dieser Getränkestand dort gegenüber, der sah schon sehr einladend aus … Und so eine kühle Cola, das wäre jetzt, nach dieser deftigen Bratwurst, genau das Richtige.

„Leo, hast du nicht auch Durst? Komm, wir gehen mal darüber und holen uns was zu Trinken."

Der Junge war vollkommen mit seiner Aufgabe beschäftigt, wann hat man schon mal die Gelegenheit, so viele Kerzen anzuzünden. Ich tippte ihn an und wiederholte meine Frage.

„Ach, keinen Durst …", brummelte das viel beschäftigte Kind.

Gut, dieser Stand war nur wenige Meter entfernt und gerade jetzt schien es günstig, keine Warteschlange in Sicht. Wenn ich nur kurz rüberhuschte, konnte ich von dort alles weiterhin beobachten … Also reichte ich dem Jungen seinen Vorratsbeutel zurück und gab ihm noch ein paar Anweisungen mit. Dann wetzte ich los! Bestellt, bezahlt, kurz gewartet und dann … ah, tat das gut, dieser kühle Drink! Vielleicht sollte ich noch ein zweites Glas …?

Ich blickte hinüber zu Leo … und einem Meer von Lichtern. Ja, dieses Bild war jetzt durchaus angebracht, denn dort, wo ich Leo zurückgelassen hatte, brannten nun zahlreiche Kerzen in verschiedensten Farben und Formen. Er hatte offensichtlich einen großen Teil seiner Vorräte am Boden platziert und angezündet.

Sehr kreativ, nur leider gegen unsere Abmachung. Ich hetzte zurück!

„Mensch, Leo, was machst du denn da? Das hatten wir doch so nicht abgesprochen ...!"

„Sieht das nicht toll aus, wie die alle leuchten! Und guck mal, da sind ein paar umgefallen, da brennt jetzt 'ne Pfütze aus Wachs!"

Leo war von seinem Werk sichtlich begeistert.

„Ich mach noch ein paar Kerzen mehr an ...!"

Entschlossen kramte der Junge in seinem Beutel herum.

„Nein, stopp, die Tasche mit den restlichen Kerzen gibst du jetzt mal mir!"

Ich zerrte an dem Stoffbeutel, doch Leo ließ nicht locker!

„Lass sofort den Beutel los, das gibt's doch wohl nicht!"

„Nein, die kriegst du nicht, das sind meine Kerzen!"

Dann riss der Henkel, an dem Leo den Beutel festhielt, und ich ließ, überrascht durch den fehlenden Widerstand, die Tasche durch die Luft sausen. Leo und ich blickten ihr staunend hinterher, sahen, wie sie für einen kurzen Moment durch den Nachthimmel schwebte und dann hinunterfiel in den kleinen See aus brennendem Wachs.

Leo schrie: „Meine schönen Kerzen!", und wollte losstürmen, um irgendwie irgendwas zu retten.

Ich brüllte: „Du bleibst hier!", und hielt den Jungen energisch am Arm fest.

Die Tasche samt der übrig gebliebenen Kerzen brannte inzwischen lichterloh und diente der größer werdenden Wachsmasse als eine Art Riesendocht. Ein kleiner Junge kam neugierig herbeigerannt, in der Hand eine Sankt-Martins-Laterne.

„Darf man das, ein Feuer machen und die Kerzen da reinwerfen?", fragte er mit unverhohlener Bewunderung.

„Ja, mach doch ...!", rief ihm Leo zu, noch bevor ich dem Knirps eine vernünftige Antwort geben konnte.

Und ... zack! Da flog sie dahin, die lachende Sonne, flog wie ein Funken sprühender Meteor durch die sternenklare Nacht und landete mit einem fröhlichen Knistern in unserem Feuer! Für einen Moment schien sich das strahlende Sonnengesicht noch schmerzvoll zu winden, bevor es endgültig in Flammen aufging.

„Ah ... ein Happening, wie damals in den Sechzigern ...", seufzte eine Stimme neben mir. Ein Ehepaar mittleren Alters in auffällig edler und geschmackvoller Kleidung, stand da und bestaunte unser Werk. Mit ihren Sektgläsern in der Hand sahen die beiden aus, als wären sie gerade einem feinen Theaterfoyer entsprungen.

„Ja, eine schöne Aktion, so beschwingt und warm ...", ergänzte die Frau und warf mit zaghafter, fast sanfter Bewegung ein heruntergebranntes Grablicht in das Gemenge aus Feuer, Wachs, Stoffbeutelresten und einer Sankt-Martins Laterne. Auch andere Besucher blieben jetzt stehen, diskutierten, plauderten und warfen ihre Kerzen in unsere Feuerskulptur. Leo ließ sich nun – völlig fasziniert von den Ereignissen um ihn herum – nur mit allergrößter Mühe von unserem brennenden Kunstwerk wegzerren. Durchaus verständlich, doch ich hielt es jetzt unbedingt für angebracht, den Ort des Geschehens zu verlassen.

Denn vor meinem geistigen Auge sah ich das Bild einer alten grauhaarigen Frau, die es durch irgendeinen dummen Zufall in diese Ausstellung verschlagen hatte. Mühsam hatte sie sich von Skulptur zu Skulptur bis zu unserem kunstvollen Feuer geschleppt. Das beachtete sie jedoch kaum, stattdessen starrte sie mich an. Minutenlang. Und dann, im gleichen Moment, als sie damit begann, wild gestikulierend mit ihrem Krückstock auf mich zu zeigen und den umstehenden Leuten zuzurufen: „Den kenne ich doch, datt iss kein Künstler! Datt Bürschken iss doch der Benno Weber, der fiese Feuerteufel aus unsere Straße!", da erkannte ich sie wieder, die tatterige olle Mattern aus dem ersten Reihenhaus! Schlussendlich würde man mich abführen und anklagen. Wegen Anstiftung zur Brandstiftung! Verurteilt, im Namen des Volkes, zu zweihundert Sozialstunden, abzuleisten bei der freiwilligen Feuerwehr!

Leo, der mir soeben ein „Ich will aber noch bleiben!" an den Kopf geworfen hatte, erklärte ich, dass wir fliehen müssten, um einer Verhaftung zu entgehen. Außerdem sollte die ganze Angelegenheit unbedingt unter uns bleiben, ein Geheimnis unter Männern. Widerwillig fügte er sich, wobei man ihm ansah, dass er den Wahrheitsgehalt meiner Erklärungen anzweifelte. Doch ich ließ keine Nachfragen zu, schnappte mir seine Hand und zog ihn mit, um mich auf die Suche nach Susanne zu begeben. Wir hatten Glück, sie hatte gerade ihre Besichtigungstour beendet und keine Einwände gegen einen sofortigen Aufbruch. Beim Verlassen der Ausstellung stürmten zwei Männer in Feuerwehrmontur an uns vorbei, mit einem Feuerlöscher in der Hand.

„Ob es irgendwo brennt?" Susanne blickte ihnen besorgt hinterher.

„Ach was, sicher nur ´ne Übung!"

„Kann man Kerzenwachs mit Wasser löschen?", mischte sich Leo ein. Ich warf ihm einen bösen Blick zu und wechselte das Thema.

„Mensch … jetzt guckt doch mal die Sterne – wie die auf dem Wasser funkeln, ach … ist das nicht schön?"

Am Sonntagmorgen brachten wir Leo zurück ins Kinderheim. Im Büro von Donna Rosa saßen wir alle gemütlich zusammen und plauderten noch ein wenig. Doch dann kam sie auf den Besuch aus Bergkamen zu sprechen und Leos Gesicht verfinsterte sich. Im Laufe der Woche hatte man ihm bereits erklärt, dass es neue Pflegeeltern-Bewerber gäbe, die ihn demnächst besuchen wollten. Der Junge hatte das eher schweigend zur Kenntnis genommen, seine Begeisterung hielt sich sichtbar in Grenzen. Jetzt, hier im Büro, verkündete Donna Rosa, dass man schon für das nächste Wochenende mit dieser Familie einen Besuchstermin im Kinderheim vereinbart hatte. Dementsprechend würde sein mit uns geplanter Ausflug zu einem mittelalterlichen Markt mit Rittern und Gauklern ins Wasser fallen.

Leo wurde erst blass, dann bekam er vor Wut und Aufregung rote Flecken im Gesicht: „Die will ich nicht sehen, diese Hirnis aus Bärkarmen! Und ihr seid auch so Betrüger!"

Mit diesen Worten stürmte er auf den Flur und die Treppen hinauf. Susanne wollte ihm hinterherlaufen, doch Donna Rosa hielt sie zurück und versuchte, uns zu beruhigen:

„Nun, das kam jetzt wahrscheinlich ein bisschen plötzlich für ihn. Im Prinzip weiß er das ja, dass wir neue Eltern für ihn suchen. Vielleicht sind bei ihm auch Erinnerungen hochgekommen und die Angst, wieder verlassen zu werden. Na, wir sollten ihm jetzt erst einmal etwas Ruhe gönnen, morgen geht's ihm bestimmt schon wieder besser!"

Meiner Frau fiel es sichtlich schwer, diesen Vorschlag so zu akzeptieren. Auch ich war etwas durcheinander. Leos Jähzorn war mir nicht unbekannt, doch in diesem Moment war sein Wutausbruch ziemlich überraschend gekommen.

Hatten wir uns doch zu wenig Gedanken gemacht und die Situation schlichtweg unterschätzt? Donna Rosa beruhigte Susanne und versprach ihr, im Laufe des nächsten Tages anzurufen, um uns über Leos Stimmungslage zu berichten.

Später, bei uns zu Hause, versuchte ich, Susanne zu trösten und erklärte ihr, dass Leos Wut bestimmt schon wieder verraucht war und er wahrscheinlich gerade jetzt mit einem Donald-Duck-Heft entspannt in seiner Koje lag. Als wir selbst zu Bett gingen, versprach ich meiner Frau, mich am nächsten Morgen auf jeden Fall mit dem Kinderheim in Verbindung zu setzen.

Ziemlicher Aufwand das Ganze, was, Benno? Nur für so einen kleinen Choleriker ... Für den wir im Grunde überhaupt nicht verantwortlich waren. Nur auf den gemeinsamen Ausflügen. Oder hatten wir hier falsche Erwartungen geweckt?

Wieder eine dieser Fragen, die mich wach hielt, weil man vergeblich nach einer Antwort suchte. Das würde eine unruhige Nacht werden, doch morgen früh – das nahm ich mir fest vor, würde jemand diesen Fall lösen, egal ob in Person von Philip Marlowe, Batman oder Benno Weber!

Pizza Diavolo

Gegen neun Uhr morgens, Batman hatte sich gerade auf die zweite Seite des Sportteils vorgearbeitet, klingelte das Telefon. Nun, zu dieser frühen Uhrzeit sind Helden wie er eigentlich noch nicht im Dienst. Doch als auf dem Display seines Apparates „Kinderheim Herne" erschien, wurde ihm klar, da benötigte jemand dringend seine Hilfe! Am anderen Ende der Leitung vernahm ich die Stimme von Frau Frisch.

„Guten Morgen, Herr Weber! Ich hoffe, ich störe Sie nicht allzu sehr, aber wir haben hier leider ein kleines Problem mit Leo. Als ich mit dem Jungen gestern Abend noch einmal über das gemeinsame Wochenende mit der Familie aus Bergkamen gesprochen habe, ist er ziemlich wütend geworden, ja förmlich ausgerastet! Zuerst hat er den Steven aus seinem Zimmer geworfen und dann hat er sich verbarrikadiert! Heute Morgen weigerte er sich, in die Schule zu gehen. Wir haben das wegen seiner besonderen Situation ausnahmsweise mal toleriert und ihn krankgemeldet. Quasi als Gegenleistung dürfen wir nun sein Zimmer wieder betreten, allerdings spricht er immer noch kein Wort mit uns!"

„Ach, du grüne Neune! Da haben wir uns aber was eingebrockt! Wahrscheinlich hätten wir Leo viel früher darauf vorbereiten müssen, dass wir am nächsten Wochenende nichts mit ihm unternehmen würden! Tja, was machen wir denn jetzt bloß ...?

„Ach, Herr Weber, das wird schon wieder! Aber wenn Sie Leo heute noch besuchen könnten ... das würde ihm bestimmt gut tun, denke ich. Sie und Ihre Frau haben doch so einen guten Draht zu dem Jungen. "

„Okay, dann werde ich gleich mal meine Frau in der Schule informieren. Bis wir bei Ihnen eintreffen, kann es aber noch eine Weile dauern. Ich schätze, vor vier Uhr wird es kaum klappen."

„Kein Problem, Herr Weber, ich werde Leo auf jeden Fall schon einmal Bescheid sagen, vielleicht beruhigt ihn das ja ein bisschen."

Da saß ich nun, allein an unserem feinen Küchentisch. An dem mir der Junge zum ersten Mal begegnet war. Vielleicht hätten wir ihn ja doch fragen sollen, wie es ihm so geht und was er überhaupt von neuen Pflegeeltern halten würde. Aber man hatte uns davon abgeraten, solche Fragen zu stellen. Könnte alte Wunden aufreißen, hieß es. Einfach abwarten, bis der Junge von selbst darüber spricht. Aber das tat er eben nicht! Ich machte mir ernsthaft Sorgen um den Burschen. Auch wenn ich weder verantwortlich noch zu irgendetwas verpflichtet war. Andererseits mochte ich das Kerlchen. Sollte ich also wirklich bis zum Abend auf ein Gespräch mit dem kleinen Wüterich warten? War es nicht beruhigender, sofort aufzubrechen, um die Sache ins Reine zu bringen? Allerdings müsste ich dann im Fitnessstudio anrufen und mich krankmelden ...

„Benno, was 'n los mit dir? Hast du wieder Rücken?"

„Nee, ich habe Fieber. 38,9!"

„Nur so 'n bisschen Fieber, das ist alles ...?"

„Ja, äh ... nein, natürlich nicht! Auch, äh ... Durchfall, ja, genau, Durchfall, ziemlich heftig sogar!"

„Oh, oh, das klingt gar nicht gut! Aber verschone mich bitte mit den Einzelheiten ... und bleib bloß zu Hause, sonst steckst du uns hier alle noch an!"

Eine kleine Notlüge, na und, war das verwerflich?

„Schäm dich, Benno, du bist doch kein Hallodri, sondern ein Mensch mit Prinzipien! Hast du denn gar kein Pflichtgefühl mehr?", empörte sich mich mein Gewissen. *„Eben darum, weil er gegenüber diesem armen Kind eine Verpflichtung fühlt, handelt er doch so ...!"*, rief meine sensible Seite aufmunternd und klopfte mir anerkennend auf die Schulter.

Derart angespornt sendete ich eine SMS an Susanne: *Leo wütend – ist nicht zur Schule – fahre gleich zum Heim. Melde mich später wieder – Benno.*

Dann suchte ich mir per Internet eine passende Bahnverbindung zum Kinderheim Herne heraus. Alles wurde notiert, Schuhe und Jacke angezogen, Brieftasche und Schlüssel eingesteckt. So rannte ich los und beinahe meine bessere Hälfte um, die völlig unerwartet vor unserer Haustür stand.

„Ich habe mit meiner Rektorin über unsere Situation gesprochen, die war zu Tränen gerührt, dass wir uns so um den Jungen kümmern! Sie kennt den Leo ja noch von früher. Für die letzte Schulstunde bin ich von ihr beurlaubt worden!"

Wir informierten das Kinderheim über unser baldiges Erscheinen, dann sausten wir los! Im Heim wurden wir schon erwartet und freundlich von Donna Rosa begrüßt. Ohne Umschweife kam sie auf Leo zu sprechen.

„Also, im Moment ist die Lage so: Er redet zwar wieder mit uns, hat aber auch deutlich gemacht, dass er sie beide nicht sehen will, er behauptet sogar ‚nie wieder'! Andere Besucher allerdings auch nicht. Schon gar nicht die Leute aus Bär-Dingsda! Wir werden ihn natürlich nicht zwingen, diese Familie zu treffen, aber wir haben ihm auch erklärt, dass es so schwierig für uns wird, neue Pflegeeltern für ihn zu finden. Wenn Sie gleich zu ihm gehen, um mit ihm zu reden, wird er bestimmt ablehnend reagieren. Das sage ich Ihnen nur, damit Sie wissen, worauf Sie sich da einlassen ... Nun, dann starten wir mal mit unserer Friedensmission, ich werde Leo Bescheid sagen, dass Sie eingetroffen sind."

Wir wurden angemeldet, doch der „kleine Prinz" wollte uns nicht empfangen. Na gut, dann eben nicht! Sollte er die beleidigte Leberwurst spielen, mir doch egal ...

Susanne aber nicht, die blieb wieder mal stur! Sie schrieb etwas auf einen Zettel und schob ihn unter Leos Zimmertür durch. Man hörte es rascheln. Wir gingen zurück ins Büro, schlichen aber nach einer Weile wieder nach oben, um nachzusehen. Vor der Tür lag ein zerknitterter Zettel. Was darauf geschrieben stand, konnte man nur mit Mühe entziffern, da hatte jemand zornig mit zitternder Hand etwas hingekritzelt.

Die vielen Ausrufezeichen waren dafür umso deutlicher geraten: *„Ich bin wütend – ihr habt mich angelogen! Voll doof ist das! Die Leute von woanders will ich auch nicht sehen! Alle sind Wikkser!"*

Hm ... ziemlich starker Tobak, nicht sehr ermutigend, wie ich fand. Suse konnte das nicht erschüttern, sie schrieb einen zweiten Brief, diesmal mit einer ausführlichen Entschuldigung und der Aussicht auf eine Wiedergutmachung am Wochenende. Zum Beispiel in Form einer Pizza Margherita in Übergröße bei uns zu Hause. Wir setzten uns auf die Stühle im Flur und warteten. Dann kam die Antwort:

*„Du bist immer noch doof und der Benno auch! Eine Rie-
senpizza und ganz viel Cola – alles heute Abend – sonst haut
ab, ihr Lügner!"*

Wir mussten grinsen, denn uns war klar: Auch wenn das
Ganze ziemlich unverschämt klang, sollte es ein Versöh-
nungsangebot sein.

Susanne schrieb zurück: *„Lieber Leo! Wir finden das toll,
dass du nicht nachtragend bist! Pizza und Cola, das geht klar.
Ob das heute Abend noch klappt, da müssen wir erst nachfragen, wir sagen dir gleich Bescheid. Suse + Benno.*

„Ja, unter diesen Umständen ...", die Heimleiterin schmun-
zelte, „... muss ich das wohl genehmigen. Bis zur Pizzeria
Milano sind es übrigens von hier aus zu Fuß nur ein paar
Minuten. Leo kennt den Weg. Ist allerdings sehr beliebt
das Lokal! Denken Sie sich also schon mal ein schöne Geschichte aus, falls Sie dort Leos Lehrerin treffen sollten!"

Auf dem Fußmarsch zur Pizzeria blieb Leo schweigsam,
man sah ihm aber an, dass er zufrieden war mit dem Erreichten. Wir waren ins Kinderheim geeilt, hatten uns ent-
schuldigt und eine Wiedergutmachung versprochen. Außerdem hatte er ganz offiziell die Schule schwänzen dürfen,
inklusive der Hausaufgaben. Sogar der Besuch der Bergka-
mener Familie war abgesagt worden. Und das Allerbeste
daran: Zur Versöhnung gab es noch eine Riesen-Pizza! Tatsächlich war der Italiener nur wenige Minuten vom Heim
entfernt. Ein kleines, aber gemütliches Lokal: Holztische,
Kerzen, dezente Musik und eine freundliche Bedienung.
Leo ließ es sich gut gehen und freute sich diebisch über die
ausgehandelte Cola und eine extragroße Pizza Margherita.

„Leo, du kannst dir auch was Besseres genehmigen, wie
wäre es denn mit der Chef-Pizza oder einer Bolognese ...?"

„Nöö ... ich nimm nur die Margherita, die ist nicht so schwer zu machen. Das kriegen alle hin, die schmeckt immer gut!"

Das war sie also, die Lebensweisheit eines Kindes: Zu nehmen, was wenig spektakulär war, aber von solider Qualität. *Ganz wie die Webers ...*, ging es mir durch den Kopf.

„Sie haben gewählt?"

„Ja, ich hätte dann gerne einmal die achtundzwanzig, die Pizza Diavolo, bitte!"

„Benno, denk an deinen Magen! Du weißt doch, dass du diese scharfe Pizza meistens nicht so gut verträgst ..."

„Ja, Suse, manchmal, nicht meistens. Manchmal habe ich tatsächlich mit dieser Pizza ein Problem, allerdings auch nur, wenn die zu viel Peperoni draufpacken! Aber ich habe hier ein gutes Gefühl, die kriegen das schon hin! Also mach dir keine Sorgen, Suse!"

Der Blick meiner Frau gefiel mir nicht, ihr Schweigen umso mehr. Mit Leo handelte ich dann einen Kompromiss aus. Er gelobte, die Pizza nicht in ihre Einzelteile zu zerpflücken, wenn ich sie ihm zuvor in handgerechte Stücke schneiden würde. Der Deal funktionierte, jetzt hätte ich meine Pizza in Ruhe genießen können ... Ja, wenn nicht die leuchtend roten Peperoni in Kompaniestärke angetreten wären. Diese Großzügigkeit des Pizzabäckers, wahrscheinlich ein an Gewürzschärfe gewöhnter Inder, trieb mir die Tränen in die Augen! Ich nahm einen kräftigen Schluck vom Rotwein. War das nicht ein zischendes Geräusch? Ich wurde das ungute Gefühl nicht los, dass sich meine beiden Begleiter schadenfrohe Blicke zuwarfen. Vorsichtshalber sortierte ich einen Teil des feurigen Gemüses aus.

„Mann, ist die aber großzügig belegt worden! Nett gemeint, ist mir aber eine Idee zu viel vom Teufel, da kann ich ruhig etwas runternehmen."

„Man soll an einer Pizza nicht so ´rumfummeln, hast du gesagt!", protestierte Leo.

„Hm, ja, du hast natürlich recht, das habe ich gesagt. Aber hier ist es doch was anderes, oder?"

Leo sah mich eindringlich an und schwieg.

„Na gut, na gut, gesagt ist gesagt ..."

Ich räumte die Peperonistücke wieder zurück. Nee ehrlich, ich lass mir doch von so einem Knirps nicht Inkonsequenz vorwerfen! So ein bisschen Schärfe kann doch nicht ernsthaft schaden. Die Asiaten werden doch auch steinalt trotz ihrer pikanten Ernährung. Ich bestellte mir einen Ramazzotti zur besseren Verdauung. Und einen Espresso. Und noch einen Ramazzotti. Bei unserer Unterhaltung hatte ich jetzt das Gefühl zu lallen, Zunge und Lippen kamen mir taub vor. Dann meldete er sich, mein Reizmagen! Ja, Reizmagen, was denn? Deshalb kann man doch nicht auf alles Leckere verzichten! Scharfes hat eben seinen Reiz, auch wenn es den Reizmagen reizt. Was für ein Wortspiel, im Gegensatz zu meinem Geschmack hatte ich den Sinn für Humor jedenfalls noch nicht verloren! Und Ausnahmen bestätigen doch die Regel, da lässt man dann auch mal fünf gerade sein. Oder die Peperoni zum Magen rein.

Auf dem Heimweg plauderten Suse und Leo fröhlich miteinander, ich schwieg und litt still vor mich hin. In meinem Magen drückte und rumorte es gewaltig, ich begann, mir ernsthaft Sorgen zu machen. Erleichtert atmete ich auf, als endlich das Kinderheim in Sichtweite kam. Während ein gut gelaunter Leo auf sein Zimmer verschwand, verweilten wir noch im Büro der Heimleiterin. Donna Rosa saß entspannt in ihrem Chefsessel. Froh darüber, dass sich die Wogen wieder geglättet hatten, lobte sie unser Engagement.

„... und wie gut Sie mit dem Jungen auskommen, wirklich toll! Gerade auch heute, in dieser schwierigen Situation."

Susanne winkte ab: „Ach, durch die Kinder in der Schule bin ich Einiges gewöhnt, und eigentlich ist der Leo doch ein ganz liebenswerter Junge, ein wirklich pfiffiger und sensibler Bursche. Dass er mal besonders traurig oder wütend ist, finde ich ganz okay. Immerhin kann er seine Gefühle ausdrücken, das ist doch ´ne gute Eigenschaft!"

Ja, Männer, die ihr Gefühle zeigen können ... jetzt war ich wohl an der Reihe, zu diesem Thema etwas Positives beizutragen. Man sah mich erwartungsvoll an.

„Ich, äh, finde das auch, also eigentlich, aber im Moment, da frage ich mich ... ich frage mich, wo sich hier die nächste Toilette befindet?"

Susanne warf mir einen triumphierenden „Hab ich es dir nicht gleich gesagt?"-Blick zu, Frau Frisch dagegen erklärte mir die Gegebenheiten: Es gab ein Gäste-WC ganz am Ende des Flures und eine Kindertoilette direkt schräg gegenüber. Ich wählte den kürzeren Weg. An der Toilettentür prangte weder ein Hosenmännchen noch ein Rockpüppchen. Dafür gab es im Innenraum zwei durchaus gepflegt erscheinende Kabinen mit einem überraschend angenehmen Duftaroma: War das Grapefruit? Oder Mandarine? Ich wählte die linke Kabine, alles sah sauber aus, und reichlich Papier war auch vorhanden. Von dem ich immer zu viel verbrauche, wie Susanne behauptet. Nur, weil ich die Sitzfläche gründlich abdecke und ein paar weitere Blätter ins Klo werfe, damit es nicht so platscht. Sinnvolle Hygienemaßnahmen, wie ich meine. Einmal Platz genommen, ging es mir schon etwas besser. Bis jemand heftig an der Tür rüttelte.

„Hallo, da draußen, hier ist besetzt!"

Wieder wurde die Klinke wild gedrückt.

„Hey, hier ist besetzt, sagte ich!"

Ich hoffte darauf, den unheimlichen Türklinkenschüttler zu vertreiben, denn besonders angenehm ist Gesellschaft in so einer Situation natürlich nicht. Mein Hinweis wurde aber ignoriert, die Klinke bewegte sich erneut. Unverschämter Kerl!

„Mann, das kann doch nicht so schwer zu begreifen sein, hier sitzt schon jemand und kackt!"

„Papa?", hörte ich eine Kinderstimme fragen.

Wie „Papa"? Was sollte das denn? Ich machte keinen Mucks. Doch der kleine Papagei vor meiner Klotür ließ nicht locker.

„Papa?", wiederholte er seine Frage.

Hm ... die Stimme kam mir irgendwie bekannt vor! War das nicht dieser kleine Klammeraffe, der mir als Erster im Kinderheim begegnet war? Wie hieß der noch gleich?

„Dennis, bist du das, da draußen?"

„Nein, bin ich nicht!", erwiderte die Stimme.

„Na, ich hätte schwören können, dass du das bist, Dennis."

„Nein, bin ich nicht! Ich bin der Enis."

„Ach, Mensch, na klar, der Enis ... wusste ich´s doch, deine Stimme kam mir doch gleich so bekannt vor. Habe mich nur mit deinem Namen vertan, entschuldige!"

Puh, wie sollte ich so mein dringendes Geschäft verrichten, mit diesem Knirps vor der Tür?

„Papa pupst!", stellte Enis fröhlich fest.

„Ja, ja, Enis, Papa hat gepupst, gefurzt, Luft abgelassen, nenn es, wie du willst! Aber so einen Papa willst du doch sicher gar nicht haben, Enis, oder? Und außerdem bin ich nur zu Besuch hier ..."

„Papa, zu Besuch!", klang es erfreut.

Herrje, was für ein stures Kerlchen! Die Stimme schien noch näher gekommen zu sein, womöglich versuchte der Knirps gleich unter der Tür durch ...? Das musste ich mit allen Mitteln verhindern!

„Mensch, Enis, hör mal, äh ... ich glaube, gleich kommt, ähm ... gleich kommt was im Fernsehen ..."

Verdammt, was gucken denn die Blagen heutzutage so? „Die Sesamstraße, Enis, die Sesamstraße kommt gleich! Die willst du dir doch bestimmt nicht entgehen lassen, oder?"

„Die is doof, is was für Babys!"

Mist, die Kids von heute sahen sich scheinbar nicht die Kindersendungen von gestern an!

„Na, dann guck doch die *Simpsons oder Alarm für Cobra 4711*! Irgendwas Tolles läuft bestimmt gerade. Pass mal lieber auf, dass du nichts verpasst, Enis!"

„Nee, kommt nicht, war alles schon. Aber der Schpeidermann, der kommt gleich!"

Einen Moment herrschte Stille, ich dachte fieberhaft nach.

„Ach, ja ... jetzt, wo du es sagst, natürlich, klar, der ‚Spiderman'! Der fängt gleich an, wollte ich doch auch gucken. Geh doch schon mal vor Enis und halt mir ´nen Platz frei, ja? Machst du das für mich?"

„Ja, Enis, hält einen Platz frei, dann gucken wir zusammen den Schpeidermann!"

Eine Weile hörte man noch Enis' fröhlich plappernde Stimme und trippelnde Schritte, die sich entfernten. Ich sah auf die Uhr, es war kurz vor acht. Noch eine Viertelstunde bis zum Filmstart. Es wurde höchste Zeit dieses Örtchen zu verlassen!

Im Büro herrschte derweil beste Stimmung.

„Ach, Herr Weber, ich finde das wirklich toll, dass Sie beide mit dem Gedanken spielen, sich zu bewerben, also ich persönlich würde das sehr befürworten!"

Donna Rosa strahlte mich an. Während meiner „Sitzung" hatte ich wohl Bedeutendes verpasst. Doch Susanne klärte mich auf: „Ja, weißt du, Benno, gerade habe ich Frau Frisch erzählt, dass wir nicht wussten, ob es eine Altersgrenze oder so was für Pflegeeltern gibt."

„Ja, und da habe ich Ihrer Frau geantwortet, dass man gerade bei einem großen Kind wie Leo doch eher Personen mit etwas mehr Lebenserfahrung sucht. Außerdem sind Sie noch nicht mal fünfzig, vermute ich. Das ist doch kein Alter!"

So, das hatte man also geklärt. Ohne mich.

„Na, so was, das ist ja ein Ding! Wer hätte das gedacht ..."

„Ach, ehrlich gesagt, habe ich schon lange darauf gehofft, dass Sie oder Ihre Frau diese Frage stellen. Nein, also wirklich ... ist das ein schöner Augenblick für mich!", fügte sie sichtlich gerührt hinzu.

„Ach, ich finde das auch schön ...", seufzte Susanne mit einem merkwürdig verklärten Blick.

Was ging denn hier ab? Hatten die irgendetwas genommen? Eierlikörchen oder Prosecco vielleicht? Diese Glückseligkeit war ja nicht zum Aushalten! Das Ganze bereitete mir nicht nur Kopfzerbrechen, sondern auch Bauchschmerzen.

„Entschuldigung, aber ich muss noch mal eben für kleine Jungs!"

Ich sauste wieder hinüber in meine Kabine. Roch immer noch gut, bot immer noch reichlich Papier. Jetzt hätte ich in Ruhe ... aber diese ausgelassene, merkwürdig beschwingte

Atmosphäre zwischen den zwei scheinbar bekifften Frauen war mir unheimlich. Die durfte man nicht länger allein lassen, soviel stand fest! Also verkürzte ich die Angelegenheit, so gut es ging, auch auf die Gefahr hin, schon bald erneut hier zu sitzen.

Auf dem Rückweg hörte ich bereits im Flur Susannes beschwingte Stimme: „Ja, Sie meinen also, unsere Bewerbung hätte eine Chance, angenommen zu werden?"

„Nun, ich kann Ihnen natürlich nichts versprechen, das muss ja alles seinen amtlichen Weg gehen. Aber rufen Sie doch einfach mal die Frau Schmidt an, die ist ja für Leo zuständig und kennt ihn schon, seitdem er als kleines Kind der Mutter entzogen wurde. Frau Schmidt ist nicht nur total nett, sondern auch sehr kompetent. Die kann Ihnen sicher mehr dazu sagen!"

Mann, das lief ja hier völlig aus dem Ruder! Offensichtlich hatte sich die Lage verändert! Auf einmal war das, was ich bislang als bloße Gedankenspielerei abgetan hatte, in greifbare Nähe gerückt. Gleich würde mir Donna Rosa wahrscheinlich einen Pflegevater-Vertrag unter die Nase halten und mir mit sanfter Gewalt einen Stift in die Hand drücken. Mich dann – mein Zögern bemerkend – am Schlafittchen packen und mir fies flüsternd zuraunen: „So, Bürschchen, jetzt unterschreibst du da, wo ich die drei Kreuze gemacht habe, aber pronto!"

Die Realität sah etwas anders aus. Zwei leuchtende Augenpaare sahen mich in freudiger Erwartung an.

„Tut mir leid, diese verdammte Pizza, sorry, aber ich muss dringend wieder los ...!"

In Windeseile hastete ich über den Flur und riss die Tür zum Kinder-WC auf. Hinein in die Kabine, Hose runter, hingesetzt! Keine Zeit mehr für eine hygienische Abdeckung der Klobrille oder Anti-Platschpapier. Puh ... gerade noch mal gut gegangen! Ich war gerettet!

Ich war ein Idiot! In meiner Panik hatte ich nämlich die andere – und wie sich herausstellen sollte – falsche Kabine gewählt! Hier musste ich mit Entsetzen feststellen, dass die Blattzahl des Klopapiers allerhöchstens an eine halbe Fußballmannschaft heranreichte! Hinzu kamen als Reservespieler noch zwei Tempotücher aus meinen Hosentaschen. Das bisschen Papier für so eine Schweinerei! Ein Fiasko! Mir war klar, ich musste entweder um Hilfe rufen oder mit hängenden Hosen hinüberschleichen in die Nachbarkabine. Und in Kauf nehmen, dass möglicherweise ein Kind auftauchte, das bei dem Anblick eines halb nackten Mannes mit Schmuddelhintern schreiend davonrannte. Ein Skandal ersten Ranges!

Oder aber ein Jugendlicher käme zur Tür herein und würde mich staunend anglotzen: „Ey Alter, Mann, das ist ja echt krass! Voll das Arschgesicht! Bleib mal so, ey!"

Dann würde er blitzschnell zu seinem Handy greifen und ein Foto von mir schießen. Am nächsten Tag wäre ich als Highlight des Tages auf „You Tube" zu bewundern und Hunderttausende würden den „Gefällt mir!"-Button drücken ...

„Hallo, hört mich jemand?", rief ich zaghaft. Dann etwas lauter: „Hallo, ich bin auf der Toilette, kann mir jemand helfen?"

Wieder nichts. Blöde Pizza, hätte ich doch bloß auf Suse gehört! Moment mal, waren das Schritte? Und das jetzt, das war doch die Tür zum Kinder-WC ...

„Enis, bist du das? Enis? Ich habe da ein Problem, du musst mir unbedingt helfen, Enis!"

Die folgende Stille dämpfte meine freudige Erwartung ein wenig. Wieso reagierte da niemand?

„Enis ... oder wer auch immer, ich brauche deine Hilfe, ganz ehrlich!"

„Hier ist die Mara."

„Ach, hallo, Mara, wie schön, dass du hier bist!"

Verdammt, Mara, Mara ... das kam mir bekannt vor, der war ich doch schon einmal begegnet!

„Äh ... Mara, ich hab da ein Problem. Mir ist nämlich das Klopapier ausgegangen. Kannst du mir bitte eine Rolle aus der Nachbarkabine holen und unter meiner Tür durchschieben, wärst du so nett?"

Keine Antwort. Dann hörte man Geräusche und schließlich kullerte ein Rolle Papier über den Boden in meine Kabine hinein.

„Mensch, Mara, Klasse, vielen Dank! Wirklich super! Da hast du was gut bei mir!"

Man hörte ein paar Schritte, aber keine Tür. Als ich die Kabine endlich verlassen konnte, sah ich sie vor dem Spiegel stehen. Mara, das Mädchen mit dem langen Haar und der Bürste. Die ich Donna Rosa an den Kopf geworfen hatte!

„Hey, Mara, schön dich zu sehen! Du hast mir gerade echt aus der Klemme geholfen, danke sehr!"

Das Mädchen schenkte mir einen kurzen neugierigen Blick, dann sah sie wieder in den Spiegel, um ihr Haar zu bürsten. War nicht sehr gesprächig, die Kleine. Egal, Hauptsache gerettet!

„Na, Mara, hast du wieder deine Läusebürste dabei? Kannst du sie mir kurz borgen, dann bringe ich meine Haare wieder in Form. Siehst du, ich habe gar keine Angst mehr vor deinen Läusen. Ja, das war ziemlich dreist von dir – dieser Jux mit mir – aber Schwamm drüber, verziehen und vergessen! Immerhin hast du mich gerade gerettet!"

Das Mädchen sah mich mit großen Augen an und schien überrascht, dass ich mir tatsächlich die Haare kämmte.

„Alles okay bei dir?", fragte Suse mit besorgtem Blick.

„Ja, alles bestens, nur vorhin auf dem WC, da hatte ich etwas zu wenig Papier auf der Rolle. Aber dieses Mädchen, diese Mara, die hat mir aus der Patsche geholfen!"

„Ach, das ist doch prima! Das tut der Mara bestimmt gut. In letzter Zeit hatte sie leider ein paar Probleme in der Schule und war deshalb auch ziemlich betrübt."

„Tja, ich glaube, wir müssen dann mal los, Frau Frisch, morgen hat uns der Alltag wieder. Und danke noch mal für Ihre Ratschläge!"

Susanne strahlte und schüttelte energisch die Hand der Heimleiterin. Eine Idee zu herzlich, wie ich fand.

„Ach, keine Ursache, das habe ich doch gerne getan! Ich freue mich doch mit Ihnen! Und denken Sie daran, Frau Schmidt anzurufen. Die kann Ihnen mit Sicherheit weiterhelfen!"

Jeder schien nun auf seine Art zufrieden zu sein. Die Frauen hatten sich ausgiebig über Fragen zur Pflegeelternschaft ausgetauscht und ich ... ich hatte immerhin eine peinliche Situation mit Bravour gemeistert.

„Grüßen Sie bitte die Mara von mir und sagen Sie ihr, wie froh ich war, dass sie mir im richtigen Moment helfen konnte. Und sie hat noch etwas gut bei mir. Wobei ... da fällt mir was ein! Sie hat da so eine alte gammelige Bürste, Sie wissen schon, die besagte Bürste. Vielleicht kann ich der Mara eine Freude machen, wenn ich ihr beim nächsten Mal eine Neue mitbringe?"

„Ach, die Mara mit ihrer alten Bürste. Dabei habe ich ihr schon tausendmal gesagt, dass sie das olle Ding endlich wegwerfen soll. Die ist ja mit ein Grund gewesen für ihre kleine Krise. Mara hat sich nämlich durch dieses gegenseitige Kämmen der Mädchen untereinander neulich in der Schule Läuse eingefangen. Das hat sie ganz schön mitgenommen, dieses intensive Waschen der Haare und all ihrer Klamotten. Dazu kam dann noch das Mobbing in ihrer Klasse! Nun, jetzt geht es ihr wieder etwas besser, nachdem sie die Viecher wieder losgeworden ist."

Zu Hause angekommen, schaffte es Susanne nur mit Mühe, mich davon abzuhalten, Jacke und Pullover sofort in den Müllcontainer zu werfen.

„Du weißt doch gar nicht, ob du überhaupt Läuse hast. Lass mich doch erst mal auf deinem Kopf nachsehen!"

Das klang vernünftig, zumal sich meine Frau inzwischen zu einer Grundschulkinder-Läuseexpertin entwickelt hatte. Die Gesundheitsämter haben nun weiß Gott Wichtigeres zu tun, als an riesigen Schulen nach winzigkleinen Blutsaugern zu suchen. Susanne fand ... nichts! Puh! Nach der ersten großen Erleichterung wusch ich mir zur Sicherheit noch die Haare mit dem entsprechenden „Läuse-Killershampoo" aus Susannes Medikamentenschublade. Auch wenn meine Frau das für absolut überflüssig hielt. Ihre gute Laune konnte aber auch das nicht verderben.

„Ist doch toll, dass wir uns jetzt bewerben können!"

„Ja, ganz prima, Susanne, wirklich prima. Aber trotzdem muss so ein Schritt gut überlegt sein, da gibt es schließlich kein zurück mehr!"

Hatte ich zu leise gesprochen oder genuschelt? Susanne hatte meinen Einwand problemlos überhört!

„Ich müsste meinen Arbeitsbereich ins Wohnzimmer verlegen, damit der Junge ein eigenes Zimmer bekommt."

„Also, Spatz, jetzt warte mal … Ich meine, wir sollten uns das Ganze gründlich überlegen. Das würde doch unser ganzes Leben verändern. Vorausgesetzt der Junge akzeptiert uns überhaupt und unsere Bewerbung würde angenommen. Dann würden wir eine verdammt große Verantwortung übernehmen und müssten uns auch ziemlich sicher sein, dass es gelingt … unser neues Familienleben."

Susanne guckte überrascht, so ernsthaft hatte ich bis jetzt noch nie meine Bedenken geäußert. Gut, ich hatte mich nie grundsätzlich gegen eine Elternschaft ausgesprochen, aber bislang waren das doch nur Gedankenspiele gewesen, da musste man doch keine klare Position beziehen, oder? Und jetzt? Jetzt stand ich plötzlich vor einer Entscheidung. Aber ich war mir wirklich nicht sicher … Wollte man sich das wirklich antun, sich so einen Bengel für immer ans Bein zu binden? Andererseits: War mir dieser Junge, dieser pfiffige, anstrengende, aber auch liebenswerte Bursche inzwischen nicht sogar ein bisschen ans Herz gewachsen?

„Ach, Benno, natürlich muss man sich das alles gut überlegen. Aber das tue ich schon geraume Zeit und du, glaube ich, auch, selbst wenn es dir bisher vielleicht nicht so bewusst gewesen ist. Wir mögen den Jungen und er mag uns. Wir sind in der Lage, uns gut um ihn zu kümmern, und würden auch die nötige Zeit und Geduld mitbringen, die man für so ein Kind braucht. Und Krisen, die gibt es doch in ‚normalen' Familien auch. Also, ich finde, wir sollten uns auf jeden Fall bewerben!"

Es fiel mir schwer, einem so überzeugenden Plädoyer zu widersprechen, trotzdem bat ich mir noch Bedenkzeit aus, versprach aber im Gegenzug, dass ich am nächsten Tag mit Frau Schmidt vom Jugendamt telefonieren würde. Susanne war einverstanden, mein Vorschlag schien sie zu beruhigen. Ich selbst dagegen war jetzt ziemlich aufgedreht.

Benno, ruhig Blut! Noch ist hier nichts in trockenen Tüchern! Amtlich war das ja noch nicht, ein entsprechender Antrag müsste erst einmal gestellt und bewilligt werden. Und Leo müsste letztendlich auch noch sein Okay dazu geben. Also keine Panik, alter Schwede! Morgen früh sieht die Welt vielleicht schon wieder ganz anders aus ...

Nach den aufregenden Ereignissen der letzten Stunden machte sich nun allmählich Erschöpfung breit, jetzt benötigte ich dringend eine Mütze voll Schlaf.

Spannende Träume gab es inklusive: Da saß er, der verlauste Superheld, unter der steinernen Brücke. Eine alte Bürste, ein paar Pizzareste, die magere Ausbeute eines ganzen Tages. Stolz war er nur auf das Dosenbier, das er gestern gegen vier Rollen Klopapier eingetauscht hatte. Wer brauchte schon so viel Papier, „Spiderman" doch nicht! Doch dann passierte es, mitten in der Nacht, der Super-Gau: akuter Durchfall!

Als ich nass geschwitzt aus meinem Traum aufschreckte, fühlte ich mich gar nicht mehr müde. Irgendwo musste noch ein gutes Buch liegen, das würde ich lesen. Wer braucht denn schon so viel Schlaf, Benno Weber jedenfalls nicht!

Mit Whiskey im Wald

Ich sah zum Fenster hinaus. Der Himmel war heute Morgen fast so grau wie das fremde Gesicht, das mich vorhin im Spiegel angesehen hatte. Eingefallene Konturen, verquollene Augen, ein fahler Teint. Keine erholsame Nacht. Diese Pflegeelterngeschichte hatte mich wie ein fieser Quälgeist verfolgt. Hatte stundenlang unter meinem Bett gelegen und dort gelauert, jederzeit bereit, über mich herzufallen und mich mit Schlaflosigkeit zu plagen! In dieser Verfassung hätte mich der Türsteher am Eingang zur „Ü-50-Party" schon von Weitem durchgewunken und mir dann mit einem Augenzwinkern zugeraunt: „Ist zwar kein Halloween, aber komm trotzdem rein!"

Eine Katzenwäsche und frischer Kaffee brachten meine Lebensgeister zurück. Was aber nicht bedeutete, dass ich nun gute Laune ausstrahlte. Denn grundsätzlich läuft bei uns jeden Morgen der gleiche Film ab: „Das Schweigen der Muffel".

Doch obwohl meine Frau diesem Frühstückszombie direkt gegenübersaß, stellte sie die überflüssige Frage: „Hast du schlecht geschlafen, Wusel?"

Herrje, das war doch nicht zu übersehen! Möchte man darauf angesprochen werden? Nein, will man nicht! Ich reagierte entsprechend gereizt und strafte sie mit konsequentem Schweigen. Doch Susanne blieb ganz cool, zog nur eine Augenbraue hoch, warf mir einen spöttischen Blick zu und schwieg ebenfalls. Aber nicht allzu lange.

„Du wolltest doch beim Jugendamt anrufen ... "

„Ja, das wollte ich ... aber heute Morgen habe ich auf so ein Gespräch echt keinen Bock, nee, absolut nicht ...!", hätte ich ihr darauf gerne geantwortet, doch ich sagte nur: „Ja, Suse, geht klar, mach dir keine Sorgen, ich erledige das!"

Wer will denn schon am frühen Morgen Zoff mit seiner Ehefrau riskieren? Also wählte ich, nachdem Susanne zur Arbeit aufgebrochen war, wie versprochen die Nummer des Jugendamtes. Eine freundliche Stimme am anderen Ende erklärte mir, dass Frau Schmidt zurzeit in einer Besprechung sitzen würde und danach noch einen Außentermin wahrnehmen müsste. Sie würde sich aber auf jeden Fall im Laufe des morgigen Vormittages bei mir melden. Als Susanne, die erst am Nachmittag von einer Konferenz nach Hause kam, von meinem Anruf erfuhr, war sie zwar etwas enttäuscht, doch Zeit für eine weiterführende Debatte blieb ihr nicht, denn nur wenige Stunden später erwartete sie noch der Elternabend ihrer Grundschulklasse. Tja, Lehrerschicksal, nie hat man Feierabend! Dann doch lieber Hausmann und Teilzeittrainer! Da kann man abends, wenn andere in die Schule müssen, ganz relaxed mit den Planungen für einen gemütlichen Fernsehabend beginnen.

Da, auf SAT. 1 zum Beispiel, da flatterte heute Abend wieder mal die menschliche Fledermaus über den Bildschirm. „Batman Begins", das klang doch vielversprechend! Pünktlich zum Filmstart lag ich auf meiner blauen Couch, es konnte losgehen! Ziemlich spannend, da ging sofort die Post ab! Und obwohl mir – wie meistens in solchen Actionfilmen – die Handlung nicht sehr logisch erschien, gefiel mir die Story! Ich habe eben ein Faible für diese einsamen

Helden. Jetzt kam dieser Rückblick, diese Erinnerung aus der Kindheit des Fledermausmannes, eine wirklich üble Geschichte: Seine Eltern, ganz sympathische Leute übrigens, die werden auf dem abendlichen Heimweg überfallen und ermordet! Der kleine Junge ist zu einem Waisenkind geworden! Ziemlich traurig diese Passage, ein elternloses Kind, ganz allein auf dieser Welt. Mannomann, das traf mich jetzt irgendwie persönlich, was hatte sich der Autor bloß dabei gedacht, eine solche Szene ins Drehbuch zu schreiben? So was Blödes, das zog einen doch voll runter!

Jetzt half nur noch zappen! Auf zum nächsten Kanal, zu Pro Sieben! Hier stellte der kleine Held, ein Lausejunge namens Kevin, soeben fest: Ich bin ganz allein zu Haus! Einsam und verlassen! Na super, diesmal nur ein von den Rabeneltern vergessenes Kind, das machte die Sache doch gleich viel erträglicher! Ich suchte verzweifelt weiter und wurde dann doch noch fündig. Bei RTL. Dort lief „Madagaskar 2", das sollte so ein lustiger Zeichentrickfilm sein. Keine überzeugende Alternative, aber leichte Kost, da konnte ja nichts schiefgehen ... Soeben war zu sehen, wie das kleine Löwenkind übermütig herumtollte und sich ein Stück zu weit von zu Hause entfernte. Verdammt, wo kamen denn jetzt diese gemeinen Tierfänger her? Da tapste es in die Falle ... und da, sein Vater, der erkannte jetzt, was passiert war, doch zu spät ... ach, nein, herzzerreißend diese Szene! Und alle waren nun zu Tode betrübt. Junge, Junge, das war ja nicht zum Aushalten!

Gut, dann musste ich wohl zum Äußersten greifen: Arte! Da läuft doch immer was Anspruchsvolles, Kultur und so, kein Klamauk oder sinnlose Gewalt. Hm, was sollte das denn? Da sprach gerade ein sehr ernst blickendes Mädchen direkt in die Kamera, über ihre traurige Kindheit und so.

Ich warf einen Blick in die Fernsehzeitung: Da stand es schwarz auf weiß, das Thema des heutigen Abends lautete: „Leben im Heim – wenn Eltern versagen!" Unglaublich, es war, als hätten sich alle gegen mich verschworen! Ich betätigte die Off-Taste des Fernsehers. Puh ... nun ich war da angekommen, wo ich heute Abend auf keinen Fall hin wollte: bei meiner eigenen persönlichen Lebensgeschichte!

Da saß ich nun, mit meinen Chips der Marke „Funny Family" vor einer schwarzen Mattscheibe und machte mir Gedanken. Was war denn mit den anderen Vätern, überlegten die sich, warum sie ein Kind wollten und welche Konsequenzen das hatte? War es die Sehnsucht nach der typischen Bilderbuchfamilie? Oder nur ein Stück natürliche Eitelkeit, der Wunsch nach einem persönlichen Abziehbild? Mein Haus, mein Auto, mein Kind ...

Zum Glück unterlag ich keinem dieser Zwänge, ich hatte noch die freie Wahl. Dieser Junge war ein durchaus sympathisches Kerlchen, besaß Grips und Humor. Manchmal war ich sogar stolz gewesen, wenn man den Jungen für meinen Sohn gehalten hatte. Doch eine Vaterschaft hätte auch andere Konsequenzen: zum Beispiel viel weniger Zeit für mich und meine Hobbys, weniger Zweisamkeit mit meiner Frau, weniger Faulenzerei. Stattdessen ein bedeutendes Mehr an Hausarbeit, Aufmerksamkeit und Verantwortung. Und nicht zu vergessen: ungewohnter Stress und Streit mit einem heranwachsenden Jugendlichen! War es in diesem Fall überhaupt möglich, eine Entscheidung nur mit dem Verstand zu treffen? Gehörte nicht mehr dazu? Vielleicht wäre es das Beste, diese Angelegenheit noch einmal zu vertagen ...? Kommt Zeit, kommt Rat, wie man so sagt.

Tja, das hätten wir dann also geklärt! Ich prostete mir selbst zu und schaltete den Fernseher wieder ein. Diese

„Batman"-Geschichten sind nicht so kompliziert, da darf man schon mal ein Stück verpassen. Es wurde noch ein schöner Fernsehabend.

Meine Taktik des kontrollierten Zögerns und Zauderns nahm aber schon am nächsten Tag ein jähes Ende! Susanne war so gut gelaunt, dass ich mich zur Frühstückszeit nicht getraut hatte, über meine immer noch bestehenden Zweifel zu sprechen. Doch dann, etwas später, klingelte das Telefon: Frau Schmidt vom Jugendamt. Sehr freundlich, sehr direkt. Ohne Umschweife kam sie auf das Thema „Pflegeelternschaft" zu sprechen.

Gerade hatte ich zu einem längeren Monolog angesetzt, als sie mich mitten im Satz unterbrach: „Herr Weber, ich werde das Gefühl nicht los, dass Sie sich noch nicht so ganz im Klaren sind, was Ihre Bewerbung zur Pflegeelternschaft angeht ...?

„Äh ... ja, wenn Sie mich jetzt so direkt fragen, dann muss ich ehrlich zugeben, dass ich noch etwas unschlüssig bin. Ich mag den Leo wirklich gut leiden, aber so als Pflegevater, womöglich für immer ... das ist ´ne schwierige Entscheidung, finde ich."

„Ach, Herr Weber, das ist doch vollkommen in Ordnung! Besser, man überlegt sich alles gründlich, als wenn man leichtfertig oder aus einer Laune heraus handelt. Hm ... ich hätte da aber einen Vorschlag, der Ihnen vielleicht weiterhelfen kann. Am nächsten Wochenende ist unser jährliches Pflegefamilientreffen in Castrop-Rauxel. Ich könnte Ihnen zusammen mit Ihrer Frau und dem Leo noch einen Teilnehmerplatz anbieten. Dort könnten Sie dann das Ganze gemeinsam, wie eine richtige Familie, erleben und sich dabei selbst noch einmal Klarheit verschaffen, wie es weitergehen soll. Sie brauchen sich auch keine Sorgen zu machen, es geht dort ganz zwanglos zu, und im Übrigen bin ich auch vor Ort. Da kann ich Ihnen jederzeit behilflich sein."

Auch wenn mir ganz und gar nicht nach einem gemeinsamen Wochenende mit wildfremden Leuten zumute war, wagte ich nicht, diesen gut gemeinten Vorschlag abzulehnen. Denn eines war für mich so sicher wie das Amen in der Kirche: Susanne hätte mir die Hölle heißgemacht, wenn ich Frau Schmidts Angebot nicht angenommen hätte!

Der Freitagabend ist bei uns zu Hause an und für sich ein ganz entspanntes und gemütliches Ereignis. Wir haben die Woche gut überstanden, man palavert noch ein bisschen, liest etwas oder guckt einfach nur Fernsehen. Diesmal war es anders. Hier in Castrop-Rauxel war nämlich Action angesagt! Es war der Abend der fröhlichen Kennenlern-Spiele! Gleich zu Beginn wurden alle Teilnehmer gezwungen, sich im großen Freizeitsaal zu versammeln. Anfangs herrschte noch Ordnung, alle saßen brav in einem Stuhlkreis und malten sich ein hübsches Namensschildchen. Dann wurden die Plätze getauscht, aber nach unterschiedlichen Vorgaben. Zum Beispiel: Alt mit Jung, Stiefel mit Turnschuh, Blond mit Braun, Dick mit Dünn, Pickel mit Fußpilz. Bei jedem dieser Wechsel musste man sich seinem Gegenüber vorstellen: „Hallo, ich bin der Benno, wer bist denn du?"

Nach diesem Vorgeplänkel nahm die Party aber erst so richtig an Fahrt auf, ich sage nur „Reise nach Jerusalem"! Mochte ich noch nie leiden. Und direkt danach: „Der Plumpsack geht um". Höflich war gestern, jetzt ging es ans Eingemachte! Dann, das erste Highlight des Abends: das „Griesgram-Spiel"! Eine ausgeloste Person ging dabei im Kreis umher, sah sich die einzelnen Leute genau an, um dann bei demjenigen, der seiner Ansicht nach besonders mürrisch dreinblickte, stehen zu bleiben und diesen Spruch aufzusagen: „Griesgram, Griesgram, was machst du für Sachen? Griesgram, Griesgram, bring uns zum Lachen!"

Der Auserwählte hatte nun die Aufgabe, alle anderen mit einem Witz oder Sketch fröhlich zu stimmen. Wir spielten acht Runden, dann wurde es langweilig. Lag vielleicht daran, dass ich fünfmal ausgewählt wurde, weiß der Himmel, warum! Da *Witze erzählen* nicht gerade zu meinen Stärken zählt, versuchte ich, Tiere nachzuspielen. Eine Eidechse, einen Fisch, ein Faultier. Bis irgendein Kind mir zurief: „Mach doch mal was Lustiges!"

Ich war genervt. Wenn mein feinsinniger Humor hier nicht verstanden wurde, dann war es wohl angesagt, mich zum Affen zu machen! Und siehe da, ich erzielte tatsächlich einen ersten Lacherfolg. Trotzdem war meine Stimmung jetzt auf einem Tiefpunkt angelangt. Da half es mir auch nichts, erneut den Platz zu tauschen. Irgendeiner brüllte „Juli". Die in diesem Monat Geborenen rannten los und suchten sich einen anderen Stuhl.

„Alle Leute, die über einen Meter fünfzig sind, wechseln ihren Platz!"

„Alle Kinder unter zehn Jahren wechseln ihren Platz!"

„Alle Menschen über fünfundvierzig wechseln ihren Platz!"

Susanne erhob sich, genauso wie ich, dann tauschten wir in aller Ruhe unsere Plätze. Immerhin wurden wir noch als Menschen angesehen, trotz unseres biblischen Alters.

„Alle, deren Name mit B anfängt, tauschen ihren Platz!"

Ja, dass es hier offensichtlich keine Kids mit einem entsprechenden Namen gab, überraschte mich nicht wirklich, aber wo waren die Kinder meiner Generation, wo waren denn Bernd, Beate, Brigitte und Bärbel? Da stand ich nun blöd allein in der Gegend herum! Ein peinlicher Moment

... wenn nicht plötzlich Leo aufgestanden wäre und mir seinen Stuhl angeboten hätte. Danke, mein Junge!

Dann wurden bunt gemischte Gruppen gebildet, die verschiedene Aufgaben lösen sollten. Das Ganze erinnerte mich ein wenig an „Spiel ohne Grenzen", nur in kleinerer Ausführung. Ich atmete erleichtert auf, soeben wurde das letzte Spiel angekündigt: „Die rasende Mumie". Dabei wurde aus jeder Gruppe eine Person von den anderen in Klopapier eingewickelt. Das Ganze so schnell und gründlich wie möglich. Weil ich mich nicht mit Händen und Füßen dagegen gewehrt hatte, wurde ich von meinem Team zum Freiwilligen ernannt! Ich wäre doch auch besonders geeignet dafür, meinte eine junge Mutter. So als älterer Herr mit grauem Haar und Falten im Gesicht! Benno, die Mumie! Haha, sehr komisch! Das fanden auch die übrigen Teamkollegen, die sich nun hoch motiviert an die Arbeit machten, während ich mich bemühte, zunehmende Platzangst und verstärkt einsetzende Transpiration unter Kontrolle zu bekommen! Die Kinder im Saal johlten, quietschten und kreischten vor Vergnügen! Glücklicherweise wurde dieser Höllenlärm durch das viele Papier in meinen Ohren gedämpft! Ein positiver Aspekt, immerhin. Ich war ja schon dankbar dafür gewesen, dass man nicht das preiswerte „Öko-Schmirgelpapier" verwendet hatte!

Mann, war das ein lustiger Abend! Heiterkeit und Frohsinn, wohin man blickte. Abgesehen von ein paar nörgeligen Blagen und einigen griesgrämig dreinblickenden Vätern. Komisch, Frauen schienen mit der Teilnahme an einer lärmend chaotischen Kinderparty grundsätzlich weniger Probleme zu haben. Die meisten Männer dagegen tranken sich den Abend noch schön, zumindest traf man zu späterer Stunde einen großen Teil von ihnen in der kleinen Kneipe des Seminarhauses wieder. Puh, das hatten wir überstanden! Diese verbindende Einsicht erzeugte große Solidarität untereinander, und schon bald waren wir uns einig: Um uns kennenzulernen, benötigten wir Männer weder Ringelreihen noch irgendeinen anderen Mumpitz! Wir brauchten nur etwas Ruhe und eine gemütliche Umgebung. Auf diese Weise lernte ich dann unter anderem Hans-Peter aus Gladbeck kennen, der über das bescheidende Pflegegeld klagte, über die mangelnde Unterstützung des Jugendamtes und das fehlende Verständnis der Lehrer und Lehrerinnen für Problemkinder. Genauso aufschlussreich waren aber auch meine Gespräche mit Thorsten aus Unna. Er lobte die großzügigen Pflegegeldzahlungen, die intensive Beratung und Hilfe durch das Jugendamt und die hervorragende Zusammenarbeit mit den Pädagogen an den Schulen seiner Kinder. Spätestens nach dem dritten Pils wurde dann über alles Mögliche philosophiert, da gab es dann die ersten Monologe, die keinen bleibenden Eindruck mehr hinterließen, außer den, dass man nun wusste, wem man in den nächsten Tagen unbedingt aus dem Weg gehen musste. Mit dieser Erkenntnis begab man sich dann relativ früh zu Bett. Denn auf dem schwarzen Brett war für Samstagmorgen „Frühstück – 7.30 bis 8.00 Uhr" eingetragen. Des Weiteren unter *Programmpunkte* ein sechsstündiges Pflichtseminar zum Thema „Braucht eine glückliche Kindheit strenge Regeln". Damit war klar, ein erholsamer Schlaf hatte nun oberste Priorität.

„Mein Name ist Benno Weber, ich bin Ende vierzig, Fitnesstrainer und Hausmann. Ich lese gerne und treibe viel Sport. Was ich nicht mag, sind Vorstellungsrunden, wie diese hier!"

Ein Raunen und Getuschel ging durch den kleinen Saal. Ziemlich unerhört, was der da von sich gab. Statt sich an die ungeschriebenen Gesetze der Höflichkeit zu halten. Es tat mir aber gar nicht leid, denn einer musste es doch mal aussprechen: Dass Seminarleiter scheinbar grundsätzlich bestrebt sind, durch einen erzwungenen Soloauftritt aller Teilnehmer deren Belastbarkeit frühzeitig auf die Probe zu stellen. Wer hatte bloß dieses Dogma aufgestellt, dass eine Zusammenkunft zum Zwecke der Fortbildung unbedingt ein sofortiges gegenseitiges Beschnüffeln aller Anwesenden erforderte? Mann, wir sind doch keine Pudel in der Paarungszeit! Ich bin jedes Mal so aufgeregt und in Gedanken mit meiner eigenen Vorstellung beschäftigt, dass ich so gut wie nichts mitbekomme, von dem, was andere über ihre eigene Person mitteilen. Der Erste da vorne zum Beispiel, hieß der jetzt Fritz oder Franz? Oder war Fritz der kleine Dicke aus der zweiten Reihe? Was hatte diese Blonde in Bunt noch mal für ein Hobby? Bernstein sammeln ... Barsche angeln, ach, ich hatte es wieder mal nicht mitbekommen! Aber der Dritte hinter mir, da erinnere ich mich, der hatte drei Kinder ... oder züchtete er Rinder ...?

Ach Leute, dieser erzwungene Seelenstriptease, der bringt mir gar nichts, außer Stress!

Zum Glück wurde es am Abend gemütlicher, keine Vorträge, keine Spiele, stattdessen war Grillen angesagt. Die Kinder nutzten die Möglichkeiten zum Herumtoben und tauchten nur sporadisch auf, um ein verkohltes Würstchen zu ergattern. Die Mütter saßen mehrheitlich in der Nähe des bunten Salatbuffets, die Väter bewachten das im Supermarkt erbeutete Fleisch auf dem Grill. Man wusste ja nie, ob nicht vielleicht doch ein einsamer und hungriger Säbelzahntiger des Weges kam. Vorsichtshalber hatten sich alle Männer mit einer Flasche Bier bewaffnet. Ja, das wurde ein stressfreier Abend, selbst ich war relativ locker drauf, weil als einzig übrig gebliebener Programmpunkt nur noch der sonntägliche Besuch eines Reiterhofes auf dem Plan stand. Das Beruhigende war: Reiten würden dort nur die Kinder, und zwar auf ausgewählten braven Pferden, die aus Sicherheitsgründen zusätzlich noch von einem Erwachsenen am Zügel geführt werden sollten. Nun, ich hatte kaum Erfahrung mit solchen Tieren, mal abgesehen vom Füttern mit Gras und einigen zaghaften Streicheleinheiten. Als Pferdeflüsterer war ich also vollkommen ungeeignet.

Dachte ich jedenfalls ... bis zum Sonntagmorgen, als mir klar wurde, dass ich derjenige sein sollte, der Leo auf so einem Vierbeiner durch die Gegend ziehen würde. Von jeder Familie sollte sich nämlich eine Person einfinden, die ihr eigenes Kind betreute. Da Susanne einen übergroßen Respekt vor Pferden hat, Leo aber unbedingt reiten wollte, blieb mir keine andere Wahl. Ich wurde zum Boss dieses ungewöhnlichen Dreierteams ernannt. Nun mussten Leo und ich nur noch eine Auswahl treffen unter den aufgebotenen Reitpferden.

„Guck mal, Leo, wie wäre es denn mit diesem Pony hier, das sieht doch ganz niedlich aus!"

„Nee, ist doch kein richtiges Pferd!"

„Okay, wir müssen aber einen Kompromiss finden, was Größe und Handling angeht ..."

„Ja, groß muss es sein, und so ein Händing soll es auch haben!"

Jau, datt wird nicht so einfach, dachte ich bei mir.

Ein mittelgroßes Pferd wurde uns dann von einer energischen Mutter direkt vor der Nase weggeschnappt, bei dem nächsten Kandidaten kam uns ein junges Mädchen zuvor: „Das nehme ich, das guckt so süß!"

Die Reihen lichteten sich allmählich.

„So Leo, du musst dich jetzt mal entscheiden, so langsam gehen uns hier die passenden Hottehüs aus!"

Der Junge guckte, zögerte, hatte sich fast entschlossen, schwankte wieder und ging zum nächsten Gaul. Schließlich waren alle Tiere vergeben, bis auf ein fleckiges Shetlandpony und ein strubbelig-braunes Pferd.

„Guck mal, das sieht doch sympathisch aus, das könnten wir ..."

„Nein!", unterbrach mich Leo und betonte noch einmal, dass er so kleine Ponys doof fand.

„Ja, unseren Braunen hier, den können Sie nehmen, ein guter Jahrgang ...", sagte der Tierpfleger, meinte aber eigentlich, dass was anderes nicht mehr im Angebot wäre.

„Der ist schon etwas älter und manchmal auch ein bisschen eigenwillig, aber im Prinzip ganz friedlich und folgsam."

„Eigenwillig", was hatte das wohl in der Pferdefachsprache zu bedeuten? Mir schwante Unheil.

„Er heißt übrigens Whiskey!"

Leo war begeistert, so ein großes Pferd, so ein toller Name! Ich dagegen fand ein Tier, das nach einem hochprozentigen alkoholischen Getränk benannt worden war, nicht besonders Vertrauen einflößend. Doch der Gaul glänzte momentan durch absolute Gelassenheit, selbst als Leo auf seinen Rücken hinaufgehievt wurde und ich die Leine in die Hand bekam. Die anderen Paare waren bereits alle im Wald verschwunden, nur das Shetlandpony mit der Besatzung Vater und Sohn trabte noch hinter uns her.

Zu dritt trotteten Whiskey, Leo und ich dann gemächlich den Waldweg entlang, sehr gemächlich sogar, das Pony war uns bereits dicht auf den Fersen. Leo war bestens gelaunt, sagte ab und zu „Hü" und „Hott" und erklärte mir, dass er stolzer Besitzer eines Pferdeführerscheins wäre. Leider fehlte mir eine entsprechende Qualifikation, was mir auch schmerzhaft bewusst wurde, als unser vierbeiniger Freund ganz allmählich vom Weg abkam. Immer nur ein kleines bisschen, immer nur eine Winzigkeit nach links.

Schielte das Tier oder war das ein raffinierter Plan von ihm? Ich versuchte, dagegen zu steuern, doch es nutzte nichts. Das Pferd führte mich langsam aber sicher ins Unterholz! Das brave Pony dagegen trabte treu in seiner Spur und zog langsam an uns vorbei.

„Soll ich Ihnen irgendwie helfen?", rief der andere Vater herüber.

„Ach nein, vielen Dank, wir kommen schon klar! Wir lassen unserem Tier nur etwas mehr Freiraum, das ist doch viel artgerechter!"

„Ja, dann, wenn das so ist ..."

Der Ponyführer schüttelte seinen Kopf und tuschelte mit seinem kleinen Sohn. Die beiden lachten schallend, das Pony wieherte, dann entfernten sie sich allmählich. *Da trottet sie dahin, unsere letzte Rettung*, dachte ich, und stellte mir schon die Schlagzeile des nächsten Tages in der örtlichen Presse vor: *Vater und Sohn verschollen – mit Whiskey im Wald!* Warum hatte ich nicht gezögert, bei einem Tier mit so einem merkwürdigen Namen? Sah dieser Blick aus treuen Augen nicht glasig aus, war der Gang dieses Pferdes nicht unsicher? Vielleicht kamen wir deshalb vom Weg ab, weil dieser Vierbeiner etwas zu tief in seine Tränke geschaut hatte? „Whiskey" – oje, da hätte ich auch früher drauf kommen können! Wie hatte der Tierpfleger noch gesagt: ein guter Jahrgang! Haha, reingelegt, wer ist denn schon so dumm und nimmt ein Pferd, das übrig bleibt? Ich versuchte nun, unseren großen Freund seitlich aus dem

Urwald zu schieben, zurück in die Zivilisation, doch der Bursche weigerte sich!

„Wir reiten nicht mehr …", stellte Leo besorgt fest.

„Ja, Leo, das kommt dir nur so vor, als würde gerade nichts passieren. In Wirklichkeit …", ich bemühte mich, Whiskey streng anzusehen, „… in Wirklichkeit fechte ich aber gerade mit diesem wilden Tier einen mörderischen Kampf aus!"

Leo betonte erneut, dass er einen Pferdeführerschein besaß.

„So, Whiskey, hör mal zu! Ich kann auch anders! Wenn ich erst mal böse werde …, also reize mich nicht!"

Das Tier sah mich milde lächelnd an und begann das umgebende Farnkraut abzurupfen und genussvoll zu zerkauen.

„So, das sage ich dir nun zum letzten Mal, du störrischer Esel, wenn du jetzt nicht gehorchst, dann …"

„Was machen wir dann?", fragte mich Leo von oben herab.

„Nun, zuerst werde ich mal aus diesen Büschen rauskriechen, bevor ich sämtliche Zecken und Spinnen des Waldes anlocke. Und dann lassen wir Whiskey einfach eine Weile fressen, solange, bis er genug hat. Irgendwann wird er dann müde und wir haben leichtes Spiel …"

Toller Plan, Benno, nur wie viele Zentner Farnkraut frisst denn so ein Gaul? Und in welcher Zeit? Na, aber immer noch besser voll mit saftigem Farnkraut als mit billigem Fusel. Positiv konnte ich noch vermerken, dass Leo die Ruhe behielt und nicht anfing, zu meckern oder zu heulen. Nur dieser Führerschein, den er soeben wieder einmal erwähnte, der nervte allmählich! Nach einer Weile fraß unser Brauner nur noch häppchenweise, und ich riskierte ein Ziehen der Zügel in die andere Richtung. Whiskey setzte langsam, Huf um Huf, ein Stück zur Seite. Mutig geworden zog ich weiter und brachte das Tier tatsächlich dazu, eine halbe Drehung zu vollziehen. Dann schlurften wir ganz allmählich auf den Waldweg zurück.

„Yippie, wir reiten wieder!", feuerte uns Leo an.

„Ja, jetzt geht's los, Leo, halt dich nur gut fest!"

Während wir nun langsam heimwärts trotteten, lobte ich ausgiebig Leos exzellente Reithaltung und erklärte ihm – seiner Antwort zuvorkommend – dass ich natürlich erkennen konnte, dass er mit absoluter Sicherheit über eine entsprechende Ausbildung und Qualifikation verfügen würde. Der Gang unseres Pferdes allerdings kam mir plötzlich verändert vor, so als schwebten seine Hufe zeitlupenhaft über dem morastigen Weg. Wie ein Dressurpferd auf Koks!

Weil Whiskey uns bereits nach wenigen Metern mit dem überzeugenden Argument einer Pferdestärke in den Urwald hineingezogen hatte, war von den anderen Vierbeinern noch nichts zu sehen.

„Wir sind als Erste zurück, Leo, ist das nicht toll!"

Der Junge überhörte meinen ironischen Unterton und zeigte sich ernsthaft begeistert über den ersten Platz im Zieleinlauf.

„Hatten Sie Probleme mit dem Tier?", fragte uns der Tierpfleger mit besorgter Miene.

„Och nö, eigentlich nicht ...", ich tätschelte großspurig den Hals „unseres" Braunen.

„Er hat doch nicht etwa vom Farnkraut gefressen, er guckt so komisch ...?"

„Ne, ne, da haben wir gut aufgepasst. Der war nur mal so ganz kurz am Knabbern ..."

„Okay. Das ist auch gut so, denn der Whiskey verträgt das Zeugs nämlich nicht so besonders, das gärt dann für längere Zeit in seinem Magen. Da ist er dann fast wie zuge-dröhnt oder besoffen davon. Deshalb hat er auch diesen verrückten Namen bekommen!"

Bildete ich es mir ein oder kniff in diesem Moment unser vierbeiniger Junkie ein Auge zu? Sei's drum! Trotz unserer kleinen Meinungsverschiedenheiten gab ich dem Gaul zur Verabschiedung noch einen freundschaftlichen Klaps. Dann flüsterte ich in sein zuckendes Ohr: „So, Whiskey, die feine Art war das ja nicht, wie du dich mit uns in die Büsche geschlagen hast! Aber wenn du nichts verrätst, wir können auch schweigen! Schwamm drüber! Mach's gut, alter Schwede, und auf Nimmerwiedersehen!"

Mit diesem Erlebnis endete unser Familienwochenende in Castrop-Rauxel. Endlich hatte ich es überstanden! Und musste feststellen: Derjenige, der mich hier am wenigsten genervt hatte, war Leo. Dieser lebhafte Junge, der, wenn es ihm gut ging, laut und ohne Hemmungen Lieder sang, fröhlich durch die Gegend hüpfte und gute Laune verbrei-tete. Der aber genauso die Ruhe genießen und sich stun-denlang in ein Buch vertiefen konnte. Als Wochenendfa-milie waren wir prima miteinander ausgekommen. Und Frau Schmidt hatte recht behalten, ich war mir jetzt sicher, was zu tun wäre ...

Volltreffer

Zu düster, zu kalt hier oben, sagte ich mir. Als ob es nur traurige Anlässe gäbe, hier zu sein – im vierten Stockwerk der Stadtverwaltung, in der Abteilung des Jugendamtes.

Das Zimmer 412 dagegen hatte eine helle und fröhliche Ausstrahlung. An den Wänden hingen Bilder und Fotos, grüne Pflanzen schmückten die Fenster. Und dann stand sie vor uns: Frau Schmidt, die für Leo zuständige Sozial-pädagogin, die ihn schon seit frühester Kindheit betreute. In Jeans, mit Sweatshirt und einem breiten Grinsen im Gesicht. Mit ihrer freundlichen und offenen Art gab sie der nun folgenden Unterhaltung fast den Charakter eines Schwätzchens unter guten Bekannten und die Aufregung, die Susanne und mich bis hierhin verfolgt hatte, legte sich allmählich. Anfangs plauderten wir über alles Mögliche, dann ausführlich über die Aspekte einer Pflegeelternschaft für Leo.

Zum Ende des Gesprächs drückte uns Frau Schmidt ein dickes Antragsformular in die Hand und ergänzte: „Bringen Sie mir doch bitte beim nächsten Treffen auch eine Kopie Ihrer Geburtsurkunden, ein Gesundheits- und Führungszeugnis und die Anmeldebestätigung zur Teilnahme des angesprochenen Pflichtseminars für Pflegeeltern mit."

Unsere staunenden Blicke ignorierend legte sie Susanne und mir zu guter Letzt noch den Vortrag des Kinderschutzbundes „Ich bekomme ein Pflegekind, was nun?" ans Herz. Bei der Verabschiedung meinte sie dann schmunzelnd, dass – nach Erledigung dieser paar kleinen Formalitäten – aus ihrer Sicht eigentlich nichts gegen eine Bewilligung unseres Antrages sprechen würde.

Wieder daheim riefen wir Donna Rosa an. Ich hielt das Telefon auf Abstand, weil ich trotz der großen Entfernung das dumme Gefühl nicht loswurde, von ihr umarmt zu werden.

„Ach, ist das schön ... ich freu mich so, für Sie und besonders für den Jungen! Vielleicht hat er sich das ja insgeheim gewünscht oder erhofft, wer weiß? Unsere Psychologin wird ihn jedenfalls heute noch nach seiner Meinung befragen. Ein Pflegekind soll sich doch ernsthaft Gedanken machen und nicht nur aus einer Laune heraus handeln. Aber ich sehe da keine Probleme, der Leo redet immer so begeistert von Ihnen, der wird sich bestimmt riesig freuen!"

Nun, ich war mir da noch nicht so sicher. Was, wenn der Junge uns in dieser Rolle ablehnen würde?

Susanne gab mir eine passende Antwort: „Also, wenn Leo nicht zustimmen sollte, wird das Ganze hier eine ziemlich frustrierende Angelegenheit für uns, aber trotzdem müssen wir den Versuch wagen! Wir verlieren nicht viel im Vergleich zu dem, was wir gewinnen können."

Am nächsten Abend saßen wir im Büro der Heimleiterin, jetzt kam es auf Leo an. Frau Frisch hatte uns freundlich empfangen, mit einem Lächeln, frischem Kaffee und belegten Brötchen. Doch obwohl sie sehr appetitlich aussahen, bekam ich keinen Bissen herunter. Donna Rosa dagegen futterte in aller Ruhe eins nach dem anderen und hatte prächtige Laune. War das nicht ein gutes Zeichen? Susanne knuffte mich, ich sollte wohl die alles entscheidende Frage stellen.

„Also, Frau Frisch, meine Frau und ich, wir sind doch ziemlich aufgeregt und das Warten hier macht es auch nicht leichter. Jetzt mal Butter bei die Fische, wie hat sich Leo denn entschieden?"

Donna Rosa sagte nichts, kramte nur lachend ein Bild hervor, das Leo gemeinsam mit der Psychologin gemalt hatte. Sehr bunt, mit naiven Strichmännchen darauf. Trotzdem erkannte man eine Art Familie, drei Personen, zwei größere und eine kleine, die sich an den Händen hielten. Darüber stand in dicken bunten Druckbuchstaben: „Ich freu mich drauf!" Wir waren gerührt! Donna Rosa, Susanne und ja ... auch ich!

Natürlich wollten wir ihn jetzt noch begrüßen, unseren zukünftigen Pflegesohn. Leo lag schon im Bett, sagte nichts, strahlte uns nur an. *Was für ein entspanntes Gesicht,* dachte ich, *was für ein glückliches Kind! Für diese Momente müssten sich doch alle Mühen lohnen!*

Ich knuffte den Jungen, Susanne herzte ihn.

Das schien Leo zu ermutigen.

„Lest ihr mir noch was vor?"

Susanne und Steven fanden die Idee gut, ich nicht!

Heute Abend wurde die Championsleague übertragen, Bayern München gegen Real Madrid, das Highlight schlechthin! Gut, ein aufmerksamer Vater findet es natürlich wichtiger, Zeit mit seinem Sohn zu verbringen. Allerdings ... was, wenn es hier irgendwo einen tragbaren Fernseher oder eine entsprechende Internetverbindung gäbe? Ach, nee, Susanne hatte bereits ein Buch aufgeschlagen und begann daraus vorzulesen. Du lieber Himmel, was war das denn? So ein Schneckentempo! Da würde ich nicht einmal die zweite Halbzeit ...

„Wie, was ... lesen? Ich, wieso?"

Mein Einspruch wurde mehrheitlich abgelehnt. Okay, Leute, ihr habt es so gewollt! Dann werde ich euch mal zeigen, wie man so eine Geschichte schnell und trotzdem spannend vorträgt! „Dämliche Dämonen", was für ein alberner Titel! Schien so eine Art Gruselroman für Kinder zu sein. Um meinen flinken Vortrag nicht monoton wirken zu lassen, bemühte ich mich um eine intensive Betonung mit eindrucksvollen Gesten und ausgeprägter Mimik. So schlüpfte ich nicht nur in die Haut des jugendlichen Helden, sondern es gelang mir auch, eine sehr lebhafte Darstellung sämtlicher guter Dämonen und fieser Monster. Da wurde verwandelt auf Teufel komm raus, gegrunzt, gespuckt, gestöhnt und geflucht, dass es eine wahre Pracht war! Meine drei Zuhörer waren begeistert, lachten zeitweise Tränen, rückten aber auch fröstelnd zusammen, wenn es besonders gruselig wurde! Nach jedem abgeschlossenem Kapitel wurde ich zum Weiterlesen gedrängt, dabei lockte unser fröhlicher Lärm ständig neue Kinder in „Leos Lesestube".

Zum Ende des vierten Kapitels erschien Donna Rosa in der Tür und rief lachend: „So, Kinder, alle gehen jetzt zurück auf ihre Zimmer, und wer es versehentlich vergessen haben sollte, der holt es auf jeden Fall noch nach: waschen und Zähne putzen!"

Junge, Junge, ein toller Leseabend, was für ein Spaß! Ja, es stimmte natürlich, das Topspiel im Fernsehen, das hatte ich verpasst. Allerdings keine Tore. Wie schrieb der Kolumnist am nächsten Tag: „Ein ausgesprochen taktisch geprägtes Spiel mit wenigen Höhepunkten. Gewonnen haben an diesem Abend wohl nur diejenigen, die Sinnvolleres zu tun hatten, als sich dieses langweilige Ballgeschiebe begnadeter, aber lustloser Fußballmillionäre anzusehen!" Tja, da hatte Benno Weber wieder mal alles richtig gemacht ...

Zwei Tage später rief uns Frau Schmidt an, um uns mitzuteilen, dass nun auch von Amtswegen einer Pflegeelternschaft für Leo nichts mehr im Wege stünde.

Am darauf folgenden Samstag starteten wir drei den üblichen Wochenendausflug.

„Einmal die ermäßigte Familienkarte, bitte!"

Stolz legte ich das Geld auf den Tisch. Da standen wir nun, zu dritt, im Eingang einer alten restaurierten Fabrikhalle. Hier war ein historischer Jahrmarkt aufgebaut worden, mit vielen kleinen Attraktionen, die man alle mit einer einzigen Eintrittskarte nutzen konnte. Zum Beispiel die mannshohe Schiffschaukel, „Superloop" genannt. Die kannte ich zwar von früher, aber hineingetraut hatte ich mich da nie. Ein besonders mutiger Kirmesbesucher bin ich leider nicht gewesen. Und das, obwohl ich solche Jahrmärkte äußerst faszinierend fand! Diese fremde Welt, die so anziehend und erschreckend zugleich war. Menschenmassen, die sich durch die Gassen schoben, überdreht und geschwätzig. Schausteller, wilde Burschen, die laut und aufdringlich ihre Attraktionen anpriesen. Und dann die Leckereien und süßen Düfte! Bratapfel, gebrannte Mandeln und Backfisch! Nicht zu vergessen natürlich die Karussells, mit ihren flackernden Lichtern und der dröhnenden Schlagermusik!

Selbst heutzutage flößt mir die Schiffschaukel immer noch ein bisschen Respekt ein. Auch Leo wirkte etwas verloren und ängstlich, wie er so da stand und mit ernster Miene zu ihr hinaufblickte.

„Sollen wir das nicht zusammen machen, wir passen da bestimmt auch zu dritt rein."

Ach nee, Suse mal wieder! Die schien unsere Verunsicherung nicht zu bemerken. Aber gut, wenn sie es so wollte, dann ... Mutig drängte ich mich nach vorne! Wir packten Leo zwischen uns und schaukelten los! Leider hatten Suse und ich einen unterschiedlichen Rhythmus, der außerdem noch gebremst wurde von einem fast vierzig Kilo schweren Klotz, der sich krampfhaft an uns festhielt. Jetzt war kraftvoller, dynamischer Einsatz gefragt. Ich ging tief in die Hocke, um Schwung zu holen.

Benno Weber im Schaukelrausch: „Achtung, Achtung, gleich sehen sie die sagenhaften ‚Fantasticos Weberos' bei einem sensationellen Überschlag!"

Das war eine heftige Übertreibung, denn mit unserem Leo an Bord erreichten wir nicht einmal die halbe Höhe. Gut, da musste ich also noch zulegen, in die Hocke gehen, Schwung holen und strecken, in die Hocke, Schwung holen und ... aaah ... ganz, ganz vorsichtig wieder aufrichten! Ein übler Stich im linken Knie!

„Lasst uns mal Schluss machen, das reicht doch für den Anfang ..."

„He, was ist denn los, du humpelst ja!"

„Ach, halb so wild. Nur der alte Meniskusschaden vom Fußball, das geht gleich wieder!"

Der Schmerz ließ bald nach, doch das Hinken blieb. Na, vielleicht konnte ich mich im nächsten Karussell ein wenig erholen. Die Raupe! In der passierte nichts Spektakuläres, man sauste im Kreis herum und ein wenig Auf und Ab. Leider hatte ich vergessen, dass man sich nicht nach außen setzen sollte. Die Fliehkraft drückte mir nun über hundert fröhlich juchzende Kilos in die Seite. Von da an: ein Ziehen im Brustkorb. Meine Diagnose: Rippenquetschung!

Leo wollte nun unbedingt Lose kaufen. Wir einigten uns auf ein Los pro Person, zogen aber leider nur Nieten. Suse und ich hatten nichts anderes erwartet, Leo hingegen schien persönlich beleidigt zu sein.

Er zerriss die Papierlose in kleine Fetzen und tobte: „So was Blödes! So ein Mist! Ihr müsst viel mehr davon kaufen, dann gewinnt man auch!"

Ich gab mich großzügig, aber nicht ohne Leo zuvor darüber aufzuklären, welche Bedeutung Geld in unserem Wirtschaftssystem hätte und dass ein durchschnittlicher Bürger normalerweise hart für seinen Lohn arbeiten müsste.

„Ja, ja, aber jetzt kauf mal gleich mehrere, ganz viele, dann gewinnen wir auch was!"

„Okay, Leo! Du bekommst jetzt noch drei weitere Lose, dann gibst du aber Ruhe, einverstanden?"

Ein kurzes Nicken, dann riss der Bengel hastig die kleinen Papierrollen auf. Leo jubelte, diesmal war ein Gewinn dabei. Hundert Punkte, dafür durfte man sich ein kleines Stofftier aussuchen.

„Gibt's nix anderes ...?", fragte mich Leo leise mit enttäuschter Stimme.

„Gibt's nix anderes?", fragte ich den Losverkäufer.

„Ja, schon ... hier für die Erwachsenen: Schlüsselanhänger, Eau de Toilette, Schirme ..."

„Dann will ich so einen kleinen Schirm, den blauen da vorne!", sagte Leo mit Bestimmtheit.

„Bist du sicher, Leo? Was willst du denn mit einem Schirm? Regnen tut's doch nicht. Nimm doch lieber hier so einen lustigen Schlüsselanhänger!"

„Ja, was will man denn mit einem Schirm, Benno? Also wirklich, was für 'ne Frage! Ich finde, wenn der Leo sich so etwas aussucht, ist das vollkommen in Ordnung. Schließlich hat er gewonnen und nicht du!"

„Ist ja gut, ist ja gut, von mir aus. Dann soll er eben einen Schirm nehmen, ist mir doch egal!"

„Ein Knirps für den Knirps ..."

Der Losbudenbesitzer überreichte Leo feierlich seinen Einhundert-Punkte-Gewinn. Nun wollte Leo auch am Schießstand sein Glück versuchen. Ich hatte mich als Kind nie dorthin getraut, aus Sorge, daneben zu schießen und mich zu blamieren. Die Angst vor dem Versagen. So jemanden nannte man früher „Schissbuxe", doch das wollte ich jetzt als Erwachsener und Pflegevater nicht mehr sein.

„Einmal Korkenschießen für zwei Personen, bitte."

Sind zwar sechs Euro für die Katz, andererseits lernt das Kind auf diese Art, mit Niederlagen umzugehen, dachte ich mir, und schoss knapp daneben. Leo erging es nicht anders. Bis zu seinem dritten Versuch. Gerade hatte ich zu einem tröstenden Klaps angesetzt, als er mir ein lautstarkes „Jaaaa ...!" ins Ohr brüllte und seine geballte Faust in die Höhe streckte. Der weiße Plastikring war tatsächlich auf dem Hals einer Rotweinflasche gelandet. So was Verrücktes! Dieser Knirps hatte mit seinem letzten Schuss ins Schwarze getroffen!

„Da hast du besser gezielt als dein Papa, super!", meinte lachend die Frau hinter dem Tresen und reichte mir den Rotwein herüber.

Leo schrie: „Ist mein Gewinn, meine Flasche!", und zerrte an meinem Arm, doch ich gab nicht nach. Schließlich bot ich unserem Scharfschützen an, ihm „seine" Flasche für drei Euro abzukaufen. Er verlangte zehn, wir einigten uns auf fünf. *Wenn ich ihn leid bin, kann ich ihn bedenkenlos auf einem Basar oder Trödelmarkt aussetzen. Da wird er Karriere machen ...*, war mein spontaner Gedanke. Ich bat die Dame in der Schießbude, besagte Rotweinflasche bis zum Ende unseres Kirmesbesuches aufzubewahren.

Nächste Station war die Geisterbahn. Die fand unser Schützling ziemlich gruselig, weil sie so furchtbar alt aussah, wie er meinte. Dennoch gelang es uns, Leo zu einer gemeinsamen „Fahrt des Grauens" zu überreden. Zusammengequetscht in einem unbequemen Wägelchen machten wir uns auf den Weg. Das Tempo war gemächlich, es ruckelte und quietschte. Überall lauerten Zombies, Monster und Gnome. Wirklich zum Gruseln fand ich persönlich dann nur das riesige Spinnennetz, in das man völlig unvorbereitet hineinfuhr! Eine Sache war allerdings noch schauriger: diese schwarze, große, haarige Spinne, die für einen viel zu langen Augenblick vor unseren Nasen baumelte! Pfui Teufel! Dann, kurz vor der Ausfahrt gab es noch eine unerwartete Überraschung: ein lebendes Monster! Schwarz gekleidet, gruselig geschminkt, so huschte es plötzlich aus einer Nische hervor und versuchte, uns am Kragen zu packen. Leo klammerte sich schreiend am Wagen fest, Susanne an mir, ich an meinem Sitz. Das Ungeheuer, angewidert von diesem Lärm, zuckte zurück! Allerdings viel zu langsam für Leo, der plötzlich aufsprang und mit seinem neuen Knirps dem Möchtegernzombie mächtig eins über die Rübe zog! Zum Glück hatte uns im nächsten Moment der Rummelplatz zurück, die Türen öffneten sich, das Grauen hatte ein Ende.

„Mensch, Leo, das war aber heftig, wie du zugeschlagen hast. Der Typ, der deinen Schirm auf die Birne bekommen hat, ist sicher nicht gut auf uns zu sprechen. Wir kratzen hier lieber mal die Kurve!"

Ich zog Leo in Richtung Autoscooter, Susanne kam hinterhergehastet. Im Zurückblicken sah ich, wie sich an der Geisterbahn ein Menschenauflauf bildete. Scooter bin ich früher nur gefahren, wenn die Aktionsfläche einigermaßen leer war und man ganz gemütlich seine Runden drehen konnte. Hier auf dem historischen Jahrmarkt herrschte aber ein ziemliches Gedränge.

„Düst ihr mal zusammen los, ich setze mich solange da drüben hin und guck mir das Spektakel aus sicherer Entfernung an!", rief uns Susanne zu und verschwand in der Zuschauermenge.

Leo rannte los, einen Fahrchip zu besorgen, denn, wer den besaß, durfte seiner Meinung nach auch lenken. *Na gut, warum nicht*, dachte ich mir, *so ein kleiner Junge fährt wohl eher noch zaghaft und vorsichtig, das sollte mir recht sein*! Vater und Sohn gemeinsam im Autoscooter, darauf freute ich mich sogar. Hätte ich mir mit meinem Vater auch mal gewünscht! Ich freute mich nicht allzu lange. Leo fuhr wie ein Berserker! Statt gemütlicher Runden war der totale Crash angesagt! Eigentlich hätte statt Disco-Musik jetzt „Motorhead" oder „Spiel mir das Lied vom Tod" erklingen müssen! Wumms! Leo rammte unser rasendes Cabrio in die Seite eines kleinen Oldtimers, den sich ein älterer Herr wohl in der Hoffnung auf eine ruhige Fahrt ausgesucht hatte. So kann man sich täuschen! Und ... rumms! Von hinten absichtlich aufgefahren, doch der Junge in dem Wagen vor uns grinste nur. Ich hatte jetzt schon genug Spaß gehabt und wäre gerne ausgestiegen, doch auf so einen hinkenden Fußgänger warteten diese Verrückten wahrscheinlich nur.

Ich versuchte stattdessen, Leo ins Steuer zu greifen, doch er schlug mir tobend auf die Finger und wehrte meinen Übernahmeversuch erfolgreich ab. Dann wirbelte er plötzlich das Lenkrad herum, wir drehten uns um die eigene Achse und ... wurden zu Geisterfahrern! Aber nur für kurze Zeit. Dann erfolgte der unvermeidliche Crash! Krawumm! Ein frontaler Zusammenstoß, was für ein Wahnsinn! Ich hatte Mühe, nicht aus dem kleinen Elektroauto zu fallen! Die beiden Mädchen im anderen Wagen erlitten wohl just im gleichen Moment eine Gehirnerschütterung, wie sonst ließ es sich erklären, dass sie kreischten und vor Vergnügen lachten! Die vermeintlichen Opfer versuchten nun ihrerseits, uns zu rammen. Ja, das war wirklich eine Riesengaudi, hier im Autoscooter ohne Gnade durchgeschüttelt zu werden!

Dabei wurde ich das dumme Gefühl nicht los, nur der Teil eines Computergames zu sein: „He, he, he, Benno, der Depp, kriegt mal wieder voll was auf die Schnauze, echt zum Ablachen! Aber der hat ja noch ein paar Leben, da brauchen wir uns keine Sorgen zu machen!"

Es trötete, ein paar Funken blitzten noch im Stromnetz über uns, dann war die Höllenfahrt zu Ende. Auf zur nächsten Runde! Dachte sich zumindest Leo. Der Eintrittspreis für die Karussellfahrten war schließlich in der Tageskarte inbegriffen. Aber ohne mich! Ich humpelte auf die Holzplanken, die Rippen taten mir weh und jetzt auch noch der Rücken. Was glotzte der so? Nur weil ich hinkte, einen Buckel machte und mir den schmerzenden Brustkorb hielt? Verflucht, jetzt erkannte ich den Typ, das war doch einer aus dem Geisterbahn-Team! Der erinnerte sich vielleicht nicht an mein Gesicht, bestimmt aber an mein Hinken! Ich biss auf die Zähne und bemühte mich so lässig und locker wie möglich an die Kasse zu schlurfen. Natürlich wollte ich, wie all die anderen hier, unbedingt noch einmal so eine herrliche Runde Autoscooter fahren! Ich war ganz versessen darauf! Leider herrschte auf dieser winzigen Fläche die totale Anarchie. Die wenigen älteren Semester, die wie ich einen gemächlichen Kreisverkehr bevorzugten, waren hier anscheinend Freiwild! Ein roter Mercedes-Flitzer tat sich besonders dabei hervor, mich aus der Bahn zu schubsen, der Pilot war ein lachender, fröhlicher Junge und sah aus wie mein zukünftiger Pflegesohn. Leo hatte jede Menge Spaß und ich, ich durfte ganz nach dem Motto der Geisterbahn, noch eine „Fahrt des Grauens" genießen.

Nachdem ich auch diese Runde mit Bravour und Schmerzen überstanden hatte, versuchten Leo und Suse mich zum Besuch einer Wahrsagerin zu überreden.

„Ach nee, Leute, was soll ich denn da? Die wird mir sagen: ‚Sie haben heute etwas Besonderes erlebt. Doch in nächster Zeit müssen Sie sich von einer großen Anstrengung erholen und an einem der folgenden Tage werden Sie besonders glücklich sein ...'

Tja, und ich werde antworten: ‚Was soll ich denn mit Ihrer Prophezeiung anfangen? Das weiß ich doch schon alles! Das war heute der verrückteste Kirmesbesuch aller Zeiten, und ich werde eine ganze Weile brauchen, um mich von diesen Rücken-Rippen-Kniebeschwerden zu erholen. Und an dem Tag, an dem ich morgens aufwache und keine Schmerzen mehr verspüre, werde ich ein glücklicher und zufriedener Mensch sein! Also kann ich getrost auf Ihre Wahrsagerei verzichten, zu Hause eine Paracetamol einwerfen und mich ins Bett legen!'"

Meine Begleiter nannten mich einen Spielverderber!

„Geht ihr doch da rein, wenn ihr das so toll findet! Aber fragt die nicht nach dem Wetter, die aktuelle Vorhersage kann ich euch kostenlos geben: Heute und morgen werden Sie keinen Schirm benötigen! Und in den nächsten

Tagen können Sie sogar in ihrer Sommerjacke herumlaufen!"

Wir einigten uns schließlich darauf, kein Geld für die Wahrsagerei auszugeben, sondern die Moneten zum Ausgleich bei einem nostalgischen Fotografen zu investieren, um ein historisches Familienfoto von uns anfertigen zu lassen. Für zwölf Euro bekamen wir unser erstes Familienbild, Susanne als Dame, ich als ein feiner Herr und Leo als braver Bub. Ein tolles Andenken, da waren wir uns dieses Mal einig! Zum Abschluss des Jahrmarktbesuches gönnten wir uns noch einen fettigen braun gebrannten Backfisch. Ja, sogar Susanne!

„Ungesund, aber lecker!"

„Lasst uns doch schon mal in Richtung Ausgang gehen ...", schlug ich vor, weil Leo für seine Mahlzeit wieder mal ewig brauchte.

Wir waren noch nicht weit gekommen, als hinter uns jemand laut „Hallo ... warten Sie mal!", rief. Verdammt, hatten uns die Burschen von der Geisterbahn doch noch erwischt?

„Nicht umdrehen, Leute! Schneller gehen, in Richtung Ausgang!"

Ich zerrte Leo und Suse vorwärts, doch nach wenigen Schritten hatte uns die Stimme eingeholt.

„Warten Sie doch bitte!"

Ein etwas aus der Puste geratener, kräftiger junger Bursche baute sich bedrohlich vor uns auf. Ich setzte ein grimmiges Gesicht auf und ballte die Fäuste. Kampflos würde ich meine Familie nicht preisgeben!

„Sie haben Ihre Weinflasche vergessen, bitte sehr!"

Erleichtert nahm ich unsere Trophäe in Empfang und bedankte mich bei dem jungen Mann für die Mühe, die er sich gemacht hatte. Nun schleppten wir also einen Schirm, eine Flasche Rotwein und ein tolles Foto als Andenken mit zum Ausgang. Unseren Häschern waren wir entkommen, wir hatten unseren Spaß gehabt und uns wie eine richtige Familie gefühlt! Ein anstrengender, aber durchaus vergnüglicher Ausflug! Von meinen körperlichen Beschwerden mal abgesehen.

Als wir vor die Tür traten, bereute ich, die Wahrsagerin nicht besucht zu haben. Trotz anderslautender Wetterprognose goss es nämlich in Strömen. Ich trug leider nur eine sportliche Baumwolljacke, die weder wasserfest war, noch eine Kapuze besaß. Leo dagegen klappte in aller Ruhe seinen Taschenschirm auseinander. Susanne stellte sich einfach mit unter den Regenschutz, damit war klar, ich hatte wieder mal die Arschkarte gezogen! Nur ein einsames Püppchen im meteorologischen Vorwaschgang. Das soeben klatschnass wurde.

Hm ... der Parkplatz war nur fünf Minuten entfernt, wenn ich jetzt losrennen würde?

Aber den Autoschlüssel hatte Susanne, war ja schließlich auch ihr Auto.

„Hey, Benno, bleib doch mal stehen!"

Klaro, stehen bleiben, warum denn nicht? Es schüttete ja nur wie aus Eimern!

„Komm doch mit unter den Schirm, Benno. Wir machen dir hier Platz."

„Dann werden wir aber alle nass, Susanne."

„Ja, aber alle nur ein bisschen. Ist auf jeden Fall besser, als wenn du da wie ein begossener Pudel rumläufst. Außerdem sind wir doch ein Team, wir halten jetzt zusammen, was Leo?"

„Das ist mein Schirm, den habe ich gewonnen!"

Hatte ich es nicht geahnt, jetzt kam die Retourkutsche!

„Ihr dürft aber mit unter meinen Schirm, wir halten zusammen!"

„Vielen Dank! Ist doch viel netter mit euch beiden unter diesem Knirps, als alleine im Regen zu stehen!"

Merkwürdig, aber auf einmal wurde es gemütlich, so zu dritt unter einem viel zu kleinen Taschenschirm. Der Regen erschien mir nun nicht mehr unfreundlich und kalt, sondern erfrischend und seine dicken Tropfen prasselten nicht mehr übellaunig vor sich hin, sondern tanzten fröhlich auf dem glänzenden Asphalt.

Über den Wolken

Eine Familie beim Picknick, mitten im Grünen. Ein ungewöhnliches Bild, so idyllisch ... war das der Set für irgendeinen Film?

„Leute, mal herhören! Folgendes Szenario: ein warmer Herbsttag. Eine satte, grüne Wiese im Park. Im Background: ein paar Kids, die Fußball spielen. Im Vordergrund: Da liegt unsere Familie auf dem Rasen. Vater, Mutter, Kind, alle happy und zufrieden. Das muss glaubwürdig rüberkommen!"

Der Regisseur gönnte seinen Hauptdarstellern einen mahnenden Blick.

Dann wandte er sich dem Drehbuchautor zu: „Ich hoffe, Sie haben die Schlussszene soweit, ich brauche da noch eine Steigerung, positiv, optimistisch, die Befreiung vom Grau des Alltags, die Leichtigkeit des Seins, wenn Sie verstehen, was ich meine ...?"

Der Autor nickte, wie immer eine Spur zu eifrig.

„Ja natürlich, sicher ... das wird Ihnen gefallen, mein neues Ende. Es wird Ihnen bestimmt gefallen. Also, ich dachte mir das so: In der letzten Szene, da kommt von rechts so ein Ballon ins Bild ... oder auch zwei, die schweben dann langsam zum Himmel empor – sinnbildlich für Harmonie und Leichtigkeit – und dann blickt man ihnen nach. Ja, so in etwa dachte ich mir das."

„Aha. Gut. Wenn ich mir das mal so vorstelle: ein Ballon am Himmel ... gut, okay, warum eigentlich nicht? Hört sich ganz überzeugend an. Harmonie und Leichtigkeit ... doch, doch, das gefällt mir! Ein schwebender Ballon, leicht und beschwingt ... sehr anrührend. Sehr schön. Ja, das könnte gehen ..."

Tatsächlich aber waren wir die Hauptdarsteller dieser Szene. Susanne, Leo und ich. Junges Familienglück mit drei Akteuren. Unser Wochenendausflug an diesem wunderschönen Herbsttag: ein schlichtes Picknick im Park. Zusammen mit einem Buch, einigen Comic-Heften und der Tageszeitung lagen wir gemütlich auf unserer Decke. Kühle Drinks und was zu Futtern inklusive. Wir ließen es uns gut gehen, denn wir hatten wahrhaftig eine anstrengende Woche hinter uns gebracht. In der Susanne und ich alles mögliche ausfüllen, beantragen und abholen mussten. Eine Begründung formulieren, warum gerade wir uns für geeignet hielten, Leos neue Pflegeeltern zu werden. Eine Erläuterung, warum unsere Bewerbung ausschließlich nur für dieses und kein anderes Kind gelten sollte. Bestätigungen und Zeugnisse herbeischaffen. Anträge auf Ummeldung und Namensänderung stellen. Und Leos erneuten Schulwechsel vorbereiten. Die beteiligten Lehrer beratschlagten, ob es sinnvoll und möglich wäre, den Jungen in seine alte Klasse zurückkehren zu lassen. Dann traf man eine unbürokratische Entscheidung: Leo durfte heimkehren in seine geliebte 4b, in der Susanne die Klassenlehrerin war.

Etwa zur gleichen Zeit begannen wir auch mit der Planung des neuen Kinderzimmers, denn Leo wollte natürlich so schnell wie möglich bei uns einziehen. Noch wohnte er, mit Ausnahme der Wochenenden, im Kinderheim. Ja, und so ganz nebenbei mussten wir uns auch Gedanken machen, wie man anderen Leuten diesen ungewöhnlichen Familienzuwachs erklärte. Nachbarn, Bekannten, Freunden und Verwandten. Fest stand nur, dass Susannes Eltern es als Erste erfahren sollten. Doch wie würden die beiden auf diese unerwartete Neuigkeit reagieren? Auf einen Enkel aus heiterem Himmel, in diesem Falle dem Kinderheim Herne-Süd! Wir waren etwas verunsichert, denn schließlich waren sie es gewesen, die vor einer engeren Bindung zu dem „Heimkind" gewarnt hatten.

„Wir wollen dich und Papa zum Griechen einladen, den Grund dafür verraten wir euch aber erst bei unserem Treffen ...", so hatte Susanne es am Telefon angekündigt.

Es war genau 17.50 Uhr als Susanne und ich das Lokal betraten. Mit gemischten Gefühlen und überpünktlich, weil Susannes Eltern grundsätzlich auch zu früh erscheinen.

„Also, wir haben euch ja eine Überraschung versprochen.", begann Susanne noch etwas zögerlich.

„Wir sind auch total gespannt, ne, Karl-Heinz ...", Magda stupste ihren Mann an und räusperte sich vor Aufregung.

„Tja, was soll ich sagen?", fuhr Susanne fort.

„Ihr habt ja mitbekommen, dass wir in letzter Zeit an den Wochenenden mit Leo, diesem netten Jungen aus dem Kinderheim, regelmäßig was unternommen haben. Für mich war Leo schon ein alter Bekannter, weil er über drei Jahre lang mein Schüler gewesen ist. Und Benno, der hat ihn in den letzten Wochen auch näher kennengelernt und findet nun, genauso wie ich, dass der Leo ein besonders liebenswerter und aufgeweckter Bursche ist. Gut. Also, um es jetzt mal kurz zu machen: Wir drei sind der Meinung, dass wir sehr gut zueinanderpassen, und deshalb haben

Benno und ich beschlossen, die Pflegeelternschaft für Leo zu beantragen!"

Susanne lächelte, ihre Eltern nicht mehr.

„Oh je!", rief meine Schwiegermutter und trommelte dabei mit ihren Fingern nervös auf der Tischdecke herum.

„Nee, ne ...!", protestierte jetzt auch Karl-Heinz, dessen entsetzter und ungläubiger Gesichtsausdruck soeben eingefroren war.

„Das kann doch nicht wahr sein!", ergänzte er noch, bevor er sich für den Rest des Abends in Schweigen hüllte.

Magda dagegen begann nun damit, kleine Monologe zu führen.

Während wir auf den Salat warteten, murmelte sie: „Ich habe das ja fast schon geahnt, so was ..."

Zwischen grünen Blättern und geriebenen Karotten klagte sie: „Und der Karl hat immer gesagt: ‚Nein, so was Dummes machen die doch nicht!'"

Und etwas später, beim Zerteilen ihres Putensteaks: „Wenn das man gut geht, oje, oje ..."

Mein Schwiegervater nutzte die Zeit nur noch dazu, um lustlos in seinem üppigen Athener Grillteller herumzustochern. Das Thema war ihm wohl auf die Leber geschlagen! Die scheinbar, wie so vieles andere, einfach liegen blieb.

Als der Kellner ihn fragte, ob es ihm nicht geschmeckt hätte, knurrte er nur: „Doch, natürlich hat es geschmeckt!", was aber so unfreundlich klang, dass sich die Chefin des Lokals genötigt sah, höchstpersönlich an unserem Tisch zu erscheinen, um sich nach seinem Wohlbefinden zu erkundigen. Weil Karl-Heinz aber nun so grimmig dreinblickte, dass man eine unhöfliche Antwort befürchten musste, kam Magda ihm zuvor und begründete seinen Appetitverlust mit einer akuten Magenverstimmung.

Daraufhin wurde uns – auf Kosten des Hauses – eine zusätzliche Runde Ouzo kredenzt. Mein Schwiegervater trank nicht nur den, sondern auch die zwei von Magda, obwohl meine Schwiegermama für gewöhnlich den spendierten Anisschnaps zu mir hinüberschiebt und das in schöner Regelmäßigkeit, weil ich eben der „Walking-Man" bin, der Mann ohne Führerschein und Auto.

An unserem Tisch herrschte nun Eiszeit. Schweigen. Irgendwo fiel ein Messer zu Boden, vom Nachbartisch schallte ein unwirkliches Lachen herüber. In der Ferne ein jammernder Grieche, begleitet von traurig klingenden Gitarren. *Müsste Karl-Heinz doch eigentlich gefallen, diese Musik.*

Draußen rauschte eine Straßenbahn vorbei. Trotz der Kommentare von Magda und der Anwesenheit von Mr. Frosty an unserem Tisch bemühten wir uns, auch weiterhin eine freundliche Miene zu machen. Was schließlich auch zur Beruhigung meiner Schwiegermutter beitrug und die Lage etwas entspannte.

„Na, einen schönen Schreck habt ihr uns da eingejagt, ich hoffe nur, ihr habt euch das gründlich überlegt?"

Wir erklärten ihr nun, wie sich alles entwickelt hatte und wie es zu unserer Entscheidung gekommen war. Abschließend machte Susanne ihren Eltern noch ein versöhnliches Angebot: „Weil ich für meine 4b einen Segelkurs gebucht habe, bin ich in der nächsten Woche an jedem Tag mit meiner Schulklasse unten am See. Wenn ihr Lust und Zeit habt, dann kommt doch einfach vorbei, um euch den Leo mal in Ruhe aus der Ferne anzusehen. Ihr werdet staunen, was für ein netter Junge das ist!"

Magda guckte nun wieder etwas freundlicher. „Ja, wir denken darüber nach. Jedenfalls wünschen wir euch viel Glück für alles."

Wir waren erleichtert, denn das klang doch wieder etwas versöhnlicher. Nur Karl-Heinz, der machte weiterhin ein Gesicht, als ob er sechs Richtige im Lotto erzielt hätte, aber leider vergessen hatte, seinen Schein abzugeben.

Als er kurz darauf den Tisch verließ, um die Mäntel zu holen, beugte sich Magda flüsternd zu uns vor: „Dem Karl dürft ihr das nicht so übel nehmen, der hat eben überhaupt nicht damit gerechnet! In den letzten Wochen habe ich das mal angedeutet, von wegen Adoption und so, da hat er mich für verrückt erklärt, weil er meinte, dass ihr so etwas im Leben nicht machen würdet, mit so einem Kind, das wahrscheinlich irgendeinen Schaden hat. Na, deshalb ist er jetzt erst einmal geschockt, aber der kriegt sich schon wieder ein. Ich kenne doch meinen Karl, dem müsst ihr nur etwas Zeit geben, dass er sich an den Gedanken gewöhnen kann, ‚Opa zu werden'. Also, Susanne, wenn deine Klasse diese Segelwoche hat, dann werde ich ihn einfach mitschleifen, und wir gucken uns am See aus der Ferne mal euren Jungen an. Das wird schon wieder!"

Der kärgliche Rest meiner buckeligen Verwandtschaft besteht nur noch aus zwei älteren Schwestern. Die rief ich am darauf folgenden Tag an, um ihnen die Neuigkeit mitzuteilen. Die beiden schienen sich ehrlich zu freuen. Überhaupt waren es vor allem die Frauen, die ihre Freude und Rührung nicht verbargen. Von ihren Kolleginnen wurde Susanne herzlich gedrückt und mit Marie, ihrer besten Freundin, vergoss sie sogar ein paar Freudentränen. Unrühmliche Ausnahme war wieder einmal Tante Hedwig aus Wanne-Eickel, aber die alte Meckerziege hatte grundsätzlich Bedenken gegen alles und jeden.

Die Männer gratulierten mir überwiegend wohldosiert, man klopfte mir auf die Schulter, für diesen, wie man fand, durchaus mutigen Schritt. Doch neben Bewunderung hörte man auch immer eine Spur Mitleid oder Besorgnis heraus. Ein neuer Pflegesohn riss jedenfalls niemanden zu Begeisterungsstürmen hin. Schon gar keiner, der bereits knapp zehn Jahre alt war und so eine umfassende Vorgeschichte mitbrachte. Klaus, ein alter Lauffreund von mir, fügte seinem gemurmelten Glückwunsch noch hinzu: „Und wenn das schiefgeht mit diesem Jungen, kann man den dann wieder zurückgeben?"

„Nein!", sagte ich mit Entschlossenheit. „Der Leo bleibt jetzt für immer, Umtausch ist ausgeschlossen!"

Mein relativ unbeschwertes und kinderloses Dasein, um das mich vor allem die Familienväter beneidet hatten, neigte sich nun ohne Zweifel dem Ende zu. Dafür würde es aber andere Momente geben, so wie diesen hier im Park. Es war wirklich ein schöner Tag: strahlende Sonne, ein leichter Wind, ein buntes Meer von Herbstlaub, entspannte Eltern und ein friedliches Kind. Nur ein Van mit Anhänger, der in diesem Augenblick knirschend über den Fußweg ruckelte, störte ein wenig die Idylle. Am hinteren Ende der Wiese hielt er an, zwei Männer und ein Pärchen stiegen aus und begannen damit, den Anhänger sorgfältig zu entladen. Teile eines großen Flugballons kamen zum Vorschein, Hülle, Korb und ein Brenner. Dann noch eine Art Riesenföhn, mit dessen Hilfe man unter lautem Rauschen Luft in die bunte Haut des Ballons blasen konnte.

„Kann ich da mal hin und gucken?", fragte Leo, der sein Comic-Heft beiseitegelegt hatte.

„Ja, ist okay, Leo, aber nicht so nah rangehen und nichts anfassen!"

Das da drüben war wirklich eine spannende Geschichte, ich konnte den Jungen nur zu gut verstehen. Vielleicht sollte ich auch kurz hinübergehen und mir das mal aus der Nähe ...

„Benno, kannst du kurz ein Auge auf Leo und unsere Sachen werfen, dann gehe ich mal eine Runde im Park spazieren, ja?"

Schade, verpasst! Dabei hätte es mich ernsthaft interessiert. Na ja, so allein gelassen, das sollte man wenigstens ausnutzen und sich über die Vorräte hermachen ... Doch mein Arm wurde plötzlich schwer, viel zu schwer, um die Kühlbox zu öffnen. Alles an mir wurde träge und wollte sich an den Boden schmiegen. Vielleicht sollte ich einfach für einen Moment die Augen schließen, nur so ein bisschen duseln ...

Stille war eingetreten. War ich eingeschlafen? Ich schreckte hoch, irgendetwas stimmte hier nicht! Das Rauschen des Ventilators war verschwunden, nirgendwo waren Menschen zu sehen oder zu hören. Der Heißluftballon war jetzt prall gefüllt und der Korb schwebte ein kleines Stück über der Erde. Eins der drei Taue, die ihn am Boden halten sollten, hatte sich offensichtlich gelöst. An dem zweiten zog auch irgendetwas, von innerhalb des Korbes. Ich ging ein Stück näher heran. Unglaublich, niemand bewachte diesen Ballon! Wie konnte man nur so verantwortungslos sein? Inzwischen war ein kräftiger Wind aufgekommen und der Korb wurde hin- und hergeworfen. Da, eine kleine Hand am Rande des Geflechts, sie zog soeben das zweite Tau aus der Verankerung! Das war doch ein Kind, oder?

„Hallo! Ist da jemand im Korb?", rief ich aus sicherer Entfernung hinüber. Jetzt kam auch ein Kopf zum Vorschein, der von innen über den Korbrand lugte. Ein Kind, das lachte und mir fröhlich zuwinkte ...

„Himmel noch mal, Leo, was machst du denn da in dem Ballon? Komm sofort da raus!"

„Hier ist es ganz toll, wie in einem Karussell!"

Eine Windböe hob den Heißluftballon an und spannte das letzte Sicherungstau, das sich zu lösen begann.

„Leo?", der Junge war nicht mehr zu sehen. Hatte sich wohl einfach hingesetzt und ignorierte mein Rufen. Ich hastete nach vorn, doch im gleichen Moment, in dem ich zugreifen wollte, riss das Seil aus der Verankerung!

Im letzten Augenblick bekam ich das Tauende zu fassen, jetzt war ich es, der den Ballon am Boden hielt! Doch der übermütig gewordene Riese lachte nur hämisch über meine verzweifelten Bemühungen und setzte sich in Bewegung! Schon hob er mich hoch, um mich kurz darauf wieder fallen zu lassen und ein Stück über den Rasen zu ziehen. Wie einen Kitesurfer auf dem Trockenen! Das Spiel schien ihm zu gefallen, dieses ständige Auf und Ab!

Im Korb hörte ich Leo um Hilfe rufen, und ich brüllte: „Halt dich fest, Leo, ich hol dich da raus!"

Aber wie, das war die entscheidende Frage. Lange konnte ich das nicht durchhalten! Jetzt zog das fauchende Ungetüm mit aller Macht, fast schien es mir, als ob es lachte und mir zurief: ‚Du kleiner Wicht, du willst mich festhalten, ho ho ho, was für ein Spaß!'

Dann hob der Riese endgültig ab, schwebte über der Erde und ich spürte: Jetzt musste ich mich entscheiden, festhalten und mitfliegen oder abspringen, um mich selber in Sicherheit zu bringen ... Über mir hörte ich Leo schluchzen und irgendwo in der Ferne Susannes Stimme, die nach mir rief: „Bennooo!"

Ich wälzte mich auf dem Boden, war ich abgesprungen? Was war passiert? Hatte ich meinen Sohn einem ungewissen, vielleicht tödlichen Schicksal überlassen?

Da war wieder die Stimme meiner Frau zu hören, doch

dieses Mal viel näher: „Benno? Benno, werd mal wach, du träumst gerade schlecht!"

Ich schlug die Augen auf und sah in das besorgte Gesicht meiner Frau, die neben mir auf der Decke saß. Blinzelnd blickte ich zum Heißluftballon hinüber. Festgezurrt und friedlich, so stand er immer noch an seinem Platz. Leo saß in einem respektvollen Abstand auf der Wiese und beobachtete die Startvorbereitungen. Erleichtert atmete ich auf! Jetzt ging das Pärchen an Bord, der Pilot half ihnen beim Einstieg, dann wurden in Ruhe und mit Sorgfalt die Seile gelöst. Wahrscheinlich ein junges, verliebtes Paar, dem man einen Ballonflug geschenkt hatte. Der aufgeblähte Riese hob nun ganz langsam ab, fast schien es, als wolle er seinen Start selbst auskosten. Alle am Boden winkten dem Ballon zu, die Leute im Korb wedelten mit weißen Tüchern zurück und lachten fröhlich. Dann stieg er über die Wipfel der Bäume empor, immer schneller, immer höher, bis er nur noch ein kleiner Punkt am Horizont war.

„Jetzt fliegt er davon!", stellte Leo bedauernd fest.

„Wo der wohl hinfliegt ...?" Susanne blickte dem Ballon nachdenklich hinterher.

„Bis über die Wolken ...", meinte Leo.

„Wir können uns doch hinlegen und nach oben gucken, dann fliegen wir einfach mit ...", lachte Susanne fröhlich.

„Ja, wir fliegen mit!", rief Leo begeistert und klatschte in die Hände. Wir rückten enger zusammen und blickten in den endlosen Himmel über uns.

Eisfüße

Der Junge rannte wie ein bellender Hund auf die Brandung zu, um dann im letzten Moment kehrtzumachen und vor dem tosenden Wasser an den höher liegenden Strand zu fliehen. Ein Kind, das zum ersten Mal in seinem Leben dem Meer begegnete, und jetzt, nachdem es die Angst vor dessen Urgewalt abgelegt hatte, mit Begeisterung durch die Wellen tobte.

„Leo, du bist zu weit draußen, komm mal zurück!"

Doch es war zu spät. Eine der größeren Wellen hatte ihn fast umgeworfen, seine Hose war pitschnass und in seinen Stiefeln stand das eiskalte Nordseewasser. Da müssen sich Eltern natürlich Sorgen machen.

„Ich will noch nicht zurück, nur noch ein paar Minuten!"

„Ach, Leo, das geht doch nicht mit so nassen und kalten Füßen."

„Bitte, noch ein bisschen …", bettelte Leo und klammerte sich an mich. *Fast wie eine Umarmung*, dachte ich gerührt, versuchte aber trotzdem, mich zu befreien. Leo hielt mich eisern fest und ich durchschaute seine Absicht erst, als die Welle gegen meine Beine und in die Stiefel schwappte.

Lachend rief Leo mir zu: „Haha, jetzt hat dich das Meer auch erwischt!"

Ja, Kinder haben manchmal einen recht eigenwilligen Humor. Trotzdem ist ihr Lachen und ihre Fröhlichkeit ansteckend, man muss einfach mitlachen. Wen kümmern schon Eisfüße?

Vor ungefähr einem halben Jahr war Leo bei uns eingezogen. Bei der Renovierung und dem Umbau des Arbeitszimmers zum Kinderzimmer hatte er fleißig mitgeholfen. Vor allem das Streichen der Wände hatte er seinen Spaß gehabt, auch wenn das Resultat nicht immer so ausgefallen war, wie sich das mein Schwiegervater vorgestellt hatte. Aber bei dem genoss unser Sohnemann sowieso ziemliche Narrenfreiheit, denn Karl-Heinz hatte ihn ratzfatz in sein Herz geschlossen. Genauso wie Magda, die den Jungen nach Strich und Faden verwöhnte. Na egal, wir waren ja froh, dass sich die Dinge so zum Vorteil entwickelt hatten.

Ansonsten hatte sich mein Leben kaum geändert. Alles war genauso wie früher. Wie so etwas möglich ist? He, he, reingefallen! Ich habe natürlich nur Spaß gemacht!

Alles wird mit einem Kind anders! Aber wirklich anders! Das fängt schon in der Wohnung an. Mein kleiner Kinosaal zum Beispiel. Der wurde in ein neues Arbeitszimmer umgewandelt. Und ging dabei unter in einem Meer von Büchern, Ordnern, Zeitschriften und Zetteln. Ganz zu schweigen von den gefüllten Taschen und Tüten, die jetzt hier zwischengelagert werden und dabei scheinbar keinem anderen Zweck dienen, als einem regelmäßig Beinchen zu stellen. Und weil Lehrer – was die meisten Menschen gar nicht ahnen – auch abends arbeiten dürfen, wird mein Film- und Fernsehprogramm ab sofort zeitlich begrenzt. Hurra, Spätfilm, ich komme! Ist aber kein großes Problem für mich, denn zu einem früheren Zeitpunkt bin ich sowieso noch nicht in der Lage stressfrei TV zu glotzen. Zuvor muss man nämlich ein Kind davon überzeugen, dass Hausaufgaben nicht weniger werden, wenn man ihre Existenz verleugnet! Dass Obst, Gemüse und Brot kostbarer sind als Schokolade, Cola und Chips. Dass Zähne putzen und waschen durchaus gesundheitsfördernde Maßnahmen sind. Dass getragene Wäsche nicht besser riecht, wenn man sie gleichmäßig in seinem Zimmer verteilt. Dass Fernsehzeiten keine Verhandlungssache sind, sondern immer dem Diktat der Erwachsenen unterliegen.

Außerdem findet ein müder Vater natürlich nichts schöner, als seinem Sohn spätabends noch eine Donald-Duck-Geschichte vorzulesen oder ihm zur Entspannung eine ausgiebige Fußmassage zu verabreichen.

Dann muss man nur noch die Kinder-Nachtlampe im Wohnflur anknipsen und den Fernseher auf Kopfhörerbetrieb umschalten, schon hat man Feierabend.

Spätabends sinke ich dann erschöpft in den wohlverdienten Schlaf. Doch hält der meistens nicht lange an, weil ein abenteuerlich träumendes Kind gerne mal um Hilfe schreit, schlafwandelt oder als kleines Gespenst vor dem eigenen Bett auftaucht. Einen dabei fast zu Tode erschreckt und dann das elterliche Bett ohne viel Federlesen in Beschlag nimmt. Was einer erholsamen Nacht nicht dient, weil man nun regelmäßig geboxt oder getreten wird. Zur Belohnung darf man früher aufstehen, weil das Frühstück ab sofort für drei Personen vorbereitet werden muss. Wobei einem neunjährigen Jungen ein Berg aus Schoko-Cornflakes als Mahlzeit schon genügen würde, was man natürlich so nicht tolerieren darf. Diesen ersten Morgenstress würze ich zusätzlich mit regelmäßigen Zeitansagen, weil Kinder im vierten Schuljahr scheinbar die Uhrzeit noch nicht sicher ablesen können … oder wollen.

Ja, und so geht es den ganzen Tag. Vieles in meinem Leben hat sich geändert, oft nur ganz banale Dinge, wie der Einkauf im Supermarkt. Die neue Ernährungsvielfalt! Süßer Stuten, Vanillepudding mit Sahne, Fruchtjoghurt mit Schokokugeln. Geschmäcker sind halt verschieden.

Das Ausschlafen am Wochenende gelingt uns inzwischen wieder besser, weil wir uns an die Geräusche im Morgengrauen gewöhnt haben. An das Knarren der Küchentür und das leise Quietschen des Schrankes, in dem Süßigkeiten und Chips zu Hause sind. Und an die quäkenden Stimmchen der Zeichentrickfiguren im Fernsehen. Oder an die Musik aus Leos Handy. Da bin ich schwer hinterm Mond, wie er meint, weil ich mit meinem Mobiltelefon tatsächlich nur telefoniere. Aber das ist ja das Schöne am ‚eigenen‘ Kind, das man selbst noch dazulernt. Nicht nur im Bereich Computer und Technik. Zum Beispiel ernähre ich mich jetzt gesünder, jeden Tag kommt ein bisschen Obst oder Gemüse auf den Tisch, man will schließlich Vorbild sein.

Unterhaltsam sind auch die gemeinsamen Spieleabende, selbst wenn Leo noch lernen muss, dass verlieren keine Schande ist. Unsere Ausflüge sind seltener geworden, aber immer noch aufregend. Inzwischen bin ich ein Kenner sämtlicher Tiergärten des Ruhrgebiets. Auch die jeweils aktuellen Zeichentrickfilme im Kinoprogramm könnte ich jetzt ohne Zusatzjoker benennen. Nun, ehrlich gesagt, eine Liste der Veränderungen in meinem Leben wäre seitenlang. Alles wird viel intensiver und verrückter mit einem Kind. Begeisterung und Spaß genauso wie Zorn und Traurigkeit. Ja, ich muss zugeben, dass ich mir zuvor nicht so viele Gedanken gemacht habe und nun manchmal überrascht bin, wie anstrengend es ist, wenn man ein guter Vater sein möchte. Ab und zu geht es auch mal was schief, man schreit und schimpft und ist vielleicht sogar ungerecht. Dann bin ich mit mir selbst unzufrieden. Leo geht es, glaube ich, manchmal genauso. Seine Wutanfälle sind immer noch beeindruckend, werden zum Glück aber seltener. Manchmal hat er jetzt sogar Skrupel, eine Märchengeschichte zu erfinden, wenn er erklären soll, warum er zu spät nach Hause gekommen ist oder seine Hausaufgaben nicht gemacht hat.

Alles in allem sind wir wahrscheinlich auf dem Weg zu einer ganz normalen Familie, mit all den Höhen und Tiefen, die das Leben so mit sich bringt. Ob ich irgendetwas bereue? Ein deutliches „Nein"! Dafür gibt es einfach zu viele gute und schöne Momente in unserem Familienleben. Ich bin stolz, der Vater dieses Jungen zu sein, der so viele tolle Eigenschaften besitzt, aber natürlich auch ein paar kleine Macken. Wer hat die nicht? Jedenfalls bin ich froh darüber, alle diese verrückten kleinen Abenteuer mit ihm erlebt zu haben, die ich neuerdings in Stichworten aufschreibe. Für mich und meine Familie.

Aber wer weiß, vielleicht erzähle ich sie eines Tages auch anderen Leuten ...

So, jetzt müssen wir aber zurück ins Hotel, meine Eisfüße beschweren sich. Wir werden uns wohl zu dritt auf den Rand der Wanne setzen und uns ein warmes Bad für die Füße gönnen. Na, so wie ich Susanne kenne, singt sie ein Lied dazu. Wird wahrscheinlich schief klingen. Und Leo? Der versucht bestimmt, uns beide nass zu spritzen. Aber gemütlich wird es trotzdem, dieses gemeinsame Familienfußbad. Ich werde es jedenfalls genießen!